MANUELA INUSA

Die kleine Straße der großen Herzen

MANUELA INUSA

Die kleine Straße der großen Herzen

Roman

blanvalet

Sollte diese Publikation Links auf Webseiten Dritter enthalten, so übernehmen wir für deren Inhalte keine Haftung, da wir uns diese nicht zu eigen machen, sondern lediglich auf deren Stand zum Zeitpunkt der Erstveröffentlichung verweisen.

Dieses Buch ist auch als E-Book erhältlich.

MIX
Papier aus verantwortungsvollen Quellen
FSC® C014496
FSC
www.fsc.org

Verlagsgruppe Random House FSC® N001967

4. Auflage

Redaktion: Angela Küpper
Umschlaggestaltung: © Johannes Wiebel | punchdesign,
unter Verwendung von Motiven von Shutterstock.com
(Sakala; Helen Hotson; MarinaDa; phetsamay philavanh;
Andrei Nekrassov; Albert Pego; Andrekart Photography;
freesoulproduction; piixypeach; photo5963_shutter; Yana Fefelova)
JF · Herstellung: sam
Satz: KompetenzCenter, Mönchengladbach
Druck und Bindung: GGP Media GmbH, Pößneck
Printed in Germany
ISBN 978-3-7341-0724-5

www.blanvalet.de

Für alle Valerie-Lane-Fans

♥

PROLOG

An einem warmen Spätsommertag gingen zwei hochbetagte Menschen die Valerie Lane in Oxford entlang. Sie hatten gerade eine gute Tasse Tee in dem kleinen Laden an der Ecke zu sich genommen, in dem sie seit Jahren Stammkunden waren, und fühlten sich noch immer ganz beseelt von der heimeligen Atmosphäre, die sie dort jedes Mal empfing. Und nicht nur die Besitzerin des Teeladens gab ihnen stets das Gefühl, willkommen zu sein, sondern auch die Inhaberin der benachbarten Chocolaterie, der sie als Nächstes einen Besuch abstatteten.

Die Valerie Lane war für die beiden Alten längst zu einem zweiten Zuhause geworden. Wie viele wunderbare Momente hatten sie hier erlebt, wie viele einzigartige Menschen kennengelernt! Wie oft war ihnen in schwierigen Zeiten Hilfe zuteilgeworden! Und wie warmherzig wurden sie jedes Mal empfangen, wenn sie einen Fuß in diese Straße setzten! Ja, die lieben Ladeninhaber aus der Valerie Lane waren sogar dabei gewesen, als sie sich vor gut vier Jahren das Jawort gegeben hatten – ein Ereignis, das sie beide nicht mehr für möglich gehalten hätten und das diese Menschen noch einmal mehr zu etwas ganz Besonderem gemacht hatten.

Die Frau suchte sich nun ihre Lieblingspralinen aus, die

ihr Gatte ihr wie jede Woche kaufte. Sie hatten solches Glück, einander zu haben. Es war nicht selbstverständlich, in ihrem hohen Alter einen Partner an der Seite zu haben – wie unwahrscheinlich aber war es, mit über achtzig abermals die Liebe zu finden.

Die alte Dame mit den schlohweißen, wirren Haaren lächelte ihren Liebsten dankbar an, steckte die Pralinen in ihre Handtasche und hakte sich wieder ein. Gemeinsam gingen sie bis ans Ende der kleinen Gasse, an der sich ein Kirschbaum befand, der schon im neunzehnten Jahrhundert dort gestanden hatte. Die gute Valerie, nach der die Straße benannt worden war, hatte vor über einhundert Jahren Marmelade aus den Früchten eingemacht.

Valerie Bonham war eine unglaubliche Frau gewesen, immer hilfsbereit, mit dem größten Herzen von allen, so erzählte man sich. Doch für diese beiden Alten war klar: Die heutigen Ladenbesitzer und Anwohner der kleinen Straße standen Valerie in nichts nach. Denn auch sie waren immer für ihre Mitmenschen da, halfen, wo sie nur konnten, hatten ein offenes Ohr für jedes Problem, mit dem man zu ihnen kam, und vor allem nahmen sie es als selbstverständlich, anderen Gutes zu tun, als wäre es das Natürlichste der Welt.

Die alte Frau war müde und bat ihren Gatten, eine Weile auf der Bank neben dem Kirschbaum Rast zu machen. Dort saßen sie und beobachteten das Treiben an diesem wundersamen Ort.

Wie schon so oft sagte die Frau zu ihrem Mann, wie sehr sie die lieben Ladenbesitzer als ihre Familie betrachtete. Und diesmal sagte sie noch etwas anderes, nämlich, dass sie ihr fehlen würden.

Traurig sah der Mann seine Liebste an, die mit ihren zweiundneunzig Jahren noch immer die schönste Frau auf der Welt für ihn war. Er nahm ihre Hand und hielt sie, als wäre es das letzte Mal. Dann lächelte er tapfer und sagte ihr, dass man auch sie ganz bestimmt sehr vermissen würde.

KAPITEL 1

»Ein Kamillentee mit Milch, bitte schön«, sagte Laurie und stellte die hübsche blaue Tasse auf dem metallenen weißen Tisch ab, an dem Mrs. Kingston, eine ihrer Stammkundinnen, Platz genommen hatte. Es war bereits ihre zweite Tasse. In der letzten halben Stunde hatte die Tratschtante der Gegend Laurie auf den neuesten Stand gebracht, was die Valerie Lane und die Umgebung betraf, während sie das Teeregal aufgefüllt hatte.

»Ich habe gehört, Sophie hat endlich ihren Archie verlassen«, berichtete Mrs. Kingston mit großen Augen. »Können Sie sich das vorstellen? Nach all den Jahren der Demütigung ist sie endlich aufgewacht.«

»Ehrlich?«, fragte Laurie. Wenn das stimmte, würde es sie wirklich freuen. Sophie war ebenfalls eine Stammkundin. Ihr Mann war ein notorischer Fremdgänger, und die Gute hatte das viel zu lange mitgemacht.

»Ich hab's gehört.« Mrs. Kingston nickte bekräftigend, sodass ihre gewaltige Dauerwelle auf und ab wippte.

Laurie musste lächeln. Sie fragte lieber nicht nach, woher Mrs. Kingston das wusste. Die Frau hatte ihre Augen und Ohren nämlich überall und belauschte nur zu gerne die Unterhaltungen anderer. Es war schon ein bisschen gruselig, wie viel sie mitbekam, Laurie hatte fast Angst, überhaupt noch irgendwem irgendwas zu erzählen. Am Ende war nämlich sicher, dass auch Mrs. Kingston Wind davon bekommen würde.

»Wie geht es Ihrer Enkelin?«, fragte sie nun nach.

»Oh, Tanya geht es gut, danke. Sie schwärmt jetzt für irgend so einen Sänger, hab seinen Namen vergessen.«

Laurie fiel auf die Schnelle nur Justin Bieber ein, aber der war wahrscheinlich längst Schnee von gestern. Sie war wirklich nicht mehr auf dem Laufenden, was Teenie-Idole anging, und es würde noch eine ganze Weile dauern, bis es wieder so weit sein würde.

»Ich habe damals total für Liam Gallagher von Oasis geschwärmt«, erzählte sie Mrs. Kingston. Sie war fast achtunddreißig, Teenie-Schwärmereien schienen eine Ewigkeit her.

»Kenne ich leider nicht. Sah er gut aus?«

»Oh ja. Das tut er immer noch.«

»Ich für meinen Teil war ja bis über beide Ohren in Paul Anka verknallt.«

»Paul Anka?« Laurie musste lachen. »Das war doch einer dieser amerikanischen Schnulzensänger, oder?«

»Ja, genau. Und der ist auch heute noch ziemlich heiß.« Mrs. Kingston grinste frech, und Laurie legte ihr eine Hand auf die Schulter.

»Sie sind mir ja eine. Passen Sie nur auf, dass ich das Ihrem Willy nicht erzähle.«

»Ach«, winkte sie ab. »Der steht auf Jane Fonda. Da ist nichts dabei, wenn wir ein bisschen für andere schwärmen. Das hält unsere Ehe jung.«

Laurie lächelte vergnügt. Sie fragte sich, ob Barry und

sie in dreißig Jahren auch noch so gut miteinander klarkämen. Doch, eigentlich war sie sich da ziemlich sicher. Sie waren einfach füreinander bestimmt, und seit er in ihr Leben getreten war, war sie so glücklich wie nie zuvor.

»Wie geht es denn Ihrer kleinen Familie?«, erkundigte sich Mrs. Kingston jetzt.

»Der geht es wunderbar«, antwortete Laurie und öffnete eine Kiste mit Hagebuttentee. »Alle sind wohlauf.«

»Das freut mich zu hören.«

In dem Moment klingelte das Telefon. Laurie sah sich nach ihrer Mitarbeiterin Hannah um, die aber anscheinend hinten im Lager war, und ging dann selbst ran.

»Laurie's Tea Corner, was kann ich für Sie tun?«

»Hi, Schatz, ich bin es.«

»Gut, dass du anrufst. Ich hatte vergessen zu fragen, ob du die Mädchen heute bei deinen Eltern abholst oder ob ich das machen soll.«

»Ich mach das schon.«

»Hast du kein Fußballtraining?«

»Die halbe Mannschaft ist doch auf Klassenfahrt, deshalb fällt das Training aus.«

»Ach, stimmt, das hattest du erzählt. Sorry, ich hab so viel um die Ohren, dass ich die Hälfte vergesse. Dass du die Mädchen abholst, ist mir eine große Hilfe, dann kann ich heute ein bisschen länger bleiben und mich um die Buchhaltung kümmern.«

»Sollen wir dich danach abholen und irgendwo was essen gehen? Dann müssen wir später nichts kochen.«

»Perfekt. So gegen sieben?«

»Alles klar. Du, Laurie, hast du eigentlich schon die neuen Gemüsetees angeboten?«

»Oje, ich hatte noch gar keine Zeit, sie auszupacken. Aber du weißt, ich bin da skeptisch, ob Gemüsetees überhaupt ankommen. Am besten brühe ich mal einen auf und lasse meine Freundinnen probieren, bevor ich sie zum Verkauf anbiete.«

»Das ist doch eine gute Idee.« Barry schien zufrieden. Er war nicht nur Lauries Ehemann, sondern auch ihr Teehändler und war der Meinung, dass Gemüsetees der neue Trend sein könnten. Laurie sah die Sache ein wenig anders.

»Ich leg dann auf, ja? Ich hab jede Menge Kundschaft und muss mich auf die Suche nach Hannah machen, die mir irgendwie abhandengekommen ist.«

»Kein Problem. Bis später. Ich liebe dich.«

»Ich liebe dich auch, mein Schatz.«

»Oh, wie süß Sie beide miteinander sind«, fand Mrs. Kingston und nahm noch einen Schluck Tee.

Laurie lächelte. »Haben Sie zufällig gesehen, wo Hannah hin ist?«

»Ja. Die ist vor einer Weile rausgegangen.«

»Raus?«

»Sie hat Ihnen doch Bescheid gesagt.«

»Das hat sie?« Laurie war verwirrt. Sie konnte sich nicht daran erinnern.

»Doch, doch, ich hab's genau gehört. Sie waren wohl mal wieder woanders mit Ihren Gedanken. Sie haben viel zu tun, was? Denken Sie nicht, Sie brauchen mal eine kleine Auszeit? Ein paar Tage Urlaub?«

»Das wäre schön, ja. Aber im Moment ist das unmöglich. Die Tea Corner läuft besser denn je, da kann ich nicht einfach freinehmen.«

Eigentlich war das ja etwas Gutes, dass ihr Geschäft blühte. Eigentlich war es ganz wundervoll, dass so viele Leute in ihre schöne kleine Straße fanden, vor allem seit sich eine Bloggerin die Mühe gemacht hatte, der Valerie Lane eine eigene Seite zu widmen, und sogar eine wöchentliche Kolumne schrieb, um alle Interessierten auf dem Laufenden darüber zu halten, was es hier Neues gab. Doch mit zwei Kindern, einem Ehemann und einer Schar von Freundinnen, denen Laurie natürlich auch ein bisschen ihrer Zeit widmen wollte, war das alles gar nicht mehr so einfach zu meistern.

Aber Laurie wäre nicht Laurie, wenn sie den Kopf hängen ließe. Sie stand jeden Morgen guten Mutes auf und gab ihr Bestes, um allen gerecht zu werden.

Die Ladenglocke bimmelte, und Hannah kam zurück, als Laurie gerade einer Kundin ihren persönlichen neuen Lieblingstee – Schoko-Minze – anpries.

»Sorry«, formte Hannah mit den Lippen und räumte gleich ein paar leere Tassen von den Tischen. Sie hatte sich orangefarbene und bordeauxrote Bänder um die langen Dreadlocks gewickelt – ihre »Septemberfrisur« nannte sie es.

»Du warst ganz schön lange weg«, sagte Laurie in leisem Ton. »Hier ist viel zu tun, Hannah, kannst du Privates bitte beim nächsten Mal auf deine Mittagspause verschieben?«

»Das war doch meine Mittagspause«, entgegnete Hannah.

Laurie sah auf die Uhr. Es war tatsächlich schon kurz nach halb zwei.

»Oje. Ich bin wohl wirklich ganz schön durch den Wind heute. Tut mir leid.«

»Willst du jetzt Pause machen? Du solltest dringend durchatmen«, sagte Hannah und sah Laurie besorgt an. »Deine Aura gefällt mir gar nicht. Setz dich auf die Bank und lass dir ein bisschen Sonne ins Gesicht scheinen. Das wird dir guttun.«

»Okay. Dann kann ich ja auch gleich einen Gemüsetee aufbrühen und verteilen.« Sie entschied sich für den Rote-Bete-Tee und trat wenig später mit zwei Bechern aus der Tür.

Als Erstes ging sie zu Keira nach nebenan, die aber genauso viel Kundschaft hatte, von der Laurie ihre Freundin nicht abhalten wollte. Da sie sowieso schon am Morgen mit ihr telefoniert hatte, um ihr zum Hochzeitstag zu gratulieren, war es nicht schlimm, wenn sie beide jetzt keine Zeit zum Reden fanden. Laurie stellte ihr also nur den Becher hin und winkte ihr zu. Ruby jedoch, zu der sie als Nächstes ging, war weniger beschäftigt. Zwar befanden sich zwei Kunden in ihrer Buchhandlung, die stöberten aber nur in den Regalen und kamen allein zurecht.

»Hallo, Ruby. Wie geht es dir?«

»Sehr gut, danke. Was bringst du mir denn da Schönes?«

Laurie grinste schief. »Ob dieser Tee so schön ist, weiß ich ehrlich gesagt noch nicht. Das musst du beurteilen. Deshalb bin ich auch hier. Barry ist nämlich der Meinung, dass Gemüsetees total im Kommen sind. Ich bringe dir also Rote-Bete-Tee.«

Ruby lachte. »So was gibt es?«

»Oh ja. Bitte sehr.« Laurie reichte ihr den Becher.

Ruby nahm ihn entgegen und probierte. Im nächsten Moment verzog sie das Gesicht und sagte: »Ungewöhnlich.«

»Sei ehrlich, Ruby.«

»Okay, ich finde ihn leider gar nicht lecker.«

»Gut zu wissen.« Laurie lachte. »Schütte ihn einfach weg, ja?«

»Na gut. Tut mir echt leid.«

»Das muss es doch nicht. Geschmäcker sind verschieden, und Rote-Bete-Tee ist ja nun auch wirklich speziell.« Sie sah auf den Becher. »Lass mich mal probieren.«

Laurie nahm nun selbst einen Schluck und hätte diesen am liebsten gleich wieder ausgespuckt.

»Nicht so toll, oder?«, fragte Ruby.

»Du lieber Himmel, nein! Wer hat sich denn das nur ausgedacht? Und wie kommt diese Person darauf, eine solche Brühe Tee zu nennen? Schütte ihn weg, aber ganz schnell.«

Ruby lachte und ging nach hinten, um die rote Flüssigkeit wegzukippen. Sie gab Laurie den leeren Becher zurück. Außerdem hielt sie jetzt noch etwas anderes in der Hand.

»Sieh mal!«, sagte sie ganz aufgeregt.

»Oh mein Gott, ist das etwa Garys neues Buch?«

Rubys Freund Gary hatte, nachdem er vier Jahre lang auf der Straße gelebt hatte, seine frühere Tätigkeit als Romanautor wiederaufgenommen. Im letzten Jahr war sein erstes Werk nach langer Zeit auf den Markt gekommen. Es war ein voller Erfolg und auf Anhieb in die Bestsellerliste eingestiegen. Laurie freute sich so unglaublich für Gary, dass er an Rubys Seite einen Neuanfang gewagt hatte und dass es auch noch so gut für ihn lief.

»Jaaa! Es erscheint zwar offiziell erst nächste Woche, aber Gary hat schon seinen Karton mit Belegexemplaren bekommen.«

»Das ist großartig. Darf ich?«

Ruby nickte und reichte Laurie das Buch, auf dem eine Nachtigall zu sehen war. Der Titel lautete: *Nur noch eine Nacht mit dir*.

»Das sieht so toll aus. Ist es wieder eine romantische Komödie?«

»Schon, irgendwie. Aber diesmal geht es ein wenig tiefer. Es ist einfach traurig-schön.«

»Ich kann es kaum erwarten, das Buch zu lesen.« Sie hatte Garys ersten Roman *Denn du bist meine Welt* mit Begeisterung verschlungen.

»Ich kann Gary mal fragen, er gibt dir bestimmt eins von seinen Belegexemplaren.«

»Nein, nein, das werde ich mir natürlich kaufen. Es ist ab Montag erhältlich?«

Ruby nickte. Heute war Donnerstag, es war also nicht mehr lange hin.

»Sehr schön. Na, dann will ich mal Mittagspause machen. Hannah sagt, meine Aura gefällt ihr gar nicht.«

»Ach, Hannah …« Ruby schüttelte lachend den Kopf.

»Grüß Gary bitte von mir. Ich wünsch ihm ganz viel Erfolg für sein Buch.«

»Das richte ich aus, danke.«

Die nächste halbe Stunde verbrachte Laurie auf der Bank und aß ihr mitgebrachtes Sandwich und die köstlichen Zwetschgen, die Barrys Mutter in ihrem eigenen Garten geerntet und ihr kiloweise mitgegeben hatte. Leider mochten Lauries Töchter die Früchte gar nicht, viel lieber aßen sie Pommes, die sie vor Kurzem für sich entdeckt hatten. Laurie bereute schon, sie jemals in ein Fast-Food-Restaurant mitgenommen zu haben. Aber weil dort so niedliche Puppenservice-Teile als Beigabe zum Kindermenü angepriesen wurden, hatte sie einfach nicht widerstehen können.

Ihre ältere Tochter Clara wurde in wenigen Monaten vier und war ein richtiger Wirbelwind. Sie war schon immer ein sehr wissbegieriges Kind gewesen und entdeckte die Welt jeden Tag aufs Neue. Gerade lernte sie mit Freude alle möglichen Songtexte auswendig und sang mehr schlecht als recht mit, doch für Laurie war es der schönste Gesang überhaupt. Sie war so stolz auf ihre Süße. Clara würde es im Leben bestimmt nie schwer haben, so offen und selbstbewusst, wie sie jetzt schon war. Ganz anders war da ihre jüngere Tochter, Madeleine, die von allen Maddie genannt wurde. Sie war so schüchtern und still und mochte zu niemand anderem auf den Arm als zu Laurie, Barry und den Großeltern. Aber sie war ja erst ein Jahr und drei Monate, bestimmt würde sich das noch ändern.

Laurie musste wie immer lächeln, wenn sie an ihre kleine Familie dachte, die das Beste war, was ihr je passiert war. Dafür nahm sie ein bisschen Müdigkeit und Angeschlagenheit gerne in Kauf. Die Kinder wurden ja auch älter, und die Dinge würden leichter werden. Barry sagte ihr zwar ständig, dass er am liebsten eine ganze Fußballmannschaft Kinder hätte, doch Laurie war zufrieden – mehr noch, sie war wunschlos glücklich.

Als ihre Pause verstrichen war, ging sie zurück in die Tea Corner und arbeitete an Hannahs Seite, bis es sechs war und sie ihre Ladentür schließen konnte. Sie entließ Hannah nach Hause und sortierte die Unterlagen für die Buchhaltung, die sie in den letzten Wochen nur sorglos in eine Schublade gelegt hatte. Ehe sie es sich versah, hörte sie ein Klopfen an der Tür und ging fröhlich aufmachen.

»Hallo, ihr Süßen!«

»Mummy!«, rief Clara und umarmte ihre Beine.

Laurie küsste ihren Mann und ihre beiden Töchter und sagte ihnen, dass sie in einer Minute kommen würde. Doch dann betrat plötzlich ein alter Mann mit gesenktem Kopf den Laden. Er sah unendlich traurig aus.

»Humphrey«, sagte Laurie erschrocken. »Kommen Sie doch herein.«

Humphrey war der Mann von Mrs. Witherspoon, einer ganz lieben Freundin, die aus der Valerie Lane nicht mehr wegzudenken war. Er setzte sich und sah nun noch kleiner und noch trauriger aus.

»Ist etwas passiert?«, fragte sie.

Er sah auf, und sie konnte Tränen in seinen Augen erkennen.

»Ich gehe schon mal mit den Mädchen zum Auto, ja?«, sagte Barry, schnappte sich Clara und Maddie und ließ Laurie mit Humphrey allein.

Laurie nickte nur und setzte sich zu dem alten Mann. Sie nahm seine Hand und sah ihm direkt in die Augen.

Angst beschlich sie, am liebsten würde sie gar nicht hören, was er auf dem Herzen hatte. Doch dann öffnete er den Mund und sagte mit gebrochener Stimme: »Der liebe Gott hat Esther letzte Nacht zu sich geholt.«

Laurie spürte, wie ihr Tränen in die Augen schossen.

»Oh, Humphrey«, schluchzte sie und umarmte den armen Mann, der gerade die Liebe seines Lebens verloren hatte.

KAPITEL 2

Keira verpackte ihre letzte Praline, schickte ihre Aushilfe Kimberly nach Hause und sperrte den Laden ab. Sie trat in die Valerie Lane und atmete tief durch. Heute war so ein wunderbarer Septembertag, es war noch angenehm warm, die Abendsonne schien, und die Luft duftete nach Herbst. Bald würden die Blätter von den Bäumen fallen, und die Stadt würde in eine ganz besondere Atmosphäre gehüllt sein. Der Herbst war schon immer ihre liebste Jahreszeit gewesen, sie war ja auch die gemütlichste von allen. Man konnte die Sommersachen wegräumen und die kuscheligen Pullis hervorholen, man konnte sich mit einer Tasse heißer Schokolade auf die Couch lümmeln, sich mit einer Wolldecke zudecken und ein gutes Buch lesen. Noch dazu kam die Tatsache, dass die wundervollsten Dinge im Herbst geschehen waren. Heute vor zwei Jahren war sie Thomas' Frau geworden, ein Tag, den sie immer als den schönsten in ihrem Leben in Erinnerung behalten würde. Im letzten Herbst dann, und zwar am 28. September, war ihr kleiner Sohn Andy zur Welt gekommen, der Sonnenschein in ihrem Leben, der den heutigen Abend bei seiner Grandma verbringen würde, damit seine Eltern ihren Hochzeitstag feiern konnten.

Keira lächelte bis über beide Ohren und freute sich auf

den romantischen Abend, der dringend mal wieder nötig war. Obwohl sie es kaum erwarten konnte, zu ihrem Liebsten zu kommen, blieb sie einen Augenblick vor ihrem Laden stehen, um all die wundervollen Eindrücke in sich aufzunehmen. In den acht Blumenkästen, die die Straße säumten, hatten sie vor ein paar Tagen zusammen mit Tobin, der Emily's Flowers führte, entzückende Astern in allen nur erdenklichen Herbstfarben gepflanzt. Blumen in einem satten Gelb, einem warmen Orange, einem anmutigen Weinrot und einem helleren, fröhlicheren Rot verströmten eine Note von Lieblichkeit, aber auch von Abschied, denn der Sommer zählte seine letzten Tage, und der Herbst wartete schon auf seinen Einzug.

Im Vorbeigehen sah Keira durchs Schaufenster in den Teeladen ihrer besten Freundin, die bei ihrer Hochzeit Trauzeugin gewesen war, so wie sie bei ihrer. Auch waren Laurie und sie etwa zur gleichen Zeit schwanger gewesen, was einfach nur großartig gewesen war. Zwar hatte Laurie ihre Maddie schon drei Monate früher bekommen als sie ihren Andy, aber zusammen Babysachen shoppen zu gehen, den Schwangerschaftsgymnastik-Kurs gemeinsam zu machen und sich über Sorgen, Ängste und Erwartungen auszutauschen hätte sie nicht missen wollen. Keira ging nichts über die Freundschaft mit Laurie. Sie hatten sich damals, als Keira etwa ein Jahr nach Laurie in die Valerie Lane gekommen war, sofort angefreundet. Zehn Jahre war das nun her. Und nicht nur die gemeinsamen Mittwochabende, an denen sich für gewöhnlich alle Ladeninhaberinnen der kleinen Straße trafen, hatten sie zusammengeschweißt. Wie oft hatte Laurie ihr eine Schulter zum

Anlehnen geboten, wie oft war sie der eine Mensch gewesen, der ihr mit Rat und Tat zur Seite gestanden hatte?

Laurie saß an einem der Tische über irgendwelchen Papieren. Sie sah auf, als spürte sie, dass Keira in der Nähe war. Als sie sie draußen in der Valerie Lane entdeckte, winkte sie ihr lächelnd zu.

Keira winkte zurück. Sie musste Laurie unbedingt mal wieder eine Freude machen, nahm sie sich fest vor und überlegte auf dem Weg zum Auto, wie sie das am besten anstellen könnte.

Als Keira nach einem kleinen Abstecher nach Hause, wo sie sich schnell umzog, um kurz vor sieben ihr Lieblingsrestaurant erreichte, erhaschte sie bereits von draußen einen Blick auf Thomas. Er hatte einen Fensterplatz ausgesucht, vor ihm auf dem Tisch stand ein Strauß roter Rosen.

Sie konnte sich so glücklich schätzen. Noch vor wenigen Jahren hätte sie im Traum nicht daran gedacht, einmal derart gesegnet zu sein. Damals war sie mit einem Zahnarzt namens Jordan zusammen gewesen, der nicht nur ständig etwas an ihrer kurvigen Figur auszusetzen gehabt, sondern auch keine Kinder gewollt hatte. Sie hatte nicht einmal geahnt, dass er bereits ein Kind mit einer anderen hatte, das er ihr ganze acht Jahre lang verheimlicht hatte. Doch Jordan lag so weit in der Vergangenheit, dass sie sich nicht mehr über ihn ärgerte, ja, nicht einmal mehr darüber, dass sie so lange an seiner Seite geblieben war und gehofft hatte, er würde sich ändern. Jetzt hatte sie Thomas, der sie auf Händen trug, und sie konnte sich überhaupt keinen besseren Partner vorstellen.

Thomas und Keira waren der Topf und der Deckel, von dem alle immer sprachen. Wenn zwei Menschen auf dieser großen weiten Welt zusammengehörten, dann sie beide.

Thomas hatte immer gewusst, wie sehr Keira sich eine eigene Familie wünschte, und deshalb hatte er ihr ganz kitschig einen Antrag in dem Chinarestaurant gemacht, in dem sie ihr erstes Date gehabt hatten. Er ließ einen Zettel in einen Glückskeks einbacken, auf dem stand: WILLST DU MICH HEIRATEN? Als Keira ihn entdeckte, weinte sie vor Glück und konnte Thomas kaum antworten, so überwältigt war sie. Ihre Hochzeit vier Monate später war genau so, wie sie es sich immer ausgemalt hatte: im kleinen Rahmen und doch mit all den Menschen, die ihr etwas bedeuteten. Es gab Frühlingsrollen, all ihre anderen Leibspeisen und eine riesige, mit Trüffeln verzierte Schokoladentorte, eine Band spielte ihre Lieblingslieder, und sie trug ein Kleid in ihrer Lieblingsfarbe Pink. Sie und Thomas hatten nicht groß kirchlich geheiratet wie Laurie, sondern nur standesamtlich. Das reichte ihnen, es war ihre Art, ihre Liebe zu besiegeln.

»Hallo, mein Liebling«, sagte sie, als sie an den Tisch trat.

Thomas erhob sich und gab ihr einen Kuss. Dann rückte er ihr den Stuhl zurecht wie ein Gentleman. Er war immer fürsorglich und aufmerksam und wollte, dass sie alles hatte, was sie brauchte.

»Wie schön, dass du da bist. Wie schön, dass wir es geschafft haben, einen Abend nur für uns zu organisieren«, sagte er.

»Ja, das finde ich auch.« Sie lächelte ihn an. Seine warmen braunen Augen mit den unglaublich langen Wimpern zogen sie noch immer in den Bann. Andy hatte diese Wimpern geerbt, er sah Thomas überhaupt sehr ähnlich. »Hat alles geklappt mit meiner Mutter?«

»Ja, klar. Sie sagt, wir sollen uns so viel Zeit lassen, wie wir wollen.«

»Das ist gut. Wollen wir bestellen? Ich hab einen Riesenhunger, heute war so viel los im Laden, ich bin nicht mal dazu gekommen, eine Mittagspause zu machen.«

»Ich habe zur Vorspeise bereits Mini-Frühlingsrollen bestellt, sie sollten gleich da sein.«

»Du weißt wirklich, wie du mich glücklich machen kannst, was?« Sie grinste. Jordan hatte damals immer gemeckert, wenn sie welche bestellen wollte, weil sie ja so fettig und kalorienhaltig waren. Thomas dagegen hatte gleich bei ihrem ersten Date welche mit Keira gegessen – und in dem Moment war ihr klar gewesen, dass er der Richtige war.

»Aber natürlich weiß ich das. Ich habe mir gedacht, dass wir nach dem Essen noch einen kleinen Spaziergang machen könnten, bevor wir nach Hause gehen, wo eine schokoladige Überraschung auf dich wartet.«

»Dann können wir den Spaziergang auch gerne weglassen«, scherzte sie.

Thomas sah sie an, ganz intensiv, als sähe er sie zum ersten Mal und als wäre sie das Schönste, was er je erblickt hatte. Das liebte sie so an ihm, er gab ihr immer das Gefühl, etwas Besonderes zu sein.

»Du siehst so hübsch aus heute Abend. Sind das neue

Ohrringe?« Er deutete auf die pinkfarbenen Schmetterlinge, die von ihren Ohrläppchen hingen.

Sie nickte. »Ja. Orchid hat sie mir geschenkt, zum Hochzeitstag, ist das nicht lieb?«

»Das ist total lieb. Wie geht es Orchid?«

»Ihr geht es fantastisch. Sie wirkt richtig glücklich mit ...«

Die Kellnerin kam mit den Frühlingsrollen, und Keira wurde unterbrochen.

»Mmmm, sieht das köstlich aus«, sagte sie. Außer Schokolade kannte sie nichts, was auch nur annähernd an Frühlingsrollen herankam. Sie nahm eines der frittierten Röllchen in die Hand und biss genüsslich ab.

Thomas tat es ihr gleich. »Was wolltest du von Orchid erzählen?«, fragte er dann.

»Ach ja, stimmt. Also, Orchid ...«

Sie wurde erneut unterbrochen, da ihr Handy vibrierte. Zwar hatte sie den Klingelton abgestellt, da sie bei ihrem romantischen Dinner nicht gestört werden wollte, aber sie hatte immer im Hinterkopf, dass etwas mit Andy sein könnte.

»Ist es deine Mutter?«, fragte Thomas.

Keira warf einen Blick auf das Display. »Nein, Laurie. Ich rufe sie später zurück.«

»Weiß Laurie, dass wir gerade ein Date haben?«

Keira nickte. Natürlich, sie hatte es Laurie schon vor Tagen erzählt und es am Morgen, als ihre Freundin angerufen hatte, um ihr zu gratulieren, auch noch mal erwähnt.

»Dann wird es sich wohl um etwas Wichtiges handeln. Geh ruhig ran.«

»Aber …« Sie überlegte noch, als das Vibrieren abbrach. Sie starrte auf ihr Handy. Thomas hatte recht. Laurie würde nicht anrufen, wenn es nicht wichtig wäre. Also nahm sie ihr Telefon, entschuldigte sich und ging vor die Tür, um zu hören, was es Dringendes gab.

»Laurie? Du hast versucht, mich zu erreichen?«, fragte sie, nachdem ihre Freundin sich gemeldet hatte.

»Keira … Sitzt du?«

»Nein, ich stehe. Draußen vor dem Chinarestaurant, ich habe doch gerade meinen romantischen Abend mit Thomas.«

»Ich weiß. Tut mir leid, dass ich euch störe.«

Laurie klang gar nicht wie sie selbst. Sofort war Keira mächtig besorgt.

»Warum rufst du denn an? Ist was passiert?«

Stille. Doch Keira konnte förmlich sehen, wie Laurie nickte.

Dann: »Ich habe eine sehr traurige Nachricht.«

Keira schloss die Augen. Oh nein, dachte sie, bitte nicht …

»Mrs. Witherspoon ist von uns gegangen.«

Keiras Augen wurden feucht. »Oh Gott … Wie geht es Humphrey?«, war das Erste, was ihr einfiel.

»Er ist hier bei mir. Ihm geht es natürlich gar nicht gut. Er bittet uns aber, morgen zusammenzukommen. Er meint, er hat etwas zu verkünden, und möchte, dass ich allen Bescheid sage.«

»Oh. Okay. Ich werde da sein. In der Tea Corner?« Ihre Treffen fanden so gut wie immer in Lauries Laden statt, da er der einzige mit Tischen und Stühlen war.

»Ja. Um sieben.«

»Laurie … Willst du, dass ich zu dir komme? Jetzt? Brauchst du meine Unterstützung, was Humphrey angeht?« Sie mochte sich den armen alten Mann gar nicht vorstellen, der auf einmal ganz allein dastand.

»Nein, nein, ist schon okay. Ich rufe jetzt noch den Rest von uns an und bringe Humphrey dann nach Hause. Danke aber, dass du es anbietest.«

»Das ist doch selbstverständlich.«

»Ich komme aber wirklich klar. Barry kümmert sich um die Mädchen. Und du gehst jetzt schön wieder rein und versuchst, deinen Hochzeitstag trotzdem noch ein wenig zu genießen, ja?«

»Ich versuche es.« Ob es ihr gelingen würde, war eine andere Sache.

»Es tut mir wirklich leid, dass ich dich an deinem besonderen Abend gestört habe. Ich dachte nur, du solltest es gleich erfahren.«

»Ist schon okay, ich hätte es dir übel genommen, wenn du es mir erst morgen erzählt hättest. Laurie?«

»Ja?«

»Das ist so traurig. Sie wird mir schrecklich fehlen.«

»Mir auch.«

»Ich drück dich.«

»Ich drück dich zurück.«

Sie beendeten das Telefonat, und Keira ging wieder hinein zu Thomas. Schon an ihrem Blick sah er, dass etwas Schreckliches passiert sein musste.

Fragend sah er sie an. »Keira?«

»Es ist … Mrs. Witherspoon. Sie ist gestorben.« Nun

konnte sie die Tränen nicht mehr zurückhalten, sie liefen ihr in Sturzbächen über die Wangen.

»Oh nein. Das tut mir ehrlich leid. Sie war eine wunderbare Frau.«

Keira nickte. »Eine Bereicherung für uns alle.«

»Wollen wir lieber nach Hause gehen? Wir könnten uns das Essen einpacken lassen.«

»Wenn es dir nichts ausmacht?« Keira war erleichtert über Thomas' Vorschlag. Sie wusste nämlich gerade weder, wie sie überhaupt einen Bissen runterbekommen, noch, wie sie hier sitzen sollte, ohne in Tränen zu ertrinken. »Danke.«

Sie sagten kurz Bescheid, bezahlten, warteten, bis ihnen die Tüte mit dem eingepackten Essen gereicht wurde, und verließen dann das Restaurant. Es hatte so ein schöner Abend werden sollen. Doch manchmal kam einem das Leben leider dazwischen.

Keira hakte sich bei Thomas ein und erinnerte sich daran, dass Mrs. Witherspoon und Humphrey auch immer so gegangen waren, wenn sie die Valerie Lane besucht hatten.

Oh, Mrs. Witherspoon … Die Valerie Lane würde nicht mehr dieselbe sein ohne sie. Sie alle würden nicht mehr dieselben sein.

KAPITEL 3

»Möchtest du auch etwas von dem Salat?«, fragte Ruby ihren Vater Hugh, der in seinem schlumpfblauen Jogginganzug am Esstisch saß und auf die Lasagne starrte, die Ruby bereits am Morgen vorbereitet und nach der Arbeit nur noch in den Ofen geschoben hatte.

»Ich will Lasagne«, antwortete er.

»Die bekommst du auch, Dad. Aber Salat ist sehr gesund, weißt du?«

»Ich mag keinen Salat.«

»Du magst Gurken. Im Salat sind auch Gurken drin«, versuchte sie es.

»Nö. Ich nehm lieber mehr von der Lasagne. Die ist auch gesund.«

»In Ordnung«, sagte Ruby und gab sich geschlagen. Er hatte ja recht, die Gemüselasagne war wirklich gesund, sie hatte sie vollgepackt mit Auberginen, Zucchini und Tomaten. Und im Grunde war sie froh, dass ihr Vater überhaupt wieder einigermaßen normal aß. In den ersten Jahren nach dem Tod ihrer Mutter hatte er nämlich darauf bestanden, stets eine ganze Woche lang nur ein und dasselbe Nahrungsmittel zu essen. Es war alles andere als leicht gewesen mit ihm, in jeglicher Hinsicht, hatte er sich doch in seiner eigenen Welt verschanzt. Erst als Gary in ihr Leben getreten war, hatte Hugh angefangen, seines wieder zu meistern. Und dabei hatte Gary selbst Schlimmes durchgemacht, seine Frau und sein Sohn waren bei einem Autounfall umgekommen, woraufhin er sich für ein Leben auf der Straße entschieden hatte. Doch irgendwie hatten sie es geschafft, einander Hoffnung zu schenken und Zuversicht und den Mut, in die Zukunft zu blicken. Ganz behutsam kamen sie über ihre vergangenen Tragödien hinweg, gaben einander Halt und taten einen Schritt nach dem anderen.

Und hier saßen sie nun beisammen, wie eine richtige Familie, als wäre all der Schmerz ausgelöscht. Natürlich war die Vergangenheit nicht vergessen, und das wollten sie auch gar nicht, denn sie war ein Teil von ihnen, aber sie bestimmte jetzt nicht mehr tagein, tagaus ihr Denken. Sie hatten gelernt, sie anzunehmen und vor allem die schönen Momente in Erinnerung zu behalten.

»Möchtest du Salat?«, fragte sie Gary, der lächelte und nickte. Er hatte bereits den Rotwein eingeschenkt.

»Sehr gerne, danke. Der sieht lecker aus.«

»Ich wollte etwas Besonderes für dich kochen. Es gibt schließlich was zu feiern.«

Gary strahlte bis über beide Ohren, und das tat er schon den ganzen Tag lang. Er hatte ja auch allen Grund dazu. Schließlich war sein zweiter Roman eingetroffen. Eigentlich war es gar nicht erst sein zweiter, denn er hatte damals, in seinem früheren Leben, auch schon einige Bücher veröffentlicht. Doch dies war nun sein zweiter Roman nach seinem Neuanfang. Ruby hätte glücklicher nicht sein können. Sie füllte ihm Salat und Lasagne –

sein Lieblingsessen – auf den Teller und gab ihm einen Kuss.

»Ich bin sehr stolz auf dich, Gary.«

»Das habe ich alles nur dir zu verdanken.«

»Mir?« Ruby füllte sich selbst auf und setzte sich dann. Überrascht sah sie ihn an.

»Ja, natürlich. Ohne dich hätte ich diese Bücher nie schreiben können.«

»Ach so. Weil ich dir den Laptop zum Geburtstag geschenkt habe?« Als Autor brauchte man doch heutzutage einen, und das war das Mindeste, was sie für Gary tun konnte, fand Ruby, nachdem er ihr immer zur Seite stand. Er hatte sie bei dem Vorhaben unterstützt, aus dem Antiquitätenladen ihrer Mutter eine Buchhandlung zu machen, die sich auf alte und besondere Ausgaben spezialisierte. Er hatte sich so oft um Hugh gekümmert, dass sie es schon gar nicht mehr zählen konnte. Und er half nicht selten im Laden mit, wenn sie ihn brauchte. Für Ruby war Gary der größte Schatz auf Erden, und sie fühlte sich gesegnet, ihn zu haben.

Gary sah sie verblüfft an. »Der Laptop? Nein, Ruby. Weißt du denn nicht, dass du für mich immer die größte Inspiration bist? Ohne dich hätte ich nie wieder auch nur einen Satz zustande gebracht.«

Sie war ehrlich gerührt. Wie Gary sie ansah … mit so viel Zuneigung und Dankbarkeit.

Sie legte eine Hand auf seine. »Ich liebe dich«, sagte sie zu ihm.

»Ich liebe dich auch.«

»Krieg ich noch mehr Lasagne?«, fragte Hugh und zerstörte den wunderbaren Moment. Doch das machte nichts, sie waren seine Art längst gewohnt, und ohne seine ständigen Bemerkungen in den unpassendsten Momenten würde ihnen sogar etwas fehlen.

»Na klar, Dad.« Ruby gab ihm noch eine Portion.

Hugh machte sich gierig über seinen Nachschlag her. Sein graues, viel zu langes Haar war wie immer total außer Kontrolle, es stand nach allen Seiten ab.

»Daddy, wir müssen bald mal wieder deine Haare schneiden, ja?«, wagte Ruby sich an das Thema heran. Er mochte es leider gar nicht, wenn sie die Friseurin spielte.

»Pah! Die müssen nicht geschnitten werden.«

Sie sah zu Gary, der sachte den Kopf schüttelte. Nicht heute, er hatte recht. Dieser Abend war viel zu schön, um ihn mit einem Streit übers Haareschneiden zu ruinieren.

»Ach, übrigens«, sagte sie, trank einen Schluck Wein und wandte sich wieder an Gary. »Ich habe Laurie heute dein Buch gezeigt, und sie war ganz aus dem Häuschen. Sie will es unbedingt lesen, sagt sie, und sie freut sich schon darauf.«

Gary errötete leicht, wie immer, wenn jemand begeistert von seinen Geschichten war.

»Das freut mich.«

»Sie wünscht dir ganz viel Erfolg, lässt sie ausrichten.«

»Danke, das ist wirklich nett.«

Ruby spießte eine Auberginenscheibe auf. Sie passte farblich perfekt zu dem Kleid, das sie heute trug. Es war schmal geschnitten und knielang, im Stil der Vierzigerjahre. Ruby liebte nämlich nicht nur alte Bücher, sondern auch Kleider aus vergangenen Epochen. Die meisten ihrer Kleider und Kostüme hatte sie auf Flohmärkten oder in Secondhandläden ergattert, und sie hatte sie in ihrem Kleiderschrank nach Jahrzehnten sortiert.

»Ich bin mir ganz sicher, dass auch dieses Buch ein großer Erfolg wird«, sagte sie. »So berührend, wie du schreibst, geht das gar nicht anders.«

»Du bist ja süß. Na, warten wir mal ab. Ich will mir lieber keine allzu großen Hoffnungen machen. Wenn die Leser es dann mögen, freue ich mich umso mehr.«

»Das werden sie.« Mögen war überhaupt nicht das passende Wort. Die Leser waren hin und weg gewesen von Garys erstem Roman. Die Kritiker hatten ihn hoch gelobt, und die Bewertungen im Internet ließen keinen Zweifel daran, dass die Leute *Denn du bist meine Welt* absolut liebten.

»Ich bin fertig«, kam es nun von Hugh. »Darf ich mich auf meinen Sessel setzen und Radio hören?«

»Du hast uns noch gar nichts von deinem Tag erzählt, Dad. Was hast du denn heute so gemacht?«

Hugh war wenig begeistert, jetzt noch groß reden zu müssen. Er stöhnte leicht, tat seiner Tochter aber den Gefallen und ließ sie an seinem Tagesablauf teilhaben.

»Ich habe mir im Fernsehen eine Sendung über Eisbären angesehen«, begann er, und Ruby erwartete schon, dass er jetzt sagen würde, er wolle unbedingt einen Eisbären haben oder eine Reise an den Nordpol machen. So war Hugh Riley nämlich. Sah er eine Sendung über Bienen, wollte er plötzlich Imker werden; hörte er im Radio den Song *Let's Go to San Francisco*, wollte er seine Koffer packen und den nächsten Flieger nach Kalifornien nehmen. Doch heute beließ er es dabei, ihnen kurz und knapp von den Eisbären zu erzählen. »Danach war ich mit Gary im Park, Schach spielen.«

»Ach, ehrlich? Wer hat gewonnen?«

Gary lachte. »Du weißt doch, dass ich deinen Dad so gut wie nie schlage.«

»Stimmt. Gary ist einfach zu schlecht«, sagte Hugh und lachte erfreut.

»Eigentlich bin ich gar nicht so schlecht. Gegen dich hat nur kaum jemand eine Chance.«

Hugh strahlte zufrieden.

»Und was hast du noch gemacht?«, wollte Ruby wissen.

»Wir waren bei Burger Queen und haben Cheeseburger gegessen«, erzählte er.

»Du meinst Burger King, oder?«

»Pah! Ich glaube ja, dass eher eine Königin die Cheeseburger erfunden hat und nicht ein König. Frauen können doch viel besser kochen«, stand für Hugh fest.

Sie alle lachten.

»Darf ich jetzt Radio hören gehen?«, quengelte er dann.

»Ja, klar. Geh nur.«

Ruby sah ihrem Vater hinterher, wie er zu seinem Lieblingssessel schlurfte und sich sein Radio auf den Schoß stellte. Er drehte so lange an dem Knopf, bis er die Sportsendung fand, die er suchte.

»Er macht sich wirklich gut«, sagte Gary, der mit seinem Blick ebenfalls Hugh gefolgt war. »Heute im Park hat ein Hund einem kleinen Mädchen den Ball weggeschnappt und ist damit davongelaufen. Hugh ist direkt hinterher und hat richtig mit dem Terrier gekämpft, um dem weinenden Mädchen sein Spielzeug zurückzubringen.«

»Ehrlich? Er hat was für jemand anderen getan?« Ruby war zutiefst bewegt, denn dass ihr Vater überhaupt mal etwas anderes sah als nur sich und seine eigenen Bedürfnisse, war ungewöhnlich. So war er, da konnte man nichts machen, und Ruby hatte ihn trotz allem lieb, doch dieses Ereignis überwältigte sie geradezu.

Gary nickte. »Er hat in letzter Zeit Momente ... Da könnte man fast vergessen, dass er ... ist, wie er ist.«

Speziell, nannten die Leute es meistens, oder sogar verrückt. Ruby nannte es verwirrt. Die Welt ihres Vaters war nun mal nicht mehr dieselbe, seit seine geliebte Frau gestorben war. Ruby konnte es nachvollziehen, jetzt noch mehr denn je. Denn sie liebte Gary bereits nach so kurzer Zeit so sehr, dass sie sich ein Leben ohne ihn überhaupt nicht mehr vorstellen konnte. Wie musste es sein, wenn der Partner, der wichtigste Mensch im Leben, ganz unerwartet und viel zu früh von einem ging und einen einfach allein ließ, mit all dem Kummer und dem Schmerz, mit einer Tochter und einem Geschäft und einem Leben, das doch ohne den anderen gar nicht mehr funktionieren konnte?

»Ich hatte die Hoffnung fast schon aufgegeben«, sagte sie und schob mit der Gabel die letzten Salatblätter hin und her.

»Übrigens«, meinte Gary und lächelte ein wenig schelmisch, »habe ich mir dich für die Protagonistin meines nächsten Romans zum Vorbild genommen.«

Ruby staunte nicht schlecht. Es war ein Tag voller Überraschungen.

»Mich?«

Gary nickte.

»Das wird dann aber ein ziemlich langweiliges Buch werden.« Sie lachte schüchtern.

»Ich bin doch schon mittendrin, und es ist alles andere als langweilig.«

»Worum geht es denn genau?«, fragte sie interessiert.

»Um eine starke junge Frau, die einiges im Leben durchmachen musste, die aber nie aufgegeben hat. Stattdessen lässt sie mithilfe der Kunst ihren Gefühlen freien Lauf.«

»Sie zeichnet?«

»Oh ja. Genau wie du.«

»Das ist eine wundervolle Idee. Wie heißt sie denn, deine Protagonistin?«

Gary wartete einen Moment, dann sagte er: »Meryl.«

Sofort schossen Ruby Tränen in die Augen. Meryl war der Name ihrer Mutter gewesen.

»Wenn das okay für dich ist«, fügte Gary schnell hinzu. »Ich kann es auch noch ändern.«

»Nein, das ist superschön. Sie hätte sich gefreut, dass du ihren Namen verwendest. Sie hat gerne gelesen.«

»Ich weiß.« Im Wohnzimmer stand noch immer das große Bücherregal mit all ihren Liebesromanen, während in Rubys Zimmer mehrere Regale vollbepackt mit Klassikern waren, sogar Erstausgaben waren darunter.

»Eines Tages wirst du richtig, richtig erfolgreich sein«, war Ruby sich sicher. »Und ich kann sagen, ich kannte dich schon vorher.« Sie gab Gary einen Kuss auf die Wange.

»Du kannst sagen, ich hätte die Hauptfigur in einem meiner Bücher dir nachempfunden. Das können nur wenige von sich behaupten«, scherzte er.

»Du Schuft! Wie viele Freundinnen hast du neben mir noch, denen du ein Buch widmest?«

Gary nahm ihre Hand in seine. »Für mich wird es immer nur dich geben, ich hoffe, das weißt du.«

Sie schmiegte sich an ihn und genoss seine Nähe, genoss das gemeinsame Glück, genoss jeden Moment, denn diese Dinge waren keine Selbstverständlichkeit.

Irgendwann löste Ruby sich von Gary, lächelte ihn noch einmal an und begann dann, den Tisch abzuräumen.

Gary stand auf und half ihr, das Geschirr in die Küche zu bringen. Sie lebten noch immer in der Dreieinhalbzimmerwohnung, in der Ruby schon als Kind mit ihren Eltern gewohnt hatte. Jetzt mit dem Antiquariat, das so gut lief, und dem Geld, das Gary durch seinen Bestseller eingenommen hatte, dem aktuellen Buch und dem neuen Zweibuch-Vertrag, den er erst vor wenigen Wochen unterzeichnet hatte, könnten sie langsam darüber nachdenken, sich etwas Besseres zu suchen, ein Haus vielleicht oder eine Wohnung in einer schöneren Gegend. Doch so waren sie nicht, weder Gary noch Ruby hatten vor, hoch hinaus zu schießen. Sie waren einfach nur froh, sich keine Sorgen mehr um die Miete oder den Laden machen zu müssen. Sie waren froh, dass es ihnen gut ging. Und vor allem Gary war dankbar, ein Dach über dem Kopf, warme Sachen zum Anziehen, etwas im Magen und Menschen um sich zu haben, denen er etwas bedeutete. Sie waren zufrieden mit dem, was sie hatten, mehr noch als das, sie waren selig.

Während Ruby gerade das Geschirrwasser in die Spüle laufen ließ, klingelte ihr Handy.

»Magst du rangehen?«, fragte sie.

Gary nahm das Telefon in die Hand, und gleich darauf sah Ruby Besorgnis in seinen Augen.

»Es ist Laurie. Ich weiß nicht, was los ist, aber sie klingt ziemlich durcheinander.« Er reichte ihr das Handy.

Ruby trocknete sich schnell die Hände am Geschirrtuch ab und nahm es entgegen. »Laurie?«

»Ruby … Etwas sehr Trauriges ist passiert. Mrs. Witherspoon ist letzte Nacht von uns gegangen.«

Rubys Herz setzte aus. Sie konnte nichts erwidern. Langsam ließ sie das Handy sinken, sackte auf den Küchenstuhl und begann, hemmungslos zu weinen.

Gary sagte Laurie, dass Ruby später zurückrufen würde, und stellte sich an ihre Seite. Sie klammerte sich an ihn.

Sie hatte Mrs. Witherspoon so gerngehabt. Die alte Dame war wie eine Grandma für sie gewesen, seit ihre eigene 2013 verstorben war. Ja, sie hatte Mrs. Witherspoon schon als kleines Mädchen gekannt, wie oft hatten ihre Mum und sie bei ihr vorbeigeschaut, um ihr ein Glas selbst gemachter Marmelade oder ein Stück Kuchen zu bringen. Ruby hatte Mrs. Witherspoon bewundert. So arm sie auch war, hatte sie sich doch nie beklagt, sondern an den Dingen festgehalten, die ihr Leben lebenswert machten: Das waren ihre über alles geliebte Löffelsammlung, ein paar hübsche Porzellanfiguren und einige alte Bücher. Sie hatte die Brontë-Schwestern heiß und innig geliebt und besaß ein paar wunderschöne alte Ausgaben von *Sturmhöhe*, *Jane Eyre* und *Agnes Grey*, aus denen sie Ruby vorgelesen hatte, wenn sie als Babysitter eingesprungen war, weil Meryl so viel im Laden zu tun gehabt oder mal wieder zu einer Haushaltsauflösung gewollt hatte. Vielleicht war nicht nur der Antiquitätenladen, sondern im Besonderen Mrs. Witherspoon der Grund dafür gewesen, dass Ruby angefangen hatte, eine tiefe Leidenschaft für alte Bücher zu entwickeln.

Gary hielt sie fest umschlungen und fragte nicht, was los war. Er wusste, sie würde es ihm sagen, wenn sie so weit war.

Ruby schluchzte herzzerreißend.

»Mrs. Witherspoon …«, war alles, was sie herausbrachte.

»Oh nein, Ruby, es tut mir so leid.« Er setzte sich zu ihr und hielt sie, wenn möglich, noch ein wenig fester. Er wusste, dass es keine Worte gab, die Ruby ihre Traurigkeit hätten nehmen können, also blieb er still und war einfach nur für sie da. Und das war alles, was Ruby in diesem Moment brauchte.

KAPITEL 4

Susan hatte den Kopf schief gelegt und hörte Stuart beim Proben seines Sets zu, das er später am Abend vor einem großen Publikum spielen würde. Seine Bandmitglieder Avery und Gunnar begleiteten ihn dabei auf der E-Gitarre und dem Schlagzeug. Stuart spielte wie immer auf der Gitarre, die sein Vater ihm zu seinem zwanzigsten Geburtstag geschenkt hatte, und sang seine Lieder, noch immer mit Leidenschaft, jedoch nicht mehr mit so viel Liebe wie noch vor wenigen Jahren. Als Susan Stuart zum ersten Mal hatte singen hören, war sie zutiefst bewegt gewesen von dem Gefühl, das er in seine Songs gesteckt hatte. Heute aber ging es nicht mehr um Gefühle, sondern um Kommerz. Die Musik der Twentyniners erzählte nicht länger von Träumen, die in Erfüllung gehen konnten, und von einer Welt, die wunderschön und gut war, sondern hauptsächlich von Autos, Geld und heißen Frauen. Das kam super an beim Publikum. Die Männer fanden die Twentyniners cool und konnten die Texte mitsingen, und die Frauen standen mehr noch auf die einzelnen Bandmitglieder als auf die Musik, die sie machten. So kam es zumindest Susan vor, wenn sie die Fans bei den Konzerten beobachtete. Ja, wenn sie es richtig erkannte, lagen Frauen jeden Alters den Jungs zu Füßen.

»… and then I saw your face and everything was fine … wanna kiss you hard and share a bottle of wine«, beendete Stuart den Song, spielte noch ein paar Akkorde, hielt inne und lächelte sein neues sexy Lächeln, das ihnen in der letzten Zeit so einige Probleme eingebracht hatte.

Susan wollte es nicht, doch sie konnte einfach nicht anders, als eifersüchtig zu sein. Auf all die vielen Frauen, die für ihren Liebsten schwärmten. So hatte sie sich das nicht vorgestellt, als sie sich dazu entschlossen hatte, die Band bei ihrer ersten großen Tour zu begleiten.

Es war gut drei Jahre her, dass der Musikmanager Jeffrey Hamilton die Twentyniners bei einem Benefiz-Konzert zu Hause in Oxford entdeckt hatte. Er war sofort Feuer und Flamme gewesen und hatte Stuart und der Band angeboten, sie von nun an zu vertreten, ihnen Auftritte zu verschaffen, größere, bessere als die, die sie bisher auf winzigen lokalen Bühnen gehabt hatten. Er versprach ihnen große Locations, Ruhm, Geld, kreischende Fans, eine eigene CD und mehr Erfolg, als sie sich überhaupt vorstellen konnten. Die Jungs waren natürlich total euphorisch gewesen und hatten den Vertrag unterzeichnet, nicht, weil sie wirklich von Ruhm und Geld geträumt hatten, sondern weil sie ihre eigenen, selbst komponierten Songs, die ihnen die Welt bedeuteten, bis in alle Ecken des Landes hatten bekannt machen wollen.

Damals spielten die Twentyniners – die so hießen, weil die Band gegründet worden war, als alle drei Mitglieder neunundzwanzig Jahre alt gewesen waren – bereits seit sechs Jahren zusammen. Fortan durften sie tatsächlich auf größeren Events und Festivals auftreten, in London, Manchester, Liverpool, Brighton, Birmingham oder Leeds. Stuart war immer öfter weg, so oft, dass Susan begann, ihn schrecklich zu vermissen. So oft, dass er kaum noch zu Hause war und seiner Schwester Charlotte, die auch Susans Angestellte im Wollladen war, und ihren Kindern seine Wohnung überließ. Er hatte die drei bei sich aufgenommen, als Charlotte sich von ihrem gewalttätigen Ehemann getrennt hatte. Ja, so war Stuart gewesen, immer für alle da, doch nun war er mehr fort als da, und das machte Susan schwer zu schaffen. So sehr, dass sie, als Stuart ihr vergangenes Jahr freudig berichtet hatte, dass die Twentyniners in diesem Sommer zwei Monate lang durch ganz Großbritannien touren würden, zu grübeln begann. Susan wollte Stuart nicht zwei Monate lang fortgehen lassen und ihn in der ganzen Zeit höchstens ein paarmal sehen, wenn er in der Nähe spielte. Sie wollte bei ihm sein, Tag und Nacht, ihn unterstützen, ihm zuhören und zusehen und ihm zeigen, dass sie ihn liebte. Und deshalb entschloss sie sich schweren Herzens dazu, ihr Wool Paradise für diese Zeit in Charlottes Hände zu übergeben und in einem Tourbus mit drei lieben, aber auch lauten und chaotischen Männern zu hausen.

Zuerst war alles ganz aufregend und einfach nur schön. Tagsüber hörte sie der Band beim Proben der Songs aus dem Repertoire und beim Komponieren von neuen zu. Sie kümmerte sich um ihr leibliches Wohl und zauberte in der kleinen Küche an Bord die köstlichsten Speisen, damit die Jungs sich nicht mehr nur von Burgern oder Fish and Chips ernähren mussten. Abends stand sie direkt neben der Bühne und sah ihrem Schatz dabei zu, wie er seine

Fans begeisterte, an Orten wie Glasgow, Edinburgh, Aberdeen oder Dublin. Doch irgendwann fiel Susan auf, dass das Publikum fast nur noch aus weiblichen Fans bestand.

Zuerst dachte sie sich nichts dabei. Natürlich kamen die Jungs bei den Frauen gut an. Schließlich sahen sie alle drei super aus, gaben großartige Songs zum Besten und hatten sogar einen Top-100-Hit, wenn auch nur Platz 97, gelandet. Dann jedoch bekam Susan mit, wie sehr Avery und Gunnar sich verändert hatten, wie sie nicht selten eines dieser Groupies mit in den Bus oder ein Hotelzimmer nahmen. Was Avery anging, war das okay, der war Single, doch Gunnar hatte zu Hause eine schwangere Freundin, und da hörte der Spaß für Susan auf. Als sie Stuart darauf ansprach, sagte er lediglich: »Lass ihn doch, ist schließlich seine Sache«, und das machte Susan noch wütender und ließ sie zum ersten Mal erkennen, was wirklich aus den Jungs geworden war. Und nun begann sie auch zu grübeln und sich zu fragen, ob Stuart während ihrer Abwesenheit dasselbe getan hatte, da er das alles ja gar nicht so schlimm zu finden schien.

Die Sache war die: Stuart wurde als Bandleader nicht weniger angeflirtet, nein, wenn möglich sogar noch mehr. Er hatte sicher Hunderte Chancen gehabt in den letzten drei Jahren. War er ihr wirklich immer treu gewesen, wie sie es angenommen, wie sie es ganz fest geglaubt hatte? Susan hatte nie an ihrer Beziehung oder an Stuarts Loyalität gezweifelt, doch mit jedem Tag wurde sie ein wenig paranoider, und irgendwann setzte sie sich mit ihm zusammen und erzählte ihm von ihren Ängsten. Er versicherte ihr, dass sie sich keine Sorgen zu machen brauche, dass er ihr niemals wehtun würde, dass er nicht so sei wie Gunnar, und doch blieb da ein Zweifel, ein Verdacht, der nicht verschwinden wollte, so sehr Susan sich auch bemühte. Der Gedanke daran, Stuart könnte ein paarmal ausgeblendet haben, dass auch er eine Freundin hatte, nistete sich in ihrem Kopf ein und ließ sie nicht los. Sie hatte von Anfang an Verständnis dafür gehabt, dass ihr Freund mit seinen weiblichen Fans auch ein wenig flirten musste, und obwohl sie die meisten neueren Songs, in denen es um Sex und Alkohol ging, nicht allzu sehr mochte, hatte sie sie nie kritisiert. Doch jetzt, da sie vierundzwanzig Stunden am Tag mit den Jungs verbrachte, fiel ihr erst auf, dass nicht nur ihre Songs, sondern auch sie selbst nicht mehr dieselben waren. Sie waren arrogant, ja fast schon größenwahnsinnig geworden, und das schloss Stuart nicht aus. Sie tranken viel zu viel – Stuart eingeschlossen – und feierten fast mehr, als sie arbeiteten. Manchmal hatte Susan das Gefühl, als hielten die Twentyniners sich schon für die Rockstars des Jahrhunderts, und das tat ihnen nicht gut.

»Musst du diesen Mädchen so schöne Augen machen?«, hatte sie Stuart erst vor ein paar Tagen wieder gefragt, und er hatte erwidert: »Ein bisschen Flirten gehört eben dazu, Susan. Wir wollen, dass unsere Fans unsere Alben kaufen und unsere Konzerte besuchen, da können wir sie doch nicht vor den Kopf stoßen.«

»Das ist mir schon klar, Stuart. Und vor den Kopf stoßen sollst du sie ja auch gar nicht. Ich meine, sieh dir Avery und Gunnar an, die tun genau das Gegenteil, oder?« Es war wirklich kaum noch zu ertragen, das mit anzusehen.

Stuart zuckte die Achseln. »Dass sie sich ab und an mal mit einem Fan amüsieren, ist deren Sache, aber es heißt nicht, dass ich das auch tue.«

»Bist du dir da sicher? Hast du das wirklich noch nie gemacht?«, fragte sie. »Auch nicht, bevor ich mit dabei war?«

»Wie kannst du mich so was fragen, Susan?«, sagte er enttäuscht, als hätte sie ihm etwas völlig Undenkbares unterstellt. Doch es war nun mal Fakt, dass er jeden Abend gleich mehrere Frauen hätte abschleppen können, wenn er gewollt hätte. Dass er viel zu viel von sich selbst hielt und sich auf seiner Instagram-Seite seit Neuestem *Stuart Ladykiller* nannte. Dass er dort beinahe jeden Abend Selfies mit irgendwelchen heißen Frauen postete. Dass er Susan hingegen nur noch selten sagte, wie viel sie ihm bedeutete. Dass er die Adoption, von der sie noch vor drei Jahren jeden Tag gesprochen hatten, seit einer Ewigkeit nicht mehr erwähnt hatte. Dass er nur noch sich selbst und seine Karriere sah. Dass das letzte gemeinsame Instagram-Foto mit ihr mehr als ein Jahr zurücklag. Und Susan begann mehr und mehr, an der Stabilität ihrer Beziehung zu zweifeln.

An diesem Abend nun stand sie wieder in dem abgesperrten Bereich neben der Bühne und sah und hörte den Twentyniners dabei zu, wie sie von der wahren Liebe sangen. Dabei fragte sie sich, wo denn nur ihre eigene wahre Liebe hin war.

Susan sah, wie Stuart in die Menge lächelte und dann einem etwa zwanzigjährigen Blondchen, das ihm eine Kusshand zuwarf, eine solche erwiderte. Plötzlich hatte sie genug. Sie ging in den Backstagebereich und setzte sich auf einen der schwarzen Klappstühle. Dort starrte sie auf ihre Schuhe, die ganz schmutzig waren von dem sandigen Boden des Festivalplatzes. Und in diesem Moment vermisste sie ihren Cockerspaniel Terry mehr als je zuvor. Sie hatte den Hund schon, seit er ein Welpe gewesen war. Er war all die Jahre immer an ihrer Seite und für sie da gewesen, wenn es ihr schlecht gegangen war. Er hatte es sofort gespürt und war zum Kuscheln zu ihr gekommen, und es war ihr jedes Mal besser gegangen. Hier hatte sie niemanden zum Kuscheln außer Stuart, mit dem sie im Moment überhaupt nicht kuscheln wollte. Terry war derweil bei Charlotte und den Kindern, die sich über seine Gesellschaft freuten, besonders Charlottes zwölfjährige Tochter Vanessa hatte einen Narren an ihm gefressen, ging Gassi mit ihm und verwöhnte ihn, wo sie nur konnte. Wahrscheinlich vermisste Terry Susan überhaupt nicht. Und sie saß hier und fühlte sich so allein.

Aber nicht nur Terry fehlte ihr, sondern auch ihr Laden, die Valerie Lane und vor allem ihre Freunde. Wie gerne würde sie sich bei Tobin aussprechen, bei Laurie Tee trinken, mit Charlotte herumalbern oder mit ihren Kunden über den neuesten Klatsch und Tratsch reden. Vor allem aber vermisste sie die Mittwochabende, an denen sie sich in Laurie's Tea Corner trafen und sich über alles, was in der Valerie Lane passierte, austauschten. An diesen besonderen Abenden ließen sie jeden ein, der ein wenig Gesellschaft wollte, der einen guten Rat oder ein offenes Ohr brauchte oder sich einfach nur einen heißen Becher Tee holen wollte, wie die armen Obdachlosen der

Gegend. Und das war noch eine andere Sache, die sie schrecklich vermisste. Zu Hause in Oxford hatte sie viel Wohltätigkeitsarbeit geleistet, hatte im Obdachlosenheim und in der Suppenküche ausgeholfen und ständig irgendetwas für die Bedürftigen gestrickt. Gutes für andere zu tun, denen zu helfen, die es allein nicht schafften – das fehlte ihr unglaublich. Sie war zwar erst seit fünf Wochen aus Oxford weg, doch es kam ihr vor wie eine halbe Ewigkeit, und es würden noch drei weitere Wochen folgen. Sie wusste nicht, ob sie das überhaupt aushalten würde.

Sie dachte an den neuen Artikel, den sie am Morgen auf der Valerie-Lane-Homepage gelesen hatte. Eine liebe Bloggerin namens Mary-Lou hatte es sich zur Aufgabe gemacht, aus der romantischsten Straße der Welt zu berichten. Meist gab es alle paar Tage, mindestens aber einmal die Woche ein Update. Dann lud Mary-Lou neue Fotos hoch und stellte einen kleinen Bericht rein. Susan verfolgte die Neuigkeiten begierig und hatte so das Gefühl, wenigstens nicht allzu viel zu verpassen. An diesem Morgen hatte sie erfahren, dass die Ladeninhaber hübsche Herbstastern gepflanzt hatten und dass Keira eine neue Leckerei in ihrer Chocolaterie anbot: Kirsch-Brownie-Ecken. Außerdem hatte jemand bei Laurie seinen Hut vergessen, und Ruby führte nun nach häufiger Nachfrage auch Harry-Potter-Sammlerzubehör.

Ach, ihr fehlte das alles so sehr …

»Hey, Susan, alles okay?«, hörte sie Howie fragen, einen der Tontechniker, die die Konzerttour begleiteten und achtgaben, dass auf der Bühne alles reibungslos ablief. Er war um die fünfzig und immer nett zu ihr, erzählte ihr oft von seiner Frau und seinen vier Kindern zu Hause in Cambridge. Sie hatte ihn gefragt, ob er sie nicht vermisse, wenn er so lange von zu Hause fort sei, und er hatte mit seiner rauen Stimme geantwortet: »Natürlich vermisse ich sie, was denkst du? Aber ich tu das alles ja für sie. Und außerdem liebe ich meinen Job.«

Ja, Susan liebte ihren Job auch, sie liebte ihren Laden, liebte es, die Kunden in Sache Wolle zu beraten und ihnen auf Wunsch einen Pullover oder einen Schal in ihren Lieblingsfarben zu stricken. Es war Mitte September, eigentlich saß sie zu dieser Jahreszeit immer schon im Wollparadies und fertigte unzählige Paar Handschuhe und Socken an, die sie zu Weihnachten mit ins Gemeindezentrum nahm, um sie an die Bedürftigen zu verteilen. Das war eine Tradition, in diesem Jahr würde sie aber gar nicht so viel schaffen … Sie hatte hier zwar auch Wolle dabei, doch Gunnar und Avery hatten sich bereits mehrmals über sie lustig gemacht, wenn sie im Tourbus gesessen und gestrickt hatte. »Hausmütterchen« hatten sie sie genannt, und Avery hatte gefragt, ob sie das mit dem Rockstar-Dasein irgendwie falsch verstanden habe. Das hatte sie verletzt, danach hatte sie nur ab und zu mal heimlich ihre Wolle herausgeholt und es irgendwann ganz sein lassen.

»Rockstar-Dasein« … Sie fragte sich, wann die Jungs angefangen hatten, ihre wunderbare Aufgabe, der Welt ihre Lieder näherzubringen, so zu sehen. Sie waren wirklich nicht mehr dieselben – und Stuart war es auch nicht.

Nun sah sie Howie an und lächelte traurig. »Alles okay«, sagte sie. »Ich vermisse nur meine Freundinnen zu Hause in Oxford.«

»Das kann ich verstehen. Es ist aber ja kein Zwang, dass du die ganze Zeit dabei bist. Fahr doch für ein paar Tage heim«, schlug er vor.

Darüber hatte Susan auch schon nachgedacht. Es war wirklich zu lang, vor allem für jemanden wie sie, die zuvor nicht einmal für ein Wochenende verreist war. Sie hatte Oxford nie verlassen, war nicht einmal nach Kanada oder Australien gereist, wo ihr Bruder Michael beruflich für längere Zeit gelebt hatte. Michael … Als sie an ihn dachte, musste sie lächeln. Sie konnte noch immer nicht glauben, dass der Sunnyboy, der ständig seine Freundinnen gewechselt hatte, nun in London endlich die Richtige gefunden hatte. Sie hieß Chelsea und war seine Friseurin, in die er sich vor gut einem Jahr verliebt hatte. Er war von da an besonders häufig zum Haareschneiden gegangen und hatte sie schließlich um ein Date gebeten. Inzwischen wohnten sie zusammen und waren einfach ein zauberhaftes Paar. Susan hatte sie besucht, als die Twentyniners für drei Konzerte in London gewesen waren. Das war ganz am Anfang der Tour gewesen, als Susan noch völlig andere Erwartungen gehabt hatte.

Sie sagte Howie, dass sie darüber nachdenken würde, und holte ihr Handy aus der Hosentasche. Sie hatte es wegen der lauten Musik überhaupt nicht gehört und stellte nun erstaunt fest, dass sie neun versäumte Anrufe hatte, sechs von Laurie, zwei von Keira und einen von Ruby. Sie sah auf die Uhr, es war 21:57, ihre Freundinnen versuchten bereits seit Stunden, sie zu erreichen.

Susan checkte schnell, ob sie auch SMS erhalten hatte. Ja, eine, in der Laurie sie bat, so schnell wie möglich zurückzurufen. Und das würde sie auch sofort tun. Sie ging aus dem Backstage-Bereich und verließ das Gelände, um Ruhe zu finden. Dann drückte sie auf »Zurückrufen«.

»Susan? Oh Gott, endlich«, hörte sie Laurie, und sie wusste sofort, dass etwas Schreckliches passiert war. Ihr Herz zog sich zusammen.

»Laurie. Was ist los?« Es war keine Zeit für Höflichkeitsfloskeln.

Ein Moment Stille.

»Laurie?«

»Es tut mir so leid, aber ich habe dir etwas sehr Trauriges mitzuteilen …«

»Nun sag schon, Laurie. Sag es mir!« Bitte nichts mit Lauries Kindern, hoffte sie, sie liebte sie nämlich abgöttisch und war sogar bei Claras Geburt dabei gewesen.

»Es geht um Mrs. Witherspoon.«

»Nein! Oh nein!« Susan ließ sich auf einen Baumstumpf sinken.

»Sie ist letzte Nacht von uns gegangen.«

Susan liefen sofort Tränen, ja, ganze Wasserfälle über die Wangen. Der Song *Every Teardrop Is a Waterfall* von ihrer Lieblingsband Coldplay fiel ihr ein, während ihr etliche Bilder von Mrs. Witherspoon durch den Kopf schossen. Die immer gute, großherzige Mrs. Witherspoon, die sich nie beklagte und immer die tollsten Geschichten auf Lager hatte, war gestorben. Und Susan war nicht zu Hause, um für ihre Freundinnen da zu sein, denen es sicher gerade genauso schlecht ging wie ihr. Oh nein, und Humphrey! Armer Humphrey, was würde er nur ohne seine Liebste machen?

»Ich komme so schnell wie möglich nach Hause«, versprach sie Laurie.

»Das ist nicht nötig, Susan. Bleib ruhig …«

Sie ließ Laurie nicht ausreden. »Natürlich komme ich. Ich nehme den ersten Flieger, den ich kriegen kann.«

»Ehrlich? Wo bist du denn gerade?«

»In Belfast.«

»Okay. Schön, dass du nach Hause kommst.«

»Ich wünschte, es gäbe einen anderen Anlass, aber ich freue mich auf euch.«

»Ach, Susan? Humphrey möchte uns alle morgen Abend in der Tea Corner sehen. Er sagt, er hat uns etwas zu verkünden.«

»Ich werde da sein.« Sie nickte, um ihre Worte zu bestätigen. »Wie hält er sich denn?«

»Er ist tapfer.«

Ja, das konnte sie sich vorstellen. Nach außen hin tapfer sein, das kannte sie nur zu gut. Aber wie es in seinem Innern aussehen musste …

»Ich kümmere mich sofort um einen Flug. Ich schicke dir eine SMS mit meinen Ankunftsdaten.«

»Mach das. Und ich schicke Barry, um dich abzuholen.«

Das ist doch nicht nötig, wollte sie sagen. Aber sie konnte sich gerade nichts Schöneres vorstellen, als ein vertrautes Gesicht zu sehen, also war alles, was sie sagte: »Danke. Das weiß ich zu schätzen.«

Sie beendeten das Gespräch, und Susan eilte in den Bus, schaltete den Laptop an und suchte nach einer Flugverbindung. Innerhalb weniger Minuten hatte sie einen

One-Way-Flug nach London Heathrow gebucht und ihren Koffer gepackt. Dann ging sie zurück zum Konzert, um Stuart von Mrs. Witherspoons Tod und ihrem Vorhaben zu erzählen. Sie musste schon um acht am Flughafen sein und wollte bald ins Bett gehen, wusste aber, dass die Jungs oft noch die halbe Nacht feierten. Sie hatten am Mittag schon einen Pub in der Nähe entdeckt, der es ihnen angetan hatte.

Als Susan eintraf, war der letzte Song bereits verklungen. Sie fand Stuart bei zwei jungen Frauen, mal wieder flirtend. Eine von ihnen, eine Blondine mit superlangen Beinen, die in glitzernden Hotpants steckten, zog ihn an sich und drückte ihm einen Schmatzer auf die Wange, während sie ein Selfie schoss. Stuart grinste frech und ließ den Zettel, den Blondie ihm kurz darauf zusteckte, in seiner Hosentasche verschwinden. Susan schüttelte den Kopf und ging auf ihn zu. Sie tippte ihm auf die Schulter.

»Stuart, ich muss dir was Wichtiges sagen.«

Er wirkte ein wenig ertappt. »Susan.«

»Sorry, Mädels, aber ich muss ihn mal kurz entführen«, meinte sie zu Blondie und ihrer Freundin.

Sie nahm Stuart zur Seite. »Was war das denn eben, bitte?« Eigentlich hatte sie gar nichts sagen wollen, im Moment gab es wirklich Wichtigeres, doch diesen Vorfall einfach unkommentiert zu lassen, das schaffte sie einfach nicht.

»Was denn? Die beiden da drüben?« Er drehte sich zu den Frauen um, die immer noch dort standen und auf ihn zu warten schienen, und winkte ihnen zu. Dann sah er wieder Susan an. »Ich hab dir doch erklärt, wie das läuft. Da ist nichts dabei, ehrlich.«

»Nur komisch, dass ich dir das nicht mehr glauben kann, oder? War das da eben eine Telefonnummer? Eine Adresse? Hast du vor, dich mit ihr zu verabreden?«

»Das ist doch Bullshit, und das weißt du. Denkst du echt, ich hintergehe dich, während du in unserem gemeinsamen Bett im Tourbus schläfst?«

»Und was, wenn ich nicht hier wäre? Was wäre dann, hm?«

»Susan … Willst du mir jetzt echt vor allen eine Szene machen?« Stuart wirkte genervt. Sie hatten das Thema schon so oft durch, das wusste Susan ja selbst.

Sie seufzte. »Nein, das will ich nicht. Eigentlich wollte ich nur …« Ihr traten schon wieder Tränen in die Augen. Sie atmete tief durch. »Ich wollte dir etwas sagen.«

»Und was? Weinst du etwa?«

Hatte er denn vorher ihre geschwollenen Augen nicht gesehen? Daran merkte Susan nur wieder einmal mehr, dass er nichts als sich selbst und die Band im Sinn hatte.

»Mrs. Witherspoon ist gestorben.«

»Oh nein, das tut mir sehr leid. Ehrlich. Eine nette alte Dame.«

»Ja. Ich muss sofort nach Hause.«

»Das verstehe ich. Aber die Beerdigung wird sicher erst nächste Woche stattfinden.«

»Ich muss *sofort* nach Hause. Meine Freundinnen brauchen mich. Humphrey braucht mich.«

»Okay«, war alles, was er sagte.

Sie hätte sich gewünscht, dass er angeboten hätte mitzukommen, aber das ging natürlich nicht, da gleich am nächsten Abend wieder ein Konzert anstand.

»Ich hab meinen Koffer schon gepackt und fliege morgen früh um zehn. Ich leg mich jetzt also schlafen.«

Er nickte nur.

»Du kannst jetzt zurück zu deinen Groupies gehen.«

»Susan ...«

»Was?«, fragte sie wütender als beabsichtigt.

»Kommst du denn überhaupt zurück?«

Das war eine gute Frage. Sie hatte lediglich ein One-Way-Ticket gebucht, eigentlich eher unbeabsichtigt, doch ihr Unterbewusstsein hatte es vielleicht so eingerichtet, weil es das war, was sie brauchte.

»Ich weiß es nicht.«

»Ich liebe dich«, sagte Stuart und griff nach ihrer Hand.

»Und ich weiß nicht, ob ich es noch tue«, gab sie ehrlich zu.

Einen Moment lang sah Stuart völlig schockiert aus. Sprachlos starrte er sie an, fasste sich jedoch schnell wieder und sagte: »Alles klar. Pass auf dich auf.« Dann ging er zu seinen Fans zurück, die ihn mit Begeisterung wieder in ihrer Runde aufnahmen.

Einen Augenblick stand Susan noch da und sah sich das an, dann ging sie zum Bus und legte sich ins Bett. Einschlafen konnte sie noch lange nicht, immerzu musste sie an Mrs. Witherspoon denken und daran, dass sie die liebe alte Dame nicht noch ein letztes Mal gesehen hatte, sich nicht von ihr verabschieden und keinen letzten gemeinsamen Mittwochabend mit ihr hatte verbringen können. Stattdessen war sie hier und ließ sich demütigen.

Sie wollte das alles nicht mehr. Bevor sie endlich einschlief, beschloss sie, nicht zu Stuart zurückzukehren. Sie wollte einfach nur nach Hause, und da würde sie auch bleiben. Was für eine dumme Idee, Oxford überhaupt jemals verlassen zu haben. Dort gehörte sie hin, nur dort konnte sie glücklich sein.

KAPITEL 5

»Und wenn Sie hier zu Ihrer Linken blicken, sehen Sie die umwerfende Villa von Robert Downey jr., die einen geschätzten Wert von 13,5 Millionen Dollar hat«, sprach Orchid in ihr Mikrofon. Sie warf sich den langen blonden Pferdeschwanz über die Schulter und lächelte ihre Touristengruppe an.

Alle machten »Oooh!« und »Wow!« und waren ganz begeistert, und Orchid wusste, dass jeder Einzelne von ihnen den Sherlock-Holmes-Star in diesem Moment beneidete und sofort mit ihm getauscht hätte.

Heute waren sie eine kleine Gruppe von nur zwölf Personen und fuhren in einem offenen Kleinbus. Manchmal betreute Orchid auch weit größere Gruppen, meist, wenn es um die Sehenswürdigkeiten in Hollywood ging. An diesem Tag war sie aber für die Homes-of-the-stars-Tour in Malibu eingeteilt, eigentlich ihre liebste Tour, da sie direkt am Meer entlangführte und die ganze Zeit eine frische Brise wehte. In den Hollywood Hills dagegen konnte es manchmal brutal heiß werden, was die begierigen Touris aber nicht davon abhalten ließ, die Villen ihrer Lieblingsschauspieler und -sänger zu entdecken. Entdecken war eigentlich nicht das richtige Wort; die meisten Anwesen der Promis waren nämlich durch hohe Hecken, Zäune und Mauern vor den Paparazzi und ebendiesen neugierigen Leuten geschützt, die Orchid Tag für Tag herumführte.

Sie liebte ihren Job. Nachdem sie gut drei Jahre zuvor mit Patrick nach Amerika gekommen war, hatte sie zuerst in einem Souvenirladen in Hollywood gearbeitet. Das war für den Anfang okay gewesen, aber es war nicht das, was sie längerfristig machen wollte. Leider konnte sie ohne richtige Arbeitsgenehmigung nichts Anständiges finden. Nicht nur deshalb und damit Orchid endlich ihre Green Card bekam, sondern vor allem aus Liebe wollten Patrick und sie so schnell wie möglich heiraten. Und so fuhren sie im August, drei Monate, nachdem sie in die USA gekommen waren, nach Las Vegas, um sich das Jawort zu geben. Davon erzählten sie ihren Familien nichts, schließlich wollten sie kein großes Spektakel, und sie waren sich sicher, dass, wenn sie auch nur ein Wort gesagt hätten, sich alle – Orchids Eltern samt ihrer Schwester Phoebe mit ihrem Mann Lance und ihrem Töchterchen Emily und wahrscheinlich noch all ihre Freundinnen aus der Valerie Lane – auf den Weg gemacht hätten, um dabei zu sein. Patrick hatte außer seiner Tante Dana niemanden mehr, aber selbst der sagten sie kein Sterbenswort, sondern machten sich schlicht auf, fuhren die dreihundert Meilen mit dem alten Ford Fiesta, den Patrick einem Bekannten für achthundert Dollar abgekauft hatte, und mieteten sich ein Zimmer in einem Casino-Hotel, in dem sie beim Roulette sogar noch zweitausend Dollar gewannen.

Wären alle anderen dabei gewesen, wäre es zwar irgendwie auch schön gewesen, doch es hätte nicht Orchids und

Patricks Stil entsprochen. Sie waren jetzt zwei Abenteurer, waren frei wie der Wind und wollten das Leben voll auskosten.

Nachdem sie sich in einer kleinen Kapelle mit einem Pastor im Elvis-Kostüm für zweihundertfünfzig Dollar hatten trauen lassen, aßen sie am Hotel-Büfett so viele Chicken Wings, wie sie nur konnten, und machten sich dann mit einer Flasche billigem Champagner auf in ihr Zimmer, wo sie sich die ganze Nacht lang liebten.

Als der Morgen anbrach, blickten sie aus dem Fenster im vierundzwanzigsten Stock, versprachen sich ewige Liebe und schliefen dann glücklich aneinandergekuschelt ein.

Später am Tag sahen sie sich noch die weißen Tiger von Siegfried und Roy im Mirage an und bestaunten die Wasserspiele vor dem Hotel Bellagio. Als sie am nächsten Tag zurück nach Kalifornien fuhren, strahlten sie bis über beide Ohren. Sie steckten die zweitausend Dollar in die leere Cappuccino-Dose, die sie als Spartopf benutzten, und schickten ihren Lieben zu Hause eine E-Mail, in der sie die fröhliche Nachricht verkündeten. Sie hängten sogar das Hochzeitsvideo an, das im Paket mit drin gewesen und das ihnen nach der Zeremonie auf einem USB-Stick überreicht worden war. Orchid wusste, für einige Menschen mochte solch eine Art von Hochzeit armselig klingen, für sie jedoch war sie absolut perfekt gewesen.

Und so konnte Orchid endlich auch die unbefristete Aufenthaltsgenehmigung und die Arbeitserlaubnis beantragen. Patricks Tante Dana kannte jemanden, der für ein Reiseunternehmen arbeitete und ihr ein Vorstellungsgespräch verschafft hatte. Natürlich war es Orchid nicht schwergefallen, ihren zukünftigen Arbeitgeber von sich zu überzeugen. Locker, fröhlich und aufgeschlossen, wie sie war, hatte sie den Job sofort in der Tasche gehabt. Anfangs fuhr sie als Begleitperson auf die verschiedensten Touren mit, doch schon bald vertraute man ihr eigene Touristengruppen an. Mittlerweile war Orchid völlig in ihrem Element und konnte sich überhaupt keine bessere Tätigkeit vorstellen. Sie durfte stundenlang reden, den interessierten Leuten Aufregendes über ihre Lieblinge erzählen und ihnen Orte, Dinge und Personen näherbringen. Am Ende einer jeden Tour bekam sie stets ein gutes Trinkgeld, das sie immer in die Cappuccino-Dose steckte, die Patrick und sie hinten im Küchenschrank neben den anderen Lebensmittelverpackungen aufbewahrten. Sie sparten, wo sie konnten, schließlich hatten sie vor, so bald wie möglich in eine bessere und vor allem größere Wohnung zu ziehen. Die verkommene Bude in Koreatown, die sie zu dem Zeitpunkt noch behausten, war kein Dauerzustand.

Dann, im Februar 2019, stießen sie auf ein unglaublich niedliches Häuschen zur Miete in Venice, keine fünf Minuten vom Strand, und dort fanden sie ihr vollkommenes Glück.

»Und hier sehen Sie das Haus von Ellen DeGeneres. Sie hat es keiner anderen als Angelina Jolie abgekauft, und zwar für zwölf Millionen Dollar.«

Orchid brachte die Gruppe zu dem auf einem Hang gelegenen Punkt, von wo aus man exakt den Ausblick hatte, der in der Serie *Two and a Half Men* im Einspieler gezeigt wurde.

»Hat Charlie Sheen denn im wirklichen Leben auch ein Haus in Malibu?«, fragte eine Dame mittleren Alters.

»Das hat er«, bestätigte Orchid. »Genau wie Tom Hanks, Sean Penn, Pierce Brosnan, Halle Berry, Courteney Cox, Dustin Hoffman, Matthew McConaughey, Bob Dylan, Sting und Pink«, zählte sie alle Prominenten auf, die ihr gerade einfielen. »Außerdem haben Jennifer Aniston, Charlize Theron und Pamela Anderson, Robert Redford und sogar Frank Sinatra eine Weile hier gewohnt. Und, Sie werden es nicht glauben, Cher hat in einer imposanten Villa gewohnt, die sie 2013 für satte 45 Millionen Dollar zum Verkauf angeboten hat. Wir fahren gleich noch daran vorbei, halten Sie die Augen offen.«

Staunen von allen Seiten. Orchid musste lächeln. Es war immer wieder unglaublich, wie leicht man die Leute beeindrucken konnte.

Dann kam sie zu einem eher traurigen Thema, nämlich den Bränden, die knapp drei Jahre zuvor hier gewütet hatten. Sie erzählte von Stars wie Miley Cyrus und Gerard Butler, deren Anwesen komplett niedergebrannt waren. Und sie erwähnte natürlich auch die tapferen Feuerwehrmänner, die sich heldenhaft in die Flammen gestürzt und Menschenleben gerettet hatten.

Damit es nicht zu deprimierend wurde, erzählte Orchid dann aber auch gleich wieder ein paar witzige Anekdoten aus dem Privatleben der Stars, stellte den Song *Malibu* von Miley Cyrus an, und als die zweistündige Vormittagstour zu Ende war, verabschiedete sie sich von allen und gab ihnen noch Broschüren zu den anderen Touren mit.

Wie immer bekam sie ein großzügiges Trinkgeld und

beschloss, dass sie Patrick am Abend überraschen und ihn zum Essen in das coole Burger-Restaurant einladen würde, das er so mochte. Da würde er sich sicher drüber freuen.

Patrick arbeitete, wie auch schon in Oxford, in einem Handyladen, wo er die verschiedenen Telefone nicht nur verkaufte, sondern auch reparierte. Er war gut in dem, was er tat, und wollte auch gar nichts anderes machen. Seit sie nach Kalifornien gekommen waren, war er wie ausgewechselt – wie neu geboren! Den verschlossenen Mann, der er vier Jahre lang an Orchids Seite gewesen war, kannte sie überhaupt nicht mehr. Inzwischen verstand sie natürlich, dass Patrick nur so in sich gekehrt und wenig mitteilungsfreudig gewesen war, weil er nach dem Tod seiner Eltern im Zeugenschutzprogramm gewesen war. Damals hatten er und seine Familie in Chicago gewohnt, und von einem auf den anderen Tag war das Leben des vierzehnjährigen Patricks, der eigentlich Cole hieß, in tausend Stücke gebrochen. Er hatte mit ansehen müssen, wie der Auftragskiller, den der Gangsterboss Vince Burke geschickt hatte, seine Eltern ermordet hatte, und war ihm selbst nur knapp entkommen. Danach mussten er und seine Tante eine komplett neue Identität annehmen und durften nicht über ihre Vergangenheit sprechen. Mit achtzehn waren er und Dana dann aus ständiger Furcht nach England gekommen, wo es Dana allerdings nicht gefallen hatte. Sie ging zwei Jahre später zurück in die Staaten, zog nach Santa Monica und fand dort ihr Glück. Patrick blieb in England, lernte Orchid kennen und sah seine Tante acht Jahre lang nicht. Orchid verschwieg er einfach alles und erzählte ihr erst von seiner Vergangenheit, als es schon aus mit ihnen war. Als er kurz darauf erfuhr, dass Burke tot und seine Gangsterbande mit ihm gestorben war, beschloss er, ebenfalls nach Hause zurückzukehren, nach Dana zu suchen und sich auf eine Reise in die Vergangenheit zu begeben. Orchid, die damals bereits mit einem anderen zusammen war, nämlich mit Tobin, der den Blumenladen in der Valerie Lane führte, erkannte, dass sie Patrick nicht einfach gehen lassen konnte. Dass sie ihn noch immer über alles liebte und ihn auf seiner Reise begleiten wollte, wohin auch immer die führen sollte. Sie bat Tobin um Verzeihung und folgte Patrick, und es gefiel ihnen beiden so gut in Kalifornien, dass sie beschlossen zu bleiben.

Anfangs war alles nur unglaublich aufregend, doch mit der Zeit begann Orchid dennoch, die Valerie Lane, ihre Familie und ihre Freundinnen zu vermissen. Sie vermisste die Mittwochabende bei Laurie in der Tea Corner, sie vermisste ihren Geschenkeladen, und am meisten vermisste sie ihre Schwester Phoebe. Sie telefonierten zwar fast täglich, aber es war einfach nicht dasselbe, wie Phoebe an ihrer Seite zu haben.

Seit ihrem Weggang war Orchid bereits zweimal nach Hause geflogen, einmal allein, um sich um die Überschreibung des Ladens zu kümmern, ihre Wohnung aufzulösen und ihre restlichen Sachen zu holen, und letztes Jahr zu Weihnachten mit Patrick zusammen. Es war so schön gewesen, all ihre Lieben wiederzusehen, und sie lud jeden Einzelnen von ihnen ein, sie in Kalifornien besuchen zu kommen.

Bisher war noch keiner da gewesen. Sie konnte es verstehen, sie alle hatten ihre Läden in der Valerie Lane und mussten sich um sie kümmern. Susan war zurzeit sogar mit Stuart auf großer Konzerttour. Sie alle hatten ihre eigenen Aufgaben zu bewältigen. Aber zumindest für Phoebe war es an der Zeit, ihr endlich mal einen Besuch abzustatten. Schließlich war sie nicht nur ihre Schwester, sondern auch ihre beste Freundin, und der kleinen Emily würde es am kalifornischen Strand bestimmt super gefallen. Emily war inzwischen viereinhalb, und Orchid bedauerte es sehr, dass sie all ihre Fortschritte verpasste.

Sie stieg aus dem Bus und legte die Hand auf ihren Bauch, in dem ihr eigenes Kind heranwuchs. Dann sah sie hinauf zum strahlend blauen Himmel und lächelte. Kurzerhand beschloss sie, dass sie genug Zeit haben würde, vor der Nachmittagstour einen Abstecher nach Hause zu machen und sich etwas Gesundes zu essen zu kochen.

Zu Hause angekommen, stieg sie die drei Stufen der weiß gestrichenen hölzernen Veranda hinauf und erfreute sich wieder einmal am Anblick der neuen Hollywoodschaukel, die Patrick ihr zum Geburtstag geschenkt hatte. Sie schloss die Haustür auf und begrüßte ihren Hund Buster, der ihr entgegengesprungen kam.

»Ja, mein Guter, ich geh gleich mit dir Gassi. Ich will nur schnell was essen, okay?«

Sie ließ den Golden Retriever auf die Veranda, begab sich in die Küche, öffnete den Kühlschrank und holte Brokkoli, Zuckererbsenschoten und Karotten heraus. Dabei entdeckte sie ein paar kalte Pancakes vom Frühstück, die Patrick gemacht hatte, und aß einen. Dann nahm sie die Schüssel gekochten Reis vom Vortag, den sie mit dem

Gemüse anbraten wollte. Gerade als sie anfangen wollte, die Karotten zu schälen, klingelte ihr Handy. Sie fischte es aus der Bauchtasche, die sie bei ihren Touren immer trug und die sie nun über den Stuhl gehängt hatte, und sah auf das Display.

Laurie, zeigte es an.

Sie rechnete kurz. Hier war es 12:16 Uhr, das bedeutete, dass es in Oxford bereits 20:16 Uhr am Abend war. Sie hatte schon eine Weile nicht mit Laurie gesprochen, ja, sie freute sich richtig über den Anruf.

»Hallo, Laurie«, begrüßte sie sie.

»Hallo, Orchid.«

Sie hörte sofort, dass etwas nicht in Ordnung war, und setzte sich auf den Küchenstuhl.

»Ist alles okay? Du klingst so bedrückt.«

»Ach, Orchid. Ich sitze hier mit Humphrey in der Tea Corner. Wir haben leider schlechte Neuigkeiten. Traurige Neuigkeiten.«

»Etwa Mrs. Witherspoon? Ist sie …?«

»Ja. Leider ist sie letzte Nacht von uns gegangen. Sie ist ganz friedlich eingeschlafen und hat nicht leiden müssen, sagt Humphrey.«

»Oh, wie traurig.« Orchid schloss die Augen für einen Moment und öffnete sie dann wieder. Sie streichelte sich über den Bauch. »Kannst du mir mal Humphrey geben?«

»Na klar.« Laurie reichte sie weiter, und Orchid sprach dem armen alten Mann ihr Beileid aus. Sie sagte ihm, wie gern sie Mrs. Witherspoon gehabt habe und dass sie in Gedanken bei ihm sei. Dann hatte sie wieder Laurie an der Strippe.

»Ich werde versuchen zu kommen. Kannst du mich, sobald du es erfährst, wissen lassen, wann die Beerdigung stattfindet?«

»Aber natürlich, Orchid. Das ist wirklich lieb von dir. Geht es dir denn sonst gut?«

»Mir geht es sogar sehr gut. Nun ja, im Moment bin ich ziemlich traurig, aber …«

»Das sind wir alle.«

Orchid war betroffener, als sie zunächst angenommen hatte. Vielleicht war es, weil sie schwanger war. Vielleicht machten die Hormone, dass sie die nächsten zwei Stunden weinte wie ein Baby und die Nachmittagstour absagen musste. Zum Glück fand sich eine Vertretung, und sie konnte sich ohne schlechtes Gewissen in ihr Bett legen und sich ganz ihrer Trauer hingeben.

Mrs. Witherspoon war tot. Die älteste, liebenswerteste Anwohnerin von Oxford hatte sich lautlos verabschiedet. Sie versuchte, sich an ihr letztes Treffen zu erinnern. Das war vergangenes Jahr auf dem Weihnachtsmarkt gewesen. Mrs. Witherspoon hatte ihr Portemonnaie vergessen gehabt, weshalb Orchid ihr ein Glas Marmelade an Rubys Stand gekauft hatte.

Sie lächelte. Sie waren immer für die alte Dame da gewesen, sie alle. Sie waren da gewesen. Und nun mussten sie in dieser traurigen Stunde füreinander da sein.

KAPITEL 6

Ein Freitag in der Valerie Lane, und doch war er kein Freitag wie jeder andere, denn eine dunkle Wolke hing über der Straße. Jeder sah sie, jeder spürte sie, auch wenn noch nicht jeder von der traurigen Nachricht erfahren hatte.

Um Punkt neun Uhr öffnete Charlotte Susan's Wool Paradise und stellte den Kaffeebecher ab, den sie mitgebracht hatte. Sie machte ein wenig Klarschiff, füllte die Regalfächer mit Wollknäueln auf und hängte einen selbst gestrickten Schal auf den Bügel, von dem gestern kurz vor Ladenschluss noch jemand einen abgenommen und gekauft hatte.

Der Herbst war nah, das spürte man mit jedem Atemzug. Der Duft der herbstlichen Blumen, die langsam herabfallenden Blätter von den Bäumen, die Stimmung der Leute, die nun schon kuschelige Schals im Wollparadies, Gewürztees in der Tea Corner oder zimtige Kreationen in der Chocolaterie verlangten, waren deutliche Vorboten.

Die Ladenglocke erklang, und Charlotte sah sich um. Sofort verzogen sich ihre Lippen zu einem breiten Lächeln, denn Tobin stand vor ihr.

»Hallo, mein Schatz«, sagte er und zog sie an sich.

Sie ließ sich von ihm küssen.

»Na? Hast du schöne herbstliche Blumen ergattert auf dem Großmarkt?«, erkundigte sie sich.

Manchmal fuhren sie zusammen in die Valerie Lane, nachdem sie gefrühstückt hatten. Aber Tobin war nun mal Besitzer eines Blumenladens, und an den meisten Tagen musste er schon früh raus, um frische Ware zu besorgen.

»Oh ja. Hübsche orangefarbene Rosen und Lilien, dunkelrote Strohblumen, und ich dachte mir, ich könnte ein paar Sträuße Efeu mit einbinden. Deshalb hab ich davon auch noch welchen mitgenommen.«

»Hört sich wunderbar herbstlich an.«

»Wenn man es genau nimmt, ist ja noch gar kein Herbst«, sagte er schmunzelnd. Er wusste, dass diese Jahreszeit Charlottes liebste war.

»Ach komm. Offizieller Herbstanfang ist am dreiundzwanzigsten. Das ist in weniger als einer Woche.«

»Na gut, dann will ich mal nicht so sein. Ist dir eigentlich auch bewusst, was für ein Tag nächste Woche Sonntag ist?«

»Was ist das denn für eine Frage?« Empört sah sie ihn an. »Es ist unser zweiter Jahrestag. Schlimm, wenn ich das nicht wüsste.«

»Nun, unser zweiter Jahrestag ist theoretisch erst an Halloween, oder? Am sechsundzwanzigsten September ist der Tag unseres ersten Kusses.«

»Für mich ist an diesem Tag klar gewesen, dass ich den Rest meines Lebens an deiner Seite verbringen möchte. Also ist es für mich auch unser Jahrestag.«

Tobin lächelte sie an und gab ihr einen weiteren Kuss.

Nach Orchids Weggang hatte es eine Weile gedauert, bis Tobin offen für eine neue Beziehung gewesen war. Obwohl er wusste, dass Charlotte schon länger etwas für ihn empfand, brauchte es ein ganzes Jahr, bis sie sich langsam annäherten. Vor zwei Jahren dann hatte Charlotte einfach den ersten Schritt gemacht und Tobin gefragt, ob sie nicht mal zusammen etwas unternehmen wollten, nur sie beide. Er war sofort dabei gewesen, und sie waren am Abend des 26. September Indisch essen gegangen. Danach hatte Tobin ihre Hand genommen, und sie waren noch ein wenig durch die dunklen Straßen spaziert, bis er sie, ganz Gentleman, nach Hause gebracht hatte. Zum Abschied hatte er sie vor ihrer Haustür geküsst. Beide hatten danach nicht einschlafen können und sich noch die halbe Nacht lang gesimst. In den folgenden Wochen ließen sie es langsam angehen, an Halloween besuchten sie zusammen eine Party und verkleideten sich beide als Vampire, und in dieser Nacht ließen sie richtige Nähe zum ersten Mal zu.

Tobin wusste, dass es einiges mit sich brachte, sich auf Charlotte einzulassen. Immerhin hatte sie zwei Kinder und trug somit viel Verantwortung, sie konnte sich nicht jederzeit einen Abend freinehmen, musste für ihre Familie da sein, denn die kam vor allem anderen. Doch ihm machte das nichts aus. Ganz im Gegenteil – er fand es wunderbar, dass sie so eine bodenständige, verantwortungsvolle, zuverlässige Person war. Ganz anders als Orchid, die immer so sprunghaft gewesen war und scheinbar nie wusste, was sie wollte, bevor sie nach Amerika ging. Mit ihr hatte Tobin einiges erlebt, an das er sich nicht allzu gerne zurückerinnerte. Manchmal musste er an sie denken, manchmal machte es ihn noch immer traurig, dass sie nicht dasselbe gefühlt hatte wie er, manchmal schrieben sie sich eine E-Mail oder eine SMS, als Freunde, nicht mehr. Manchmal fragte er sich, ob er je über Orchid hinwegkommen würde. Er liebte Charlotte, oh, das tat er, doch Orchid war nun mal Orchid, und wer einmal einen Teil von ihr hatte sein dürfen, wenn auch nur für kurze Zeit, konnte sie nicht so einfach wieder vergessen.

Als sie letztes Weihnachten zusammen mit Patrick nach Oxford gekommen war, hatte er sie ein paarmal gesehen, sie hatten sich unterhalten, und Orchid hatte wirklich glücklich gewirkt. Sie hatte die richtige Entscheidung getroffen, war jetzt sogar verheiratet, und Tobin freute sich trotz allem für sie. Er wollte, dass sie glücklich war, damit auch er es endlich sein konnte.

»Ich hoffe, du willst immer noch den Rest deines Lebens an meiner Seite verbringen, wenn ich grau und fett bin«, sagte er nun lachend zu Charlotte.

»Ach, du hast vor, fett zu werden?« Sie lachte ebenfalls.

»Wenn du mich weiterhin so gut bekochst, bleibt das bestimmt nicht aus.«

»Danke für das Kompliment. Und, warte mal … Ist das da etwa ein graues Haar?« Sie deutete auf seinen Kopf und grinste.

»Sei nicht so frech, sonst schenke ich dir keine Blumen mehr.«

»Ich bekomm doch eh immer nur die alten, die du nicht mehr verkaufen kannst, oder etwa nicht?«

»Wie kannst du das nur denken?« Er tat, als wäre er schwer beleidigt.

Die Ladenglocke bimmelte erneut, und beide sahen zur Tür.

Laurie betrat das Wollparadies, und sie hatte richtig geschwollene Augen, sah aus, als ob sie die ganze Nacht geweint hätte. Sofort war Charlotte an ihrer Seite.

»Laurie, ist etwas passiert?«

Laurie nickte. »Ich hab traurige Nachrichten. Unsere liebe Freundin Mrs. Witherspoon ist gestorben.«

Charlotte legte sich eine Hand ans Herz, mit der anderen tätschelte sie Lauries Rücken. Sie selbst hatte Mrs. Witherspoon in den knapp vier Jahren, in denen sie sie kannte, schätzen gelernt, das hatte sie Tobin gegenüber häufig erwähnt. Aber Laurie, Susan und die anderen kannten sie schon eine kleine Ewigkeit, und Charlotte wusste natürlich, wie viel sie ihnen allen bedeutet hatte.

»Oh nein. Wann ist das passiert?«, fragte sie.

Auch Tobin war sofort an Lauries Seite. »Das tut mir so leid. Gute Mrs. Witherspoon.«

Für Tobin hatte Mrs. Witherspoon immer etwas ganz Besonderes dargestellt. Sie war nämlich das genaue Gegenteil von seiner Grandma, die eine schnippische, nie zufriedene alte Dame war. Esther Witherspoon dagegen war die Ruhe und Zufriedenheit in Person, sie hatte nie etwas anderes als absolute Weisheit ausgestrahlt. Sie war so sanftmütig gewesen, so herzensgut – sie würde ihm sehr fehlen.

»Humphrey sagt, sie ist in der Nacht von Mittwoch auf Donnerstag friedlich in ihrem Bett eingeschlafen. Sie hatte keine Schmerzen, Gott sei Dank.«

»Gott sei Dank«, sagte auch Charlotte.

»Tut mir leid, dass ich euch nicht schon früher informiert habe. Ich weiß es selbst erst seit gestern Abend, und es war schon beinahe mehr, als ich ertragen konnte, gleich Keira, Ruby, Susan und Orchid anzurufen. Humphrey hatte mich darum gebeten. Er hat mich auch darum gebeten, euch beide heute Abend in die Tea Corner einzuladen. Dort treffen wir uns alle um sieben. Humphrey hat anscheinend etwas zu verkünden.«

»Oh. Worum es sich dabei wohl handelt?«, überlegte Tobin.

»Ich bin auch gespannt. Humphrey hatte gestern einen Zettel dabei, auf den er einige Namen geschrieben hatte. Diese Personen möchte er heute Abend gerne sehen. Ich muss noch weiter, zu Barbara, Agnes und Phoebe. Ist Barbara im Blumenladen?«, fragte sie Tobin.

Er nickte. Natürlich. Barbara half seit Jahren jeden Tag von neun bis zwei in Emily's Flowers aus. Im Grunde hatte sie es überhaupt nicht nötig, da sie ziemlich vermögend war, doch sie hatte Spaß an der Arbeit, und der Kontakt mit den Kunden bereitete ihr größtes Vergnügen. Sie würde nicht im Traum daran denken, den Job an den Nagel zu hängen.

»Gut, dann will ich mal. Das ist keine leichte Aufgabe, es allen zu verkünden, das sag ich euch.«

»Ich kann es Barbara doch sagen«, schlug Tobin vor. »Ich will eh wieder in meinen Laden.«

»Würdest du das tun?«

»Na klar.«

»Ich danke dir, Tobin.«

»Was ist mit Susan? Hast du sie erreicht?«, fragte Charlotte.

»Ja. Sie ist auf dem Weg hierher.«

»Sie kommt nach Hause?«

Laurie nickte. »Sie wollte unbedingt. Barry holt sie später vom Flughafen ab, sie wird heute Abend auch dabei sein. Gehen wir, Tobin?«

Er wandte sich noch einmal an Charlotte und stellte sicher, dass es ihr auch wirklich gut ging. Sie war traurig, na klar, aber sie würde zurechtkommen – sie hatte weit Schlimmeres durchgemacht.

»Wir sehen uns alle heute Abend nach Ladenschluss drüben bei mir?«, fragte Laurie noch einmal nach.

»Ja, natürlich. Bis später.«

Charlotte sah die beiden den Laden verlassen und überlegte. Wenn sie und auch Tobin heute so lange in der Valerie Lane bleiben mussten, was würde sie dann mit den Kindern machen? Jahrelang hatte sie ihren Bruder als Babysitter eingespannt, doch seit Stuart auf Tour war, ging das nicht mehr. Allerdings waren Vanessa und Jason auch keine kleinen Kinder mehr, sie würden schon einen Abend ohne sie auskommen. Sie würde ihnen einfach sagen, dass sie sich eine Pizza bestellen durften, wahrscheinlich würden sie sich sogar über ein paar Stunden ohne Aufsicht freuen.

Charlotte wusste ja, dass sie überfürsorglich war. Immerhin war Jason sechzehn, hatte sogar schon eine feste Freundin, und Vanessa war zwölf und beinahe ein Teenager. Aber sie alle hatten einiges durchgemacht. In den Jahren mit Rick, in denen Charlotte zu schwach gewesen war, um sich von ihm zu lösen, hatten sie viel Gewalt erfahren. So etwas prägte ein Mutterherz. Na und? Dann war sie halt besorgter als andere Mütter, sie schämte sich nicht dafür. Die Hauptsache war, dass es ihren Kindern gut ging.

Sie überlegte, wie sie Vanessa beibringen konnte, dass Mrs. Witherspoon gestorben war, ohne ihr den Boden unter den Füßen wegzureißen. Vanessa hatte eine ganz besondere Beziehung zu der alten Dame gehabt, erst vor zwei Wochen hatte sie sie an einem Sonntagnachmittag zusammen mit Terry besucht. Während Humphrey bei seiner Tochter gewesen war und Zeit mit seinen Enkeln verbracht hatte, hatte Mrs. Witherspoon Vanessa stundenlang Geschichten aus dem alten Oxford erzählt. Vanessa liebte diese Märchenstunden, wie sie sie nannte, und würde sie sicher sehr vermissen. Es würde sie schwer treffen, Charlotte musste ganz behutsam an die Sache rangehen …

Länger drüber nachgrübeln konnte sie jetzt aber nicht, denn es kamen bereits die ersten Kunden, und sie musste trotz der immensen Traurigkeit, die sie überfiel, ein Lächeln aufsetzen und den Tag überstehen.

KAPITEL 7

Phoebe hängte die neuen Motiv-Socken an den dafür vorgesehenen Ständer und musste dabei wie immer an ihre kleine Schwester denken. Orchid liebte diese Socken, sie hätte früher stundenlang in den Katalogen nach lustigen Motiven suchen können, und Phoebe hatte zu allen möglichen Anlässen welche von ihr bekommen. In ihrer Schublade fanden sich Socken mit Marge Simpson, mit Eiswaffeln, mit Pavianen und mit lachenden Selleriestangen. Sie selbst hatte es sich zum Spaß gemacht, Orchid ebenfalls welche zu schenken. Von ihrer New-York-Reise mit Lance vor einigen Jahren zum Beispiel hatte sie ihr als Souvenir Socken mit der Freiheitsstatue darauf mitgebracht. Sie sah jetzt noch Orchid vor sich, wie sie sich vor Lachen den Bauch hielt.

Orchid … sie vermisste sie so sehr.

Ob sie die New-York-Socken noch besaß? Ob sie sie mit nach Amerika genommen hatte? Als sie vor über drei Jahren ihrer großen Liebe nach Kalifornien gefolgt war, war für Phoebe eine Welt zusammengebrochen. Auch wenn sie sich für Orchid freute und sie sogar ermutigt hatte zu gehen, war das Leben in Oxford seitdem einfach nicht dasselbe.

Phoebe und Orchid waren immer mehr als nur Schwestern gewesen, Seelenverwandte, die gleich dachten, gleich fühlten, die einander alles anvertrauten und die Tag und Nacht füreinander da waren. Ja, sie telefonierten auch jetzt noch beinahe täglich, aber Orchid nur wenige Fahrminuten weit weg zu wissen, war ein Privileg gewesen, das sie manchmal überhaupt nicht richtig zu schätzen gewusst hatte. Jetzt konnte sie nicht einfach mal eben in den Flieger steigen, wenn sie bei Orchid sein und unter vier Augen mit ihr reden wollte. Wenn sie einen Rat benötigte. Wenn sie eine Umarmung brauchte.

Die Frauen in der Valerie Lane waren toll. Wenn sie auch keine Schwestern oder Seelenverwandten waren, so waren sie doch immer füreinander da, Phoebe eingeschlossen. Als sie damals nach Orchids Weggang eingesprungen war und sich zusammen mit André, der Aushilfe, um den Gift Shop gekümmert hatte, hatten die anderen Ladeninhaberinnen geholfen, wo sie nur konnten. Einmal, als Phoebes kleine Tochter Emily krank gewesen war, hatte Laurie ihre eigene Mitarbeiterin Hannah rübergeschickt, um zu übernehmen. Keira hatte ihr Pralinen gebracht, und Tobin hatte ihr Blumen geschenkt. Sofort hatten die anderen sie in ihrer Mitte aufgenommen. Natürlich kannten sie einander schon durch Orchid, doch als wäre Phoebe schon immer eine von ihnen gewesen, luden sie sie von nun an zu ihren Mittwochabendtreffen ein, und sie durfte sogar mit zuhören, wenn Ruby aus den Tagebüchern der guten Valerie las, die sie als Kind gefunden hatte.

Inzwischen waren die acht Bücher längst ausgelesen, und Phoebe war ein fester Bestandteil der Valerie Lane.

Vor Emilys Geburt hatte sie als Friseurin gearbeitet, doch die Tätigkeit in Orchid's Gift Shop gefiel ihr so gut, dass sie Orchid gebeten hatte, den Laden übernehmen zu dürfen. Zwei Monate nach ihrem Weggang kehrte Orchid noch einmal zurück, um ihre Angelegenheiten zu regeln, die Wohnung aufzulösen und Phoebe den Laden zu überschreiben. Danach war Orchid nur noch einmal da gewesen, letztes Jahr zu Weihnachten, und Phoebe hatte sie überhaupt nicht gehen lassen wollen. Das Schlimme war, dass sie Orchid bisher selbst noch kein einziges Mal besuchen konnte. Das lag nicht daran, dass sie jetzt einen Laden hatte, um den sie sich kümmern musste, es lag auch nicht an Emily, die hätte sie problemlos mitnehmen können. Es lag daran, dass sie und Lance absolut pleite waren.

Wie sehr sich das Leben doch von heute auf morgen verändern konnte. Wie naiv man doch war zu denken, das Schicksal für immer auf seiner Seite zu haben …

Sie hatten sich nach der Hochzeit ein Haus gekauft, mit dessen Raten sie sich überschätzt hatten. Der Geschenkeladen lief zwar gut, aber Phoebe wollte nachmittags für Emily da sein und musste deshalb gleich zwei Aushilfen bezahlen. Einmal André, den französischen Astronomie-Studenten, und dann war da noch Barbara, die nachmittags übernahm, wenn André eine Vorlesung oder irgendwas anderes Wichtiges auf dem Plan hatte. Barbara hüpfte dann netterweise direkt vom Blumenladen rüber in den Geschenkeladen, was ihr große Freude zu bereiten schien. Denn Barbara war einfach eine Tratschtante, und ihr gefiel es, den ganzen Tag lang auf Kunden zu treffen, den neuesten Klatsch zu hören und diesen weiterzuerzählen. Außerdem übernahm Barbara sonntags, damit Phoebe sich wenigstens einen Tag in der Woche ganz der Familie widmen konnte.

Die Aushilfen waren Ausgaben, die Phoebe sich eigentlich gar nicht leisten konnte. Und dann hatte auch noch Lance Anfang des Jahres seinen Job verloren. Er war Beamter bei der Hochbahn gewesen und hatte jahrelang im Büro gearbeitet. Seine Stelle war aber gestrichen worden, und es war leider Gottes gar nicht so einfach wie gedacht, etwas Neues zu finden. Etwas Gleichwertiges, bei dem er genug verdiente, um seine Familie zu versorgen und die Rechnungen bezahlen zu können. Seit Monaten schlug er sich nun schon mit Gelegenheitsjobs durch, zurzeit hatte er eine Stelle als Security-Mitarbeiter in einem großen Kaufhaus, aber finanziell war es ein Desaster. Und deshalb konnte Phoebe sich nicht mal eben ein teures Flugticket nach Los Angeles kaufen beziehungsweise gleich zwei, denn sie konnte Emily ja nicht mit Lance allein lassen, der so kurz nach der Neueinstellung natürlich keinen Urlaub nehmen konnte. Wären ihre Eltern noch so fit wie vor wenigen Jahren, hätte Phoebe Emily unbesorgt bei ihnen lassen können, doch ihre Mutter hatte bereits ihren zweiten Bandscheibenvorfall innerhalb von drei Jahren, und ihr Vater hatte genug damit zu tun, sich um seine kranke Frau und den Haushalt zu kümmern.

Es war zum Verrücktwerden. Phoebe hätte im Leben nicht gedacht, dass sie irgendwann von der Hand in den Mund leben würden. Sie hatte sich alles ganz anders vorgestellt. Aber das Leben kam wohl meistens anders, als man dachte. Und sie musste das Beste draus machen.

Alles wäre auch gar nicht so schlimm gewesen, wäre ihre Schwester nicht Tausende Kilometer weit weg. Orchid hatte sie noch nicht einmal von ihrer Misere erzählt. Die war gerade so glücklich über ihren tollen Job, die Schwangerschaft und alles andere. Sie wollte sie nicht mit ihren Sorgen belasten. Dafür hatte sie ja die Frauen in der Valerie Lane, die immer ein offenes Ohr hatten. Auch denen hatte sie nicht von ihrer finanziellen Notlage erzählt, doch sie wussten, dass Lance seine Arbeit verloren hatte und dass sie Emily aus dem Privatkindergarten hatten nehmen müssen. Die Einzige, der sie sich in einem verzweifelten Moment anvertraut hatte, war Mrs. Witherspoon gewesen, eine ganz liebe alte Dame, die mindestens zweimal die Woche in ihren Laden schneite, meistens mit ihrem Göttergatten Humphrey zusammen, und sich die hübschen Kerzen ansah, die Phoebe selbst herstellte. Das hatte sie von Orchid gelernt, sie hatten es ein paarmal zusammen gemacht, und es war eine schöne Ablenkung für Phoebe, wenn die Sorgen mal wieder überhandnahmen.

Erst letzte Woche hatte Mrs. Witherspoon die neuen Kerzen in Rosenform bestaunt. Phoebe machte eine mentale Notiz, dass sie Mrs. Witherspoon eine der Kerzen zu Weihnachten schenken würde. Leider war ihr Geburtstag gerade erst im August gewesen, sie alle hatten ihn gebührend gefeiert. Den zweiundneunzigsten Geburtstag musste man doch groß feiern, oder? Zweiundneunzig – damit war Mrs. Witherspoon offiziell die älteste Frau, die Phoebe kannte.

Im Radio erklang ein Song, den Phoebe sehr mochte.

Er war schon ein wenig älter, aus dem Jahr, in dem Orchid wegging. *Say Something* von Justin Timberlake und Chris Stapleton. Sie erinnerte sich gut, wie sie damals mit Orchid zusammen shoppen gegangen war. In irgendeinem Klamottenladen war im Hintergrund das Lied erklungen, und sie hatten beide sofort angefangen mitzusingen und hatten auch noch weitergemacht, als die anderen Leute sie alle komisch angesehen hatten. So etwas hatte ihnen nie etwas ausgemacht, sie waren beide schon immer sehr selbstbewusst gewesen und hatten das getan, was sie für richtig hielten. Und einen Lieblingssong mitzusingen konnte doch nur richtig sein.

Phoebe sang auch jetzt mit, während sie den noch halb vollen Sockenkarton zurück nach hinten in den kleinen Lagerraum brachte. Sie holte ein paar Kaffeebecher vom oberen Regalfach und bemerkte dabei, dass ihre dunkelblau lackierten Nägel nicht mehr schön aussahen. Am Abend würde sie ihnen einen neuen Glanz verpassen müssen. Vielleicht würde sie sogar mal Orchids Lieblingsfarbe Rosa ausprobieren.

Warum sie heute besonders viel an Orchid dachte, wusste sie nicht. Es war fast, als läge etwas in der Luft, als hätte Orchid Neuigkeiten. Womöglich war irgendetwas passiert, und sie brauchte Phoebe, um sich mit einem gemeinsamen Lieblingssong aufzuheitern. Als große Schwester spürte sie so etwas immer, und sie nahm sich vor, Orchid gleich mal eine Nachricht zu schreiben. Natürlich schlief die Gute jetzt noch, es war immerhin mitten in der Nacht in L.A.

Ein wunderbarer Duft stieg Phoebe in die Nase, das

Potpourri, das sie vor einigen Wochen selbst gemischt und in kleine Tütchen verpackt hatte. Es hatte sich super gut verkauft, nur noch wenige Tütchen waren übrig. Sie nahm sie ebenfalls mit nach vorne. Potpourri war etwas, das Phoebe erst eingeführt hatte, als sie den Geschenkeladen übernommen hatte. Orchid hatte zwar ab und zu auch welches angeboten, jedoch keine selbst zusammengestellten Mischungen. Phoebe war schon immer ein wenig femininer und romantischer veranlagt gewesen. Während Orchid mehr Kampfgeist hatte, direkter und auch tapferer war, war Phoebe immer ein wenig weicher und geerdeter gewesen, sie hatte sich schon in jungen Jahren nach einer eigenen Familie gesehnt, und es gab für sie nichts Wichtigeres als Lance und Emily. Orchid hingegen war viele Jahre lang quasi auf der Suche gewesen. Doch jetzt hatte endlich auch sie das im Leben gefunden, wofür sie bestimmt war.

Phoebe stellte die drei Tütchen mit den wohlduftend, getrockneten roten und pinken Blütenblättern zu den anderen ins Regal. Es war so einfach, Potpourri herzustellen. Dieses hier zum Beispiel hatte sie an einem verregneten Nachmittag zusammen mit Emily gezaubert. Es hatte ihrer Tochter richtig Spaß gemacht, und sie hatten auch gleich Mrs. Witherspoon ein Tütchen vorbeigebracht auf ihrem Spaziergang, den sie noch unternommen hatten, als der Regen nachgelassen hatte. Die alte Dame hatte sich wahnsinnig darüber gefreut, so, wie sie sich über alles freute, was man ihr schenkte. Phoebe war unglaublich froh, dass Emily mit jemandem wie Mrs. Witherspoon aufwuchs. Sie besuchten sie häufig und bekamen immer spannende Geschichten erzählt über Mrs. Witherspoons Zeit als Hebamme oder wie es früher einmal in der Valerie Lane ausgesehen und was sich dort abgespielt hatte, als es neben dem Antiquitätenladen lediglich zwei Geschäfte gab – zwei konkurrierende Schuhläden, deren Besitzer sich einen bösen Kampf geliefert hatten. Einer der Schuhverkäufer war Mrs. Witherspoons erster Mann gewesen, Randolph, der aber schon vor langer Zeit verstorben war. Nun hatte sie ja Humphrey, und der erzählte Emily oft davon, wie er als Pilot um die halbe Welt geflogen war.

Als Kind hatte Phoebe selbst davon geträumt, eines Tages einen Piloten zu heiraten, der ihr alle Länder dieser Welt zeigte. Doch am Ende hatte sie es mit Lance viel besser getroffen, fand sie. Sie hatte sowieso überhaupt keinen Grund, sich zu beklagen, von den finanziellen Sorgen einmal abgesehen, denn sie hatte mit Laurie und Co. nicht nur wunderbare Freundinnen und mit Lance, Emily, Orchid und ihren Eltern die beste Familie, die man sich nur vorstellen konnte – sie hatte mit Mrs. Witherspoon die weiseste Ratgeberin von allen.

Auch an Mrs. Witherspoon musste sie heute besonders häufig denken. Ja, es fühlte sich wirklich so an, als ob irgendetwas in der Luft läge …

Phoebe war schon immer ein wenig sensibler als andere Menschen gewesen. Sie hatte es im Gespür, wenn etwas auf sie zukam. So hatte sie auch vorhergesehen, dass Orchid sich damals gegen Tobin und für Patrick entscheiden würde. Sie hatte ihr sogar das Einreiseformular für die USA ausgefüllt, bevor Orchid überhaupt gewusst hatte, dass sie Patrick folgen würde.

Eine Melodie erklang, *Here Comes The Sun* von den Beatles. Diese Ladenklingel hatte Orchid damals ausgesucht, weil sie fand, dass jeder Kunde Sonnenschein mit sich brachte.

Laurie stand in der Tür. Im allerersten Moment dachte Phoebe, sie wäre gekommen, um zu fragen, ob es dabei blieb, dass sie sich am Abend alle im Gift Shop trafen, um wie geplant zusammen Potpourri herzustellen. Dann aber, noch bevor Laurie überhaupt den Mund geöffnet hatte, um etwas zu sagen, wusste Phoebe es. Sie las es in Lauries Gesicht.

Ihr stiegen Tränen in die Augen. »Mrs. Witherspoon?«, fragte sie.

Und Laurie nickte.

Dann fielen sie einander in die Arme und weinten um ihre liebe alte Freundin, die wohl der bescheidenste, dankbarste und demütigste Mensch gewesen war, den sie beide gekannt hatten.

KAPITEL 8

Susan stand am Flughafen und wartete auf Barry. Laurie hatte ihr gesagt, sie würde ihn schicken, um sie abzuholen. Was für ein trauriger Grund, um nach Hause zu kommen. Sie fragte sich, ob wohl auch Orchid sich auf den Weg machen würde, natürlich müsste sie einige Flugstunden mehr über sich ergehen lassen. Wie lange flog man von Kalifornien nach England?, überlegte Susan. Elf Stunden? Zwölf? Sie wusste es nicht genau, weil sie Orchid noch nie besucht hatte. Ein ziemlich schlechtes Gewissen hatte sie deshalb schon, denn Orchid hatte sie an die hundert Mal eingeladen. Sie könnte bei ihr und Patrick in dem hübschen kleinen Haus in Venice Beach wohnen, hatte sie ihr angeboten. Es lag nicht weit entfernt vom Strand und hörte sich ganz traumhaft an. Aber es gab gleich mehrere Gründe, warum Susan noch nie auf das Angebot eingegangen war. Erstens hatte sie riesige Flugangst, und selbst der kurze Flug von Belfast nach London Heathrow war eine Herausforderung gewesen. Zweitens hatte sie bisher immer gesagt, sie könne ihren Laden nicht einfach so allein lassen, und so war es ja auch gewesen. Und drittens hatte sie sich nicht vorstellen können, auch nur für eine Woche von Stuart getrennt zu sein. Der hatte nicht mitkommen wollen nach Kalifornien wegen seiner Band. Ja, und diese Band hatte nun alles kaputtgemacht, was sie sich in den letzten Jahren aufgebaut hatten.

Für Susan war das nicht so einfach gewesen, sich wieder auf einen Mann einzulassen, nachdem ihr Verlobter sie acht Jahre zuvor vor dem Altar stehen gelassen hatte und nachdem der eine Mann, dem sie danach wieder vertraut hatte, sie verließ, als er erfuhr, dass sie keine Kinder bekommen konnte. Das alles war schwer für sie gewesen, unglaublich schwer sogar, und es hatte ihr viel Mut und Kraft abverlangt, Stuart in ihr Herz zu lassen. Nie und nimmer hätte sie geglaubt, dass auch er es mit Füßen treten würde.

Nun sah sie Barry auf sich zukommen und versuchte, aufrecht zu stehen, zu lächeln und nicht an ihr eigenes Unglück zu denken, während gerade die ganze Valerie Lane in tiefer Trauer war.

»Barry«, sagte sie, als er sie umarmte. »Danke, dass du mich abholen kommst.«

»Gern geschehen. Wie war dein Flug?«

»Der war okay.« Gott sei Dank ohne viele Turbulenzen.

»Traurig, das mit Mrs. Witherspoon, oder?«

Sie nickte. »Sehr traurig.« Sofort stiegen ihr wieder Tränen in die Augen.

»Stuart konnte nicht mitkommen?«, erkundigte er sich.

»Nein, leider. Der hat heute Abend einen Auftritt.« Und selbst, wenn er keinen gehabt hätte, wäre er nicht mitgekommen, da war sie sich sicher.

»Schade.«

»Ja. Schade. Wie schlägt Laurie sich?«

»Sie weint viel, versucht aber trotzdem, tapfer zu sein.«

»Kann ich mir vorstellen. So ist Laurie. Und die anderen? Hat jemand Orchid informiert?«

»Sie sind alle sehr betroffen. Orchid hat Laurie gestern Abend auch noch angerufen. Sie meinte, sie versucht herzukommen. Aber Patrick kann wohl nicht mit wegen seiner Arbeit und weil seine Tante einen gebrochenen Fuß hat. Und ob Orchid wirklich allein kommen mag, jetzt, da sie schwanger ist ...«

»Orchid ist schwanger?« Susan war mehr als überrascht. Orchid war schwanger? Ausgerechnet sie, die immer gesagt hatte, sie wisse nicht einmal, ob sie jemals Mutter werden wolle? Und warum hatte sie Susan davon nichts erzählt?

»Oh, sorry, wusstest du das nicht?«

Sie schüttelte den Kopf. »Weißt du, wie weit sie ist?«

»Im fünften Monat, glaub ich.«

»Wow. Ich hatte ja keine Ahnung.«

Es verletzte sie, dass niemand sie darüber informiert hatte. Andererseits hatte sie auch nicht gerade häufig angerufen in den letzten Wochen, sie war zu sehr mit Stuart und ihrer auseinanderfallenden Beziehung beschäftigt gewesen.

»Wollen wir los?«, fragte Barry. »Wir können im Auto weiterreden.«

»Ja, klar.«

Barry nahm ihr den schweren Koffer ab, sodass sie nur noch ihre dunkelblaue Tasche zu tragen hatte. Sie passte farblich zu dem Pullover, den sie zu der schwarzen Jeans trug. Sie dachte, dunkle Sachen wären angebracht, obwohl Barry wie immer eine Jeans und ein Band-T-Shirt anhatte, über dem er ein offenes rotes Holzfällerhemd trug.

»Wie geht es Humphrey?«, fragte Susan, sobald sie in Barrys Lieferwagen saßen und losfuhren.

»Ich habe noch nicht weiter mit ihm gesprochen, aber Laurie meint, er war gestern Abend schwer mitgenommen.«

»Der Arme. Ich frage mich, warum er uns wohl heute alle sehen möchte.«

»Das weiß ich leider auch nicht.«

»Wer soll denn alles kommen?«

»Hm … soweit ich weiß, sämtliche Ladeninhaber mit ihren Partnern. Orchid wird es ja leider nicht schaffen, obwohl sie auch auf der Liste steht.«

»Was für eine Liste ist denn das?«

»Er hat wohl per Hand einige Namen auf einen Zettel geschrieben. Näheres werden wir wahrscheinlich erst heute Abend erfahren.«

»Ich bin mehr als gespannt.«

»Ich denke, das sind wir alle. Eigentlich wollten die Mädels heute bei Phoebe Potpourri machen, das haben sie jetzt aber abgesagt.«

Potpourri machen bei Phoebe. Susan hatte einen dicken Kloß im Hals. Sie konnte in Worten gar nicht ausdrücken, wie sehr sie ihre Freundinnen und die gemeinsamen Treffen vermisste.

»Alles okay, Susan?«, fragte Barry.

Sie war nicht in der Lage, darauf zu antworten, und schüttelte nur den Kopf.

Barry drehte sich kurz zu ihr und sagte: »Oje. Ich hab gleich bemerkt, dass dich etwas bedrückt, hatte aber angenommen, es läge an Mrs. Witherspoon. Magst du mir sagen, was los ist, oder willst du lieber mit Laurie oder einer der anderen reden?«

Natürlich würde sie das gerne tun, aber von ihren Freundinnen war in diesem Moment keine da. Barry war aber da. Und sie konnte es keine Sekunde länger für sich behalten. Es immer nur herunterzuschlucken brachte sie noch um den Verstand.

»Ich würde sehr gerne mit dir reden«, antwortete sie also.

»Okay.« Barry fuhr in die nächste Abfahrt und hielt an einem Schnellrestaurant. Sie bestellten sich einen Kaffee und redeten.

Susan erzählte ihm alles, es kam einfach so aus ihr herausgesprudelt. Sie erzählte ihm von Stuart, der sich so verändert hatte, von Gunnar und Avery, die ständig irgendwelche heißen Groupies mitbrachten. Von Stuarts dummen Bemerkungen, was Gunnars schwangere Freundin zu Hause betraf, von den vielen Selfies mit weiblichen Fans und dem stetig wachsenden Größenwahn der Jungs. Sie berichtete ihm von ihrer Eifersucht und dem Streit mit Stuart. Dann sah sie Barry an und hoffte, dass er Antworten für sie hatte, auf die sie selbst noch nicht gekommen war.

»Oh, wow. Bist du sicher, dass du da von Stuart sprichst?«, fragte er.

Sie nickte, wischte sich ein paar Tränen weg und schnäuzte sich die Nase.

»Von dem Stuart, den ich kenne? Der immer bescheiden ist und der mir gesagt hat, dass er einfach nur Musik machen will? Und dass Groupies, Erfolg und Geld ihm nichts bedeuten?«

Susan zuckte die Schultern. »Erfolg verändert die Menschen, so ist das leider.«

»Ich habe ja auch bemerkt, dass er sich in der Öffentlichkeit anders gibt, bei Interviews einen auf obercool macht, und die Fotos auf seiner Instagram-Seite habe ich auch gesehen. Allerdings dachte ich, das sei alles nur Show. Es muss schwer für dich gewesen sein, das mit anzusehen. Tag für Tag.«

»Das war es.«

»Warum bist du denn nicht schon früher zurück nach Hause gekommen? Verdammt, warum hast du dich nicht längst von dem Idioten getrennt?«

»Er ist dein Freund.« Susan musste trotz ihrer Tränen lachen, weil Barry Stuart einen Idioten nannte.

»Das ist er, ja. Das bedeutet aber nicht, dass ich mit allem einverstanden bin, was er tut. Und das hört sich gerade ziemlich übel an. Ich werde ihn gleich nachher mal anrufen und fragen, was nur in ihn gefahren ist.«

»Tu das bitte nicht. Und falls du es doch tust, sag ihm wenigstens nicht, dass ich dir davon erzählt habe.«

Barry schüttelte den Kopf und sah Susan mitleidig an. Er legte eine Hand auf ihre. »Du hast wirklich viel zu ertragen zurzeit, was?«

Wieder musste sie weinen und war froh, dass Barry da war, um sie zu trösten.

Als ihre Tränen getrocknet waren, sagte sie, sie wolle mal kurz auf die Toilette gehen, um sich frischzumachen.

»Darf ich dir was zu essen bestellen? Manchmal hilft was Ungesundes, mit so etwas besser fertig zu werden.«

»Gerne.« Sie lächelte schon wieder. »Ich nehme einen Cheeseburger mit allem Drum und Dran.«

»Pommes? Cola?«

Sie nickte. »Und ein Eis.«

»Alles klar.«

Sie sah Barry zum Bestelltresen gehen und atmete tief durch. Ja, sie musste leider Gottes schon wieder eine schlimme Zeit durchmachen, aber wenigstens war sie diesmal nicht allein. Diesmal hatte sie jemanden, der ihr zuhörte, der ihr Fast Food bestellte und der sie zurück nach Hause bringen würde. Nach Hause. Sie konnte es kaum erwarten, dort anzukommen.

KAPITEL 9

Humphrey saß an dem kleinen Tisch in der winzigen Küche in dem alten, kaputten Haus, das er mit der Liebe seines Lebens bewohnt hatte. Mit der Liebe, die von ihm gegangen war und ihn allein zurückgelassen hatte.

Erneut wischte er sich mit einem Stofftaschentuch die Tränen ab, die nicht aufhören wollten zu fließen.

»Oh, Esther«, sagte er und sah traurig hinüber zu ihrem Stuhl, der nun leer war. Dann lächelte er jedoch durch seine Tränen, einfach weil er sich ihr liebliches Gesicht vorstellte und weil er so unendlich froh war, sie gekannt zu haben.

Sie hatten nur fünf kurze Jahre miteinander gehabt, und doch waren es die besten seines Lebens gewesen. Die Arthrose, die kaputten Knie, die Ohren, die nicht mehr richtig hören wollten – all das war wie weggeblasen gewesen, und er hatte sich jedes Mal wie ein junger Spund gefühlt, wenn seine Esther ihn angelächelt hatte, wenn sie ihm einen Kuss gegeben oder ihm gesagt hatte, dass sie ihn liebe.

Sie hatten sich in der Suppenküche kennengelernt, zwei arme Spatzen, die sich ein Gratis-Mittagessen holen wollten. Immer wieder begegneten sie einander dort, bis er den ersten Schritt machte und es wagte, die zierliche kleine Dame mit den wirren weißen Haaren anzusprechen, die ein paar Jahre mehr auf dem Buckel hatte als er, doch das machte ihm überhaupt nichts aus. Ja, er fühlte sich fast wie damals in der Schule, wie ein verliebter Teenager, der eines der hübschen Mädchen ansprach und es auf eine Cola einlud. Esther Witherspoon lud er aber nicht auf ein Getränk ein, sondern er reichte ihr seine Scheibe Weißbrot, das sie gerne aß, wie er in den letzten Wochen mitbekommen hatte. Er fragte, ob sie nach dem Essen einen kleinen Verdauungsspaziergang machen wollten, und sie willigte ein. Es war kurz vorm Valentinstag, und da nun mal solch ein romantischer Tag vor der Tür stand, bat er sie um ein richtiges Rendezvous. Er ging mit ihr in ein schickes Fischrestaurant, das er sich eigentlich gar nicht leisten konnte, und zum ersten Mal überhaupt bat er seine Tochter Monica darum, ihm ein wenig Geld zu leihen, wie sie es ihm schon so oft angeboten hatte. Denn es wäre eine Katastrophe gewesen, Esther am Valentinstag in die Suppenküche zu bringen. Wer ein Date mit dem hübschesten Mädchen der Stadt hatte, musste es auch standesgemäß ausführen.

An dem Abend erzählte sie ihm von ihren Freundinnen in der Valerie Lane, von jeder Einzelnen, und wie viel sie ihr bedeuteten. Dass sie die Töchter für sie waren, die sie selbst nicht hatte. Esther hatte keine Kinder bekommen können, was sie oftmals traurig stimmte, doch unterkriegen lassen hatte sie sich davon nie.

Schon an diesem Tag, dem Tag der Liebenden, wusste Humphrey, dass er Esther heiraten wollte. Sie beide waren weiß Gott nicht mehr die Jüngsten, und ihm war klar, dass ihnen die Zeit davonlief. Also machte er ihr wenig später einen Antrag, den sie glücklicherweise annahm und ihn damit zum gesegnetsten Mann von Oxford machte.

Sie verbrachten ein paar wirklich gute Jahre zusammen. Es war schön, morgens nicht mehr allein aufzuwachen und abends nicht mehr allein schlafen zu gehen, es war wundervoll, beim Essen Gesellschaft zu haben, sich unterhalten zu können, wann immer einem danach war, und gemeinsame Spaziergänge zu unternehmen, auch wenn Esther am Ende nur noch langsam vorankam. Es war ein absolutes Glücksgefühl, mit achtzig noch geküsst zu werden und berührt, als wäre man wieder zwanzig. Es war wunderbar, eine Frau zu kennen, die von allen so geschätzt und geliebt wurde. Und es war ein Segen, Tag für Tag – bis zum allerletzten – an ihrer Seite zu sein.

Und nun war sie fort.

Wieder musste Humphrey sein Taschentuch hervorholen. Er war weiß Gott kein Held, auch wenn Esther ihn immer so genannt hatte – »ihren Helden«. Er selbst sah sich eher als alten Trauerkloß, zu schwach, um tapfer zu sein, zu erbärmlich, um das schreckliche Weinen einzustellen. Er war noch nie gut darin gewesen, stark zu sein. Er erzählte immer allen von seiner Zeit als Pilot, doch niemand wusste, dass er lediglich acht Jahre seines Lebens Flugzeuge geflogen hatte. Schon im Alter von siebenunddreißig Jahren hatte er seine Stelle bei einer Fluggesellschaft verloren, weil er einen Fehler begangen hatte. Einen fatalen Fehler. Wäre sein Co-Pilot damals nicht so aufmerksam gewesen, hätte es ganz schlimm enden können. Zu der Zeit gab es noch keinen Autopiloten, der übernahm, so wie heute. Sie kamen aus Kairo, befanden sich über den Alpen, ein Gipfel in unmittelbarer Nähe! Und Humphrey, der für einen kranken Piloten eingesprungen war, obwohl er bereits viel zu viele Stunden geflogen war, hatte seine Augen nicht offen halten können. Er war eingenickt, obwohl er hätte wach sein müssen, da sein Co-Pilot gerade seine Stunde schlafen durfte. Wäre der nicht aufgewacht … wäre der nicht da gewesen …

Humphrey war nie darüber hinweggekommen. Vielleicht hätte er eine Stelle bei einer anderen Gesellschaft bekommen, doch nach diesem Vorfall hatte er sich nirgendwo mehr beworben. Stattdessen war er in tiefe Depressionen verfallen. Jahrelang war er kaum aus dem Haus gegangen, seine damalige Frau Greta hatte die gemeinsame Tochter genommen und war ausgezogen. Und Humphrey war allein, nahm irgendwann eine Arbeit als Gärtner an, um sich mit dem Nötigsten zu versorgen, und er war lange Zeit sehr unglücklich – bis er sich eines Tages, im Alter von fünfundsechzig, sagte, dass es so nicht weitergehen konnte. Er setzte sich seine Pilotenmütze auf, sah in den Spiegel und dachte an all die vielen Flüge, die er gut gemeistert hatte. Es waren Hunderte gewesen. Und er war nur ein Mensch, Menschen machten nun mal Fehler. Doch Menschen hatten auch einen freien Willen, und er wollte endlich wieder positiv in die Zukunft blicken. Das tat er damals, und das würde er auch jetzt tun – Esther hätte es so gewollt.

Er rappelte sich auf und holte den Brief aus der obersten Kommodenschublade im Wohnzimmer. Esther hatte ihn vor einigen Wochen geschrieben, als sie langsam spürte, dass es zu Ende ging. Sie hatten viel darüber gesprochen, Esther hatte ihm gesagt, dass er nicht traurig sein sollte, wenn sie nicht mehr da war, denn eines Tages würden sie sich wiedersehen. Sie hatte ihm auch gedankt, dafür, dass er so gut für sie gesorgt hatte und dass er ihren Lebensabend zu einem wunderbaren Abenteuer gemacht hatte.

Der Brief. Er war auf hellblaues Papier geschrieben, denn Ester hatte in ihren letzten Jahren für sich entschieden, dass Hellblau ihre Lieblingsfarbe war. Hellblau stand für Ruhe, Treue, Harmonie und Zufriedenheit. Sogar in ihren letzten Zeilen hatte sie die Farbe erwähnt, Humphrey kannte inzwischen jedes Wort auswendig, so oft hatte er sie gelesen. Und später an diesem Tag würde er sie Esthers jungen Freunden aus der Valerie Lane vorlesen. Allen, die sie in dem Brief erwähnt hatte. Es war ihr ein großes Anliegen gewesen, natürlich würde er sie nicht enttäuschen.

Um Viertel nach sechs machte er sich auf den Weg. Er brauchte keine fünfundvierzig Minuten bis in die Valerie Lane, aber er war nicht mehr so gut zu Fuß, seine Knie machten ihm zu schaffen, auch wenn er sich nie beklagte. Er hätte den Bus nehmen können, doch er wollte ein wenig frische Luft schnappen, sie würde ihm helfen, einen klaren Kopf zu bewahren, sie würde ihm helfen, das durchzustehen.

Unterwegs betrachtete er die Auslage einer Konditorei. Die gute Marzipantorte hatte Esther immer gerne gegessen. Er hatte ihr an jedem Geburtstag ein Stück gekauft. Für sich selbst hatte er immer ein Stück Kirschkuchen genommen, und er überlegte, ob er sich auch heute eins gönnen sollte. Aber er hatte überhaupt keinen Hunger, wie könnte er auch, wenn seine Kehle doch wie zugeschnürt war?

Er traf einen alten Bekannten, der ihm fröhlich zuwinkte; er hatte wahrscheinlich noch nichts von Esthers Tod gehört. Ein paar Kinder kamen ihm hüpfend entgegen, eine hochschwangere Frau aß ein großes Eis, ein Mann ging mit zwei Hunden Gassi. Humphrey wunderte sich und fragte sich, wie die Welt sich einfach weiterdrehen konnte, jetzt, da Esther nicht mehr da war.

Als er in die Valerie Lane einbog, war die Last auf seinen Schultern schwer. Dies war das erste Mal seit Langem, dass er die kleine Straße ohne Esther betrat. Das war überhaupt erst wenige Male vorgekommen, als er ihr zum Beispiel einen Schal bei Susan oder ihre Lieblingspralinen bei Keira besorgt hatte, als Geschenk zu Weihnachten oder zum Hochzeitstag. Es war das erste Mal, dass er die Valerie Lane als Witwer entlangging, und es fühlte sich einfach nur schlimm an. Gestern war er bei Laurie gewesen, ja, aber die Tea Corner lag direkt an der Ecke, am Anfang der Gasse. Jetzt jedoch das gewohnte Kopfsteinpflaster unter seinen Füßen zu spüren, ohne dass Esther sich bei ihm eingehakt hatte, machte ihn unendlich traurig. Am liebsten wäre er sofort umgekehrt und zurück nach Hause gegangen. Aber er hatte eine Aufgabe. Er hatte ein Versprechen einzulösen. Und deshalb ging er jetzt bis ans Ende der Straße und setzte sich auf die Bank unter dem Kirschbaum, auf der er noch vor Kurzem zusammen mit seiner Esther gesessen hatte.

Er erinnerte sich an ihre Worte. Sie hatte gesagt, dass sie ihre Freundinnen sehr vermissen würde. Und dann musste er unwillkürlich an seinen letzten Abend mit ihr denken, an dem sie ihm gesagt hatte, dass sie *ihn* sehr vermissen würde.

»Ich liebe dich, Humphrey«, hatte sie gesagt. »Vergiss das nie. Du bist das Beste, was mir in meinem Leben passiert ist, und ich bin dankbar für jede Minute, die ich mit dir hatte. Du darfst nicht allzu traurig sein, wenn ich gehe, das musst du mir versprechen. Bleibe glücklich, bleibe froh, du hast noch immer eine Tochter und Enkelkinder, die ihren Vater und Großvater brauchen, und zwar in guter Laune. Und denke dran, ich werde immer bei dir sein und genau wissen, was du tust, also komm gar nicht erst auf die Idee, ein verbitterter alter Kauz zu werden.« Sie hatte ihm ihr liebliches Lächeln gezeigt und sogar ein wenig gelacht. Dann hatte sie ihm noch einmal gesagt, dass sie ihn liebe, hatte die Augen zugemacht und war eingeschlafen. Und sie war nicht mehr aufgewacht.

Er musste erneut sein Taschentuch hervorholen, und es verging eine Weile, bis er bereit war, wieder aufzustehen. Erst als Phoebe aus dem Gift Shop kam und ihn entdeckte, erhob er sich.

»Humphrey«, sagte sie und kam auf ihn zu. Sie musste ebenfalls weinen und sagte weiter gar nichts, doch sie umarmte ihn fest und zeigte ihm damit, dass er nicht allein war. Ja, er hatte längst verstanden, was die Gemeinschaft in der Valerie Lane bedeutete, und er hoffte, dass die lieben Menschen hier ihn auch ohne Esther weiterhin begrüßen würden.

»Gehen wir zu Laurie?«, fragte Phoebe, nachdem sie sich ein Taschentuch aus der Hosentasche gefischt hatte.

Humphrey nickte und hakte sich bei Phoebe ein, die ihm ihren Arm hinhielt.

KAPITEL 10

Agnes, die schon ihr ganzes Leben lang über Lauries Laden wohnte, saß auf einem der hölzernen Stühle in der Tea Corner und blickte sich um. Sie sah nichts als verweinte Gesichter, jedes voller Trauer um die liebe alte Frau, die von ihnen gegangen war. Sie nahm Stevens Hand, die dieser ihr reichte, und war froh, dass er bei ihr war. All ihre Freundinnen hatten ihre Partner an der Seite, und Agnes dachte nur, wie schön es doch war, dass niemand von ihnen jetzt allein sein musste. Niemand außer Humphrey.

»Er hat doch sieben Uhr gesagt, oder?«, fragte Agnes ihre Mutter Barbara.

Laurie nickte. »Ganz sicher, ja.«

»Hm … wo steckt er dann? Ob mit ihm alles in Ordnung ist?«

»Er verspätet sich bestimmt nur ein wenig«, sagte Keira. »Er hat es nicht leicht, seine Liebste ist von ihm gegangen. Ich weiß nicht, wie er es überhaupt schafft, das Haus zu verlassen. Ich würde wahrscheinlich den ganzen Tag in meinem Bett liegen und weinen.«

»Ja, es muss schlimm sein, den Partner zu verlieren«, stimmte Barry ihr zu. »Und in dem Alter stehen die Chancen, jemand Neues zu finden, auch nicht wirklich gut.«

»Ich glaube, Humphrey ist gar nicht darauf aus, noch jemand Neues zu finden. Was er und Mrs. Witherspoon hatten, war etwas ganz Besonderes«, sagte Laurie zu ihrem Mann.

»Ja, da hast du recht.« Barry nahm ihre Hand und hielt sie fest.

Agnes spürte schon wieder, wie ihr die Augen feucht wurden. Die letzten vierundzwanzig Stunden waren schrecklich gewesen. Sie versuchte zwar, tapfer zu sein, doch immer, wenn sie sich unbeobachtet fühlte, begann sie zu weinen. Steven wusste, wie sehr sie die alte Dame geschätzt hatte. Dankbar nahm sie das Papiertaschentuch an, das er ihr jetzt reichte.

»Susan ist auch noch nicht da«, sagte Keira. »Du hast sie doch heute vom Flughafen abgeholt, Barry, oder?«

Barry nickte. »Ja, hab ich. Sie war ziemlich müde, vielleicht hat sie sich hingelegt und ist eingenickt.«

»Phoebe fehlt ebenfalls«, warf Charlotte ein.

»Also, ich geh jetzt mal raus und gucke, ob ich einen von ihnen sehe«, bot Agnes an und erhob sich. Sie war froh, der bedrückenden Atmosphäre kurz entfliehen zu können.

Sie ging aus der Tür und entdeckte Humphrey, wie er einsam und allein auf der Bank am Ende der Straße saß. Er sah so elendig aus, dass sie das Bedürfnis verspürte, sofort auf ihn zuzugehen und ihn in den Arm zu nehmen. Das tat dann aber schon Phoebe, die soeben aus ihrem Geschenkeladen kam. Agnes überquerte deshalb die Straße und klingelte bei Susan, die ihr Küchenfenster öffnete und hinunterrief, dass sie gleich kommen würde.

Auf ihrem Rückweg stieß Agnes auf Phoebe und Humphrey, die ganz langsam auf die Tea Corner zukamen.

»Humphrey, mein herzliches Beileid«, sagte sie und tätschelte dem alten Mann den Rücken. »Es tut mir so leid. Wenn ich irgendetwas tun kann …«

»Danke, meine Kleine«, sagte er, obwohl Agnes schon lange kein kleines Mädchen mehr war. Sie hatte ihr Studium der Psychologie abgeschlossen und arbeitete seit letztem Jahr in einem Krankenhaus für psychisch erkrankte Menschen. Außerdem lebte sie schon seit Längerem nicht mehr mit ihrer Mutter zusammen. Die war nach der Hochzeit mit Leopold Spacey, dem Verwalter der Valerie Lane, in ein wunderschönes Haus gezogen, das sie sich gemeinsam gekauft hatten, und Steven hatte es zu Agnes in die Valerie Lane verschlagen. Sie waren nun seit fast vier Jahren zusammen, und sie war wirklich glücklich. Sie beide überlegten sogar, sich eine Katze anzuschaffen.

Nacheinander betraten sie die Tea Corner.

»Humphrey, da sind Sie ja.« Laurie stand sofort auf. »Wir haben uns schon Sorgen gemacht.«

»Das wollte ich nicht, tut mir leid.«

»Oh Gott, das muss Ihnen doch nicht leidtun. Kommen Sie, setzen Sie sich.« Sie deutete auf den Platz neben Ruby, den diese ihm freigehalten hatte.

Humphrey ließ sich auf den Stuhl sinken, und Ruby konnte kaum ihre Tränen zurückhalten.

Nun kam auch Susan mit Terry herein und umarmte alle herzlich. Agnes fand es schön, dass sie zurück war. Gerade in solch schweren Zeiten brauchten sie einander.

Agnes fiel auf, dass Phoebe ohne Lance da war. Wahrscheinlich passte der auf Emily auf. Damit waren Phoebe und Susan neben Humphrey die Einzigen heute Abend ohne einen Partner an ihrer Seite, ohne eine Schulter zum Anlehnen. Nun, ganz allein war Susan nicht, denn sie hatte ihren süßen Vierbeiner dabei, der heute keine Lust auf seine Kuschelecke hatte, sondern sich direkt an ihre Füße legte. Er hatte sie anscheinend ziemlich vermisst.

Als alle sich gesetzt hatten und Laurie jeden mit Tee versorgt hatte, blickte Agnes in die Runde. An diesem Abend war die Tea Corner voll wie schon lange nicht mehr. Alle waren gekommen, weil Humphrey es sich so gewünscht hatte, und nun sahen sie ihn an, um zu erfahren, was er ihnen zu verkünden hatte.

Er räusperte sich.

»Zuerst einmal danke ich euch, dass ihr euch die Zeit genommen habt, heute Abend hier zu erscheinen«, sagte er.

»Das ist doch selbstverständlich«, erwiderte ihre Mutter, und die anderen nickten zustimmend.

Humphrey atmete einmal tief ein. »Ihr fragt euch bestimmt, was das alles auf sich hat. Und ich will nicht länger ein Geheimnis daraus machen. Meine Esther …« Seine Stimme brach, und er musste sich sammeln. »Sie hat einen Brief hinterlassen. Darin hat sie euch alle erwähnt, und sie hat gewollt, dass ich ihn euch vorlese.«

»Ein Brief?«, wurde geflüstert. »Was für ein Brief?«

Humphrey holte einen Umschlag aus der Innentasche seiner Jacke und nahm zwei gefaltete Blätter Papier heraus, die beidseitig beschrieben waren.

Laurie begann schon zu weinen, bevor sie überhaupt

wusste, was drinstand. Und Agnes musste ein paarmal ganz tief durchatmen, als Humphrey jetzt die Augen schloss, sie wieder öffnete und zum Himmel sah. So, als wollte er sichergehen, dass seine Esther jetzt bei ihm war und ihm half, das Folgende durchzustehen. Dann begann er, mit zitternder Stimme zu lesen.

Meine lieben Freunde,
ich weiß, es ist traurig, Abschied zu nehmen, doch wir sind leider nun mal Menschen und können nicht ewig leben. Und was ich euch sagen möchte, ist, dass ein einziger Tag in der Valerie Lane mir mehr bedeutet hätte als die Ewigkeit.
Euch alle zu kennen war das größte Glück, das sich eine alte Frau wie ich nur vorstellen kann. Wie oft ihr mich unterstützt, mir geholfen, mir eine Freude gemacht habt ohne ersichtlichen Grund, kann ich gar nicht zählen. Ich bin dankbar, euch gekannt zu haben, jeden Einzelnen von euch, und möchte nun Auf Wiedersehen sagen. Seid nicht traurig, bitte vergießt keine Tränen. Ich bin doch weiterhin bei euch, wenn fortan auch nur noch in euren Herzen und nicht an einem Tisch bei Laurie mit einer Tasse Tee oder auf der Bank am Ende der Straße, die in meinen letzten Tagen mein Lieblingsplatz geworden ist. Menschen, die zu Lebzeiten geliebt wurden, sind niemals vergessen, und ich kann euch gar nicht sagen, wie glücklich ich bin, solch ein Mensch gewesen zu sein.

Humphrey machte eine Pause, weil er vor lauter Schniefen nicht mehr weiterlesen konnte. Alle, wirklich alle, sogar die anwesenden Männer, hatten mindestens feuchte Augen. Die meisten Frauen waren hemmungslos am Weinen und suchten nach Taschentüchern, um sich die Tränen zu trocknen. Einzig Ruby war tapfer, zog nur einmal die Nase hoch und blinzelte die Tränen in den Augen weg, um zu dem gebrochenen Mann an ihrer Seite zu sagen: »Wenn Sie möchten, kann ich weiterlesen, Humphrey.«

Agnes sah, wie er aufblickte und dankbar nickte. Dann reichte er ihr den Brief, der ganz zerknittert war, weil er schon so oft gelesen worden war.

Ruby wartete, bis alle sich die Nase geputzt hatten und es wieder ruhig war. Dann fuhr sie fort.

Ach, ihr Lieben, ich werde es vermissen, euch in der Valerie Lane zu besuchen. Ich habe keinen Zweifel daran, dass es ein Leben nach dem Tod gibt, in dem ich euch alle eines Tages wiedersehen werde. Vielleicht gibt es ja auch im Himmel eine Valerie Lane – ich werde am Ende der Straße auf der Bank sitzen und auf euch warten. Bis dahin aber möchte ich euch bitten, fröhlich weiterzuleben. Ich möchte auch keine traurige Beerdigung in Schwarz, viel mehr wünsche ich mir eine kleine Feier, auf der ihr alle meine Lieblingsfarbe Hellblau tragt. Und da ich euch gut kenne und mir sicher bin, dass jeder von euch etwas beitragen möchte, bitte ich euch von Herzen, all meine Lieblingsspeisen zuzubereiten: Lauries Nudelsalat, Susans Blätterteigtaschen, Rubys Gemüsefrikadellen, Phoebes Selleriesalat, Keiras Schokoladenkekse und natürlich meine geliebte Stargazy Pie. Ich wünsche mir, dass ihr zusammen-

kommt und diese Speisen gemeinsam kocht und dabei eine gute Zeit habt. Des Weiteren wünsche ich mir für meine Trauerfeier bunte Blumen, und am liebsten hätte ich es, wenn sie in der Valerie Lane stattfände, meinem liebsten Ort auf Erden.
Und nun kommen wir zu meinem Nachlass. Wie ihr alle wisst, habe ich kein Geld, das ich euch vermachen könnte, doch es gibt einige Dinge, über die ihr euch hoffentlich freuen werdet. Und deshalb möchte ich jeden von euch noch einmal einzeln ansprechen.
Ruby: Du bist ein gutes Kind, ich kenne dich schon, seit du ein kleines Mädchen warst. Damals haben wir zusammen die Bücher der Brontë-Schwestern gelesen, erinnerst du dich? Ich möchte dir diese Bücher schenken, die mir sehr viel bedeuten. Ich weiß, bei dir sind sie in guten Händen.

Nun musste Ruby abbrechen, weil sie es doch nicht schaffte, ihre Tränen zurückzuhalten. Gary nahm sie in den Arm und wiegte sie, während Laurie ihr den Brief abnahm und weiterlas.

Keira: Du bist wohl die süßeste Bewohnerin der Valerie Lane. Ich habe mich immer gefreut, deinen Laden zu betreten und deine neuesten Kreationen zu testen. Du bekommst mein Rezeptbuch, in das ich seit meiner Jugend all meine Lieblingsrezepte geschrieben habe. Ich hoffe, du freust dich.
Laurie: Bei dir habe ich mich immer ganz besonders willkommen gefühlt. Danke für jede Tasse Tee, es müssen

an die tausend gewesen sein. Erinnerst du dich? Einmal hast du in meiner Küche eine alte metallene Teedose mit Blumen darauf entdeckt, die es dir angetan hatte. Ich habe dir erzählt, dass ich sie zu meinem fünfzigsten Geburtstag von einer Kollegin bekommen habe. Nun möchte ich sie dir schenken. Es tut mir leid, dass es nicht mehr ist.

»Oh mein Gott, das hat sie sich gemerkt«, schluchzte Laurie und tupfte sich die Tränen ab.

Phoebe übernahm das Lesen. Sie legte das erste Blatt Papier beiseite und begann mit dem zweiten.

Charlotte und Tobin: Ihr beiden habt mich in den letzten Jahren besonders glücklich gemacht. Ich freue mich so sehr für euch, dass ihr zueinandergefunden habt. Euch möchte ich gerne einige meiner Hochzeitsbilder vermachen. Seht euch von Zeit zu Zeit Humphrey und mich an und seid dankbar, dass ihr einander habt. Es ist nicht selbstverständlich, der Liebe zu begegnen.
Barbara: Mit dir wurde es mir nie langweilig. Du hast mich immer mit dem neuesten Tratsch versorgt, und deshalb möchte ich dir meine alten Klatschzeitschriften der letzten Jahrzehnte vermachen, damit du auch zukünftig etwas zu berichten hast.

Alle lachten durch ihre Tränen hindurch. Keira fragte Phoebe, ob sie noch weiterlesen mochte, und sie nickte.

Kleine Agnes: Du hast es weit gebracht, ich bin sehr stolz auf dich. Einmal, als du noch ein Kind warst, hast du mir gesagt, wie hübsch du meine Katzenbrosche findest. Jetzt durfst du sie haben, ich brauche sie nicht mehr.

Agnes schmiegte sich traurig lächelnd an Steven, während Phoebe weiterlas.

Susan: Liebe, gute Susan. Ich weiß, du bist weit weg, ich hoffe, du wirst es zu meiner fröhlichen Trauerfeier zurück nach Hause schaffen, es wäre eine Schande, wenn du nicht dabei wärst. Es wollen doch alle deine köstlichen Blätterteigtaschen essen! Für dich habe ich etwas ganz Besonderes: Ich habe mir gedacht, dass dir mein Brautschleier gefallen würde. Denn ich denke, es ist an der Zeit, dass Stuart und du euch endlich das Jawort gebt, und da kannst du ihn sicher gut gebrauchen. Schade, dass ich bei deiner Hochzeit nicht mehr dabei sein kann, aber wie gesagt, ich bin immer bei euch, auch wenn ihr mich nicht seht.

Susan weinte besonders herzzerreißend, und Agnes fragte sich, ob vielleicht noch mehr dahintersteckte als nur Mrs. Witherspoons liebe Geste. Sie sah von Susan zu Phoebe, die auf einmal ganz blass wurde.

Phoebe hatte ihren Namen als Nächstes gesehen, und ihre Augen hatten noch vor ihren Lippen gelesen, welche Worte Mrs. Witherspoon an sie gerichtet hatte. Sie hatte tapfer sein wollen, für Humphrey und die anderen, aber damit hatte sie nun nicht gerechnet. Dennoch las sie den anderen auch diese Zeilen vor.

Phoebe: Ich konnte nicht vergessen, was du mir erzählt hast, als du vor einer Weile bei mir warst, und ich hätte dir schon viel früher helfen sollen, bitte verzeih, dass ich es nicht getan habe. Dir vermache ich meine Löffelsammlung, einige davon sind sogar einiges wert. Du darfst sie verkaufen, keine Sorge, ich habe mich zwar immer sehr an ihnen erfreut, aber im Himmel brauche ich sie nicht mehr. Ich hoffe von Herzen, sie werden dir und Lance weiterhelfen.

Phoebes Herz pochte schneller. Sie atmete schwer und mochte gar nicht aufblicken. Sie musste weinen und überlegte gleichzeitig, was sie den anderen sagen würde, wenn sie nachfragen sollten, was Mrs. Witherspoon gemeint hatte. Sie hatte in ihrem Brief nichts im Detail erwähnt, doch die Katze war aus dem Sack. Und dann begriff Phoebe erst, was das alles bedeutete. Die gute alte Dame hatte ihr gerade ihre komplette Löffelsammlung vermacht! Ob die überhaupt viel Wert hatte, wusste sie nicht, aber allein die Geste war gewaltig. Und wenn die Löffel sogar wirklich ein wenig Geld bringen würden?

»Phoebe, was meinte Mrs. Witherspoon damit?«, fragte Laurie.

»Habt ihr, du und Lance, finanzielle Probleme?«, erkundigte Keira sich mit behutsamer Stimme.

»Du kannst uns alles sagen, Süße«, meinte Charlotte.

Und dann konnte sie es nicht länger zurückhalten. Sie nickte. »Ja, wir haben Probleme. Aber das ist nichts für diesen Abend, der allein Mrs. Witherspoon gehört. Wir reden ein andermal darüber, okay?«

»Du kannst ruhig …«, setzte Laurie an.

»Bitte«, flehte sie.

»Sie hat recht«, sagte Ruby, und Phoebe war ihr dankbar.

»Na gut. Steht da noch was in dem Brief?«, erkundigte sich Laurie.

Phoebe reichte ihn ihr zurück, da sie gerade nicht in der Lage war, selbst weiterzulesen.

»Oh, da steht noch was für Orchid. Die ist ja leider nicht da. Soll ich es trotzdem vorlesen?«

»Nein, mach das doch lieber persönlich. Ruf sie an und lies es ihr vor«, schlug Keira vor.

»Du kannst es ihr auch bald von Angesicht zu Angesicht vorlesen. Sie kommt nämlich am Sonntag«, erzählte Phoebe und war froh, über etwas anderes sprechen zu können.

Sie bemerkte, wie alle in Richtung Tobin sahen. Er versuchte verzweifelt, sich nichts anmerken zu lassen, aber Phoebe wusste ja doch, dass die Neuigkeit gerade sein Innerstes aufwühlte.

»Tatsächlich? Orchid kommt nach Hause?«, fragte Keira erfreut.

»Das sind ja tolle Nachrichten«, fand auch Laurie.

»Eine fröhliche Feier kann es nur mit Orchid geben«, sagte Barbara begeistert.

Phoebe nahm Charlottes besorgten Blick wahr und wie sie zu Tobin schielte. Die Arme tat ihr ganz schön leid.

»Sie kommt Sonntagnachmittag an«, informierte sie ihre Freunde. »Sie hat mir vorhin Bescheid gesagt. Ich hole sie vom Flughafen ab.«

»Wie schön«, meldete sich nun auch Humphrey zu

Wort. »Dann seid ihr alle wieder vereint. Das hätte meiner Esther gefallen.«

»Ja, da bin ich mir sicher«, sagte Laurie und drückte Susans Hand.

»Wartet, hier steht noch etwas für uns alle«, verkündete Laurie und las den letzten Absatz.

Das war's, meine lieben Freunde aus der Valerie Lane.
Alles, was ich besitze, hat nun einen neuen Eigentümer gefunden. Das Nichtmaterielle, das, was ich in meinem Herzen hüte, nehme ich mit mir mit.
Ihr Lieben, ich möchte euch noch um ein Letztes bitten: Kümmert euch doch ein wenig um meinen Humphrey. Seid für ihn da, wie ihr es für mich gewesen seid. Dann kann ich unbesorgt von dieser Erde gehen.
Ich danke euch von Herzen und habe euch lieb.
Eure Esther Witherspoon

Kaum einer hatte noch Tränen übrig. Jetzt lächelten alle, dankbar, dass sie diese wunderbare alte Dame gekannt hatten. Es war für Phoebe genauso wie für alle anderen eine Selbstverständlichkeit, sich von nun an noch ein bisschen mehr um Humphrey zu kümmern, und die Feier wollten sie genauso gestalten, wie Mrs. Witherspoon es sich gewünscht hatte, da waren sie sich gleich einig.

»Wissen Sie schon, wann die Beerdigung stattfindet?«, fragte Laurie Humphrey.

»Ja. Meine Tochter war gestern mit mir im Bestattungsinstitut, und heute haben wir schon von ihnen gehört. Die Beerdigung wird am kommenden Freitag stattfinden.«

»Können wir sonst irgendwas tun?«, wollte Susan wissen. »Brauchen Sie Hilfe, was Behörden angeht oder Ähnliches?«

Humphrey schüttelte den Kopf. »Nein, danke. Monica erledigt das alles. Sie war auch heute noch mal da und hat ein Kleid aus Esthers Schrank ausgesucht, um das der Bestatter gebeten hat.« Er machte eine Pause. »Meine Tochter hat mir angeboten, dass ich für eine Weile zu ihr ziehen könnte, doch das habe ich abgelehnt. Ich möchte weiterhin in dem Haus wohnen, in dem ich mit Esther so glücklich war. Ich spüre dort immer noch ihre Anwesenheit, versteht ihr?«

Phoebe nickte, sie wusste genau, was er meinte.

»Schön, dass Monica sich um alles kümmert«, sagte Tobin. »Ich würde übrigens gerne die Blumen übernehmen. Für die Beerdigung und die Feier danach.«

»Danke, das weiß ich zu schätzen«, sagte Humphrey. »Wenn ich euch nicht hätte.« Er erhob sich. »Bitte seid mir nicht böse, aber ich würde mich dann auf den Heimweg machen.«

»Natürlich«, sagte Laurie. »Möchten Sie, dass wir Sie nach Hause bringen?«

»Danke für das Angebot, aber ich muss jetzt ein bisschen allein sein. Frische Luft schnappen.«

»Okay. Wenn Sie irgendwas brauchen, melden Sie sich aber, ja?«

Er nickte, blickte noch einmal dankbar in die Runde und brachte sogar ein Lächeln zustande. Dann verließ er den Teeladen und ging die Valerie Lane entlang. Phoebe stellte sich in die offene Tür und sah ihm nach. Es war seltsam, doch sie hatte das Gefühl, als wenn er überhaupt nicht allein wäre. Als wenn seine Esther noch immer an seiner Seite wäre. Vielleicht hatte Mrs. Witherspoon ja recht gehabt, und ein Teil von ihr weilte noch immer unter ihnen. Es war ein schöner, tröstlicher Gedanke.

KAPITEL 11

»Er tut mir so schrecklich leid«, sagte Laurie, nachdem Humphrey gegangen war. Dieser Abend war ihr wirklich nahegegangen.

»Mir auch. Findet ihr, wir hätten darauf bestehen sollen, ihn nach Hause zu bringen?«, fragte Keira ihre Freunde.

»Nein.« Ruby schüttelte den Kopf. »Ich weiß, wie das ist. Wenn man einen geliebten Menschen verloren hat, will man einfach nur allein sein und an ihn denken.«

Die anderen nickten. Ruby musste es wissen. Außer ihr hatte noch keiner von ihnen einen nahen Angehörigen verloren. Nun, Susan hatte erst ihr ungeborenes Baby verloren und einige Jahre später ihre Mutter, mit der sie zerstritten gewesen war. Aber niemand außer Laurie wusste davon, und so sollte es auch bleiben.

»Unglaublich, was Mrs. Witherspoon uns allen hinterlassen hat, oder?« Charlotte schien sehr bewegt.

»Überhaupt war der ganze Brief total unerwartet. Sie möchte, dass wir eine fröhliche Trauerfeier mit bunten Blumen und ihren Lieblingsspeisen feiern, und sie wünscht sich, dass wir alle Blau tragen auf ihrer Beerdigung«, fasste Laurie noch einmal zusammen.

»Hellblau, wohlbemerkt.« Barbara hob einen Finger in

die Höhe. »Mir war ehrlich gesagt gar nicht bewusst, dass das ihre Lieblingsfarbe war.«

»Doch, doch. Letzten Winter hat sie bei mir mit einem hellblauen Schal geliebäugelt, den ich ihr dann zu Weihnachten geschenkt habe«, erzählte Susan.

»Und Humphrey hat in den letzten Jahren, wenn er ihr Pralinen zum Geburtstag oder zum Hochzeitstag gekauft hat, immer nach einer hellblauen Schleife gefragt«, bestätigte Keira.

»Wir könnten hellblaues Potpourri machen«, schlug Phoebe vor. »Im Gedenken an sie. Falls wir das noch immer vorhaben.«

»Doch, natürlich.« Laurie nickte. »Wir sollten jetzt nicht mit trauernden Mienen herumlaufen und auf alles verzichten, was Spaß macht. Das hätte sie nicht gewollt.«

»Wie wäre es, wenn wir es gleich morgen nachholen?«, schlug Keira vor.

»Da haben wir doch unser Bastel-Date mit den Kindern«, erinnerte Laurie sie. »Clara freut sich schon so.«

»Ach ja, richtig.«

»Oh, ein Bastel-Date. Was bastelt ihr denn da?«, erkundigte sich Barbara.

»Wir haben vor, eine Herbstdekoration zu gestalten. Sachen mit Kastanien. Clara sammelt sie schon seit Tagen vom Boden auf, immer, wenn sie welche sieht.« Sie lachte. »Sie hat schon einen ganzen Sack voll.«

»Ich würde mich auch über eine kleine Herbstdekoration freuen«, gab Barbara Laurie einen kleinen Hinweis und zwinkerte ihr dabei zu.

»Ich werde es Clara ausrichten.« Sie lächelte Barbara an.

»Können wir uns nicht Montag oder Dienstag treffen?«, kam Phoebe wieder auf das Thema Potpourri zu sprechen. »Dann ist Orchid auch da und kann mitmachen.«

»Oh ja, eine gute Idee. Könnt ihr alle am Montag?« Laurie sah in die Runde.

Alle Frauen überlegten kurz und nickten dann. Alle außer Charlotte, die sagte, dass sie niemanden für ihre Kinder hätte. Das mochte stimmen, Laurie konnte sich aber denken, dass es noch einen weiteren Grund gab, weshalb Charlotte nicht bei dem fröhlichen Frauenabend dabei sein wollte, und der hieß Orchid. Laurie verstand das, es war sicher nicht leicht für die Arme, selbst nach all der vergangenen Zeit noch mit Orchid konkurrieren zu müssen.

»Das ist aber schade«, sagte sie deshalb schnell, bevor die anderen sie zu überreden versuchten. »Dann halt beim nächsten Mal, ja?«

Charlotte nickte, und Laurie und die anderen machten etwas für den Montag aus. Gleich nach Ladenschluss wollten sie sich bei Phoebe im Gift Shop treffen und hellblaues Potpourri zaubern.

»So, und nun erzähl mal«, begann Barbara, und Laurie glaubte schon, sie würde Phoebe jetzt zu ihrer finanziellen Situation ausquetschen wollen. Doch sie wandte sich an Susan und sah sie neugierig an. »Wie ist das Leben als Roadie?«

»Oh, es ist ziemlich aufregend«, erzählte Susan. »Aber ehrlich gesagt auch sehr einsam. Ich bin echt froh, wieder bei euch zu sein. Ich habe die Valerie Lane und ihre Bewohner schrecklich vermisst.« Sie streichelte Terry, der sich an ihr Bein schmiegte.

»Wir haben dich auch vermisst«, sagten ihre Freunde ihr.

»Stuart und seine Jungs scheinen ja inzwischen wirklich berühmt zu sein«, sagte Tobin. »Man liest sogar hin und wieder was über sie in der Zeitung.«

»Auf Instagram haben sie sogar schon über fünfzigtausend Follower«, meldete sich Steven zu Wort. Er schien froh, dass sie endlich zu einem neutraleren Thema gewechselt hatten.

Susan nickte. »Ja. Sie sind schwer im Kommen.«

»Apropos soziale Netzwerke!«, rief Laurie. »Hat schon jemand Mary-Lou informiert? Über Mrs. Witherspoons Dahinscheiden? Das muss doch auf der Website verkündet werden, und wir sollten unbedingt alle darüber informieren, wann die Beerdigung stattfindet und dass alle Hellblau tragen sollen.«

Anscheinend hatte noch niemand Mary-Lou Bescheid gesagt, Agnes bot an, das zu übernehmen. »Ich rufe sie nachher an. Ich bin auch der Meinung, dass Mrs. Witherspoon einen eigenen Blogbeitrag verdient hat. Vielleicht kann Mary-Lou ja etwas über ihr Leben und Wirken schreiben?«

»Das fände ich schön«, sagte Ruby.

»Ich bin vollkommen deiner Meinung«, meldete sich nun auch Mr. Spacey zu Wort, der den ganzen Abend über fast noch gar nichts gesagt hatte. »Mrs. Witherspoon hat das und noch viel mehr verdient. Mir kam gerade eine Idee. Was haltet ihr davon, wenn ich an der Bank am Ende der Straße, auf der sie so gern saß, ein Schild mit ihrem Namen befestige? Die Mrs.-Witherspoon-Bank, das hätte ihr gefallen, oder?«

»Sie wäre völlig hin und weg gewesen«, sagte Laurie.

»Ich möchte auch etwas vorschlagen. Ich unterrichte meine Schüler ständig über irgendwelche längst verstorbenen Berühmtheiten. Ich denke, ich werde ihnen morgen mal etwas von der einzigartigen Frau namens Esther Witherspoon erzählen, die zwar keine Kriege gewonnen hat und die auch niemals in den Geschichtsbüchern stehen wird, die aber auf ihre eigene Art und Weise die Menschen bewegt hat – mit ihrer Güte, ihrer Weisheit und ihrem großen Herzen. Es braucht nicht immer nur Heldentaten, um in Erinnerung zu bleiben, und wenn nach ihr auch nur eine Sitzbank benannt wird statt einer Straße oder eines Gebäudes, finde ich doch, dass sie es verdient hat, dass die Menschen von ihr erfahren.«

»Oh, Thomas, das finde ich einfach wundervoll«, sagte Keira und küsste ihren Schatz auf die Wange.

»Das hast du schön gesagt«, meinte auch Charlotte.

Sie redeten noch eine Weile über Mrs. Witherspoon und was sie ihnen bedeutet hatte. Dann verabschiedeten sie sich langsam voneinander.

Laurie blieb noch eine kleine Weile in ihrer Ladentür stehen und sah den anderen nach. Susan ging mit Terry über die Straße in ihre Wohnung, Agnes stieg mit Steven die Treppen hinauf, und Keira und Thomas schlenderten gemütlich nach Hause.

Barry trat an ihre Seite und legte einen Arm um ihre Taille. »Das war ein bewegender Abend, oder?«

Laurie nickte. »Das kannst du laut sagen.« Sie drehte sich um und küsste ihren Mann. »Danke, dass du mitgekommen bist.«

»Das war doch wohl selbstverständlich. Wollen wir los, die Mädchen abholen?«

»Es ist spät geworden, sie schlafen sicher schon. Morgen ist Samstag, lass sie uns doch bei deinen Eltern lassen. Wir könnten ein wenig Zweisamkeit gut gebrauchen, oder?«

»Da hast du recht. Ich kann mich nicht mal an unser letztes Date erinnern.«

Laurie ging es ebenso. Es musste zum Valentinstag gewesen sein. An ihrem Hochzeitstag im August hatte Maddie eine Mittelohrentzündung gehabt.

»Was hältst du von einem romantischen Dinner?«, fragte sie hoffnungsvoll.

»Davon halte ich sehr viel. Du machst hier Klarschiff, und ich rufe meine Mutter an?«

Laurie lächelte und eilte zurück in den Laden, um schnell die Teebecher einzusammeln und die Tische abzuwischen. Innerhalb von zehn Minuten war sie bereit. Sie hielt Barry ihre Hand hin, der sie ergriff. Und dann gingen auch sie die Valerie Lane hinunter, die so viel zu ihrer Liebe beigetragen hatte.

Während in Oxford schon alle schliefen, saß Orchid auf ihrer Hollywood-Schaukel, die Patrick ihr zum Geburtstag geschenkt hatte, und sah der untergehenden Sonne dabei zu, wie sie alles in ein wunderschönes Rot hüllte. Die Palmen, die die Straße vor ihr säumten, standen still. Das Leben war so schön, und doch wurde es manchmal von traurigen Nachrichten heimgesucht, die die Idylle für ein paar kurze oder auch längere Momente zerstörten.

Orchid war todtraurig. Nicht nur, weil Mrs. Witherspoon gestorben war, sondern auch, weil sie so weit weg von zu Hause war, von ihren Freundinnen und von Phoebe. Zu Hause. Eigentlich sah sie Kalifornien jetzt als ihr Zuhause an, den Ort, an dem sie glücklich war und an dem sie zusammen mit Patrick alt werden wollte. Doch in Zeiten wie diesen fiel ihr wieder ein, dass sie noch ein zweites, früheres Zuhause hatte, das fest in ihrem Herzen verwurzelt war. Und in diesem Augenblick wollte sie nirgendwo anders sein als dort, in Oxford, in der Valerie Lane.

Sie hatte mit Phoebe telefoniert. Nicht gleich, als sie von der traurigen Nachricht erfahren hatte, denn sie war der Meinung gewesen, dass lieber Laurie es ihr sagen sollte. Laurie war da, um sie in den Arm zu nehmen, Orchid hätte Phoebe durch das Telefon wenig Trost schenken können. Doch danach hatten sie ein paarmal miteinander gesprochen. Sobald Orchid einen Flug gebucht hatte, hatte sie ihre Schwester über ihre Ankunftszeit informiert, und diese hatte versprochen, sie von Heathrow abzuholen. Phoebe nahm der Tod der alten Dame wahrscheinlich noch mehr mit als Orchid selbst. Sie war immer schon sensibler gewesen, und selbst die Schwangerschaftshormone konnten aus Orchid nicht den einfühlsamsten aller Menschen machen. Sie gab sich eher cool, zumindest nach außen hin, doch sie war sich sicher, dass Patrick genau wusste, wie es in ihrem Innern aussah.

Er trat jetzt zu ihr und reichte ihr eine Limonade. Es war selbst zu dieser späten Abendstunde noch sehr heiß, und Orchid hatte aufgrund der Schwangerschaft dazu noch ständig Hitzewallungen.

»Wie geht es dir?«, fragte er und setzte sich zu ihr auf die Schaukel.

»Ich bin okay. Ich bin einfach nur froh, nach England zu fliegen. Ich muss jetzt bei Phoebe und den anderen sein.«

»Das verstehe ich total. Tut mir ehrlich leid, dass ich nicht mitkommen kann. Ich mag dich wirklich nicht gern allein fliegen lassen.«

Patricks Tante Dana hatte sich dummerweise eine Woche zuvor den Fuß gebrochen, als sie auf eine Leiter gestiegen war, um Orangen von dem Baum in ihrem Garten zu pflücken. Sie konnte sich zurzeit absolut nicht rühren und war auf Patricks Hilfe angewiesen. Dazu kam, dass Patrick sich nicht einfach spontan Urlaub nehmen konnte. Selbst Orchid hatte es schwer gehabt. Sie hatte behaupten müssen, ihre Grandma sei gestorben und sie müsse zur Beerdigung nach England fliegen, nur so hatte sie frei bekommen.

»Mach dir keine Gedanken. Ich komm schon klar.« Natürlich hätte sie Patrick gerne dabeigehabt, doch sie verstand die Lage, und es war vollkommen in Ordnung für sie.

»Ich könnte allerdings krankmachen auf der Arbeit«, überlegte er.

»Damit du gefeuert wirst, wenn das rauskommt?«

»Für dich würde ich mich gerne feuern lassen.«

»Dann hätten wir aber ein Problem mit der Miete. Und für Dana hätten wir immer noch keine Lösung.«

»Ja, da hast du leider recht.«

»Du brauchst dir wirklich keine Sorgen um mich zu

machen, Patrick. Ich muss doch nur den Flug überstehen, zu Hause werden sich meine Eltern und meine Freunde schon gut um mich kümmern.«

»Ha! Das kann ich mir vorstellen. Vor allem deine Mutter wird dich auf Watte betten. Sie wird dir wahrscheinlich lauter Babynamen vorschlagen und dich mit allen möglichen Vitaminen vollstopfen.«

Sie musste lachen. »Kann gut sein. Du, Patrick? Ich habe da einen Vorschlag. Wie findest du Esther für unser Baby, falls es ein Mädchen wird?«

Bisher hatte ihre Ärztin das Geschlecht noch nicht mit Sicherheit benennen können, weil das Baby den eindeutigen Beweis beim Ultraschall immer versteckte.

Patrick schien kurz nachzudenken. »Esther finde ich sehr schön«, sagte er dann.

Orchid lächelte zufrieden und lehnte sich an Patricks Schulter. Er küsste ihr honigblondes Haar. Orchid war sich ganz sicher, dass sie die Reise gut überstehen würden, sie und das Kind, das sie in sich trug. Das Kind, das hoffentlich genauso wundervoll werden würde wie sein Dad. Müde von der Wärme und der Traurigkeit, schloss sie die Augen und war binnen Sekunden eingenickt. In ihrem Traum hielt Mrs. Witherspoon das Baby namens Esther im Arm.

KAPITEL 12

Es war zwölf Uhr mittags am Samstagmorgen in der Valerie Lane. Eine junge Frau stand in der Tür der Chocolaterie und sah hinüber zu dem jungen Mann, der in der Tür des Geschenkeladens stand. Sie lächelten einander an und schienen die Welt um sich herum vergessen zu haben. Bei den beiden handelte es sich um Keiras einundzwanzigjährige Aushilfe Kimberly, die einen feschen blonden Kurzhaarschnitt trug und wie immer ganz in Schwarz gekleidet war, was ihre schlanke Figur nur noch mehr betonte, und um Phoebes Aushilfe André, der mit seiner schwarz umrandeten Brille, den gegelten dunklen Haaren mit dem Seitenscheitel und dem braunen Cord-Sakko wie immer ein wenig nerdig aussah. André stammte aus Marseille und war vor vier Jahren als Austauschstudent nach Oxford gekommen, da er sich für ein einjähriges Stipendium an der hiesigen Uni qualifiziert hatte. Er studierte Astronomie, interessierte sich aber nicht nur für die Sterne. Obwohl er zu Hause eine Freundin hatte, die auf ihn wartete, hatte er sich, ohne es zu beabsichtigen, in Kimberly verguckt. Nachdem er seine Gefühle nicht mehr ignorieren konnte, beschloss er, als das Jahr um war, mit Chantal Schluss zu machen und nicht nach Frankreich zurückzukehren. Er gestand Kimberly, wie gern er sie hatte und dass ihr französischer Chic ihn in den Bann zog, und sie gestand ihm, dass die letzten drei Male, in denen sie Geburtstagsgeschenke für ihre Freundinnen im Gift Shop gekauft hatte, überhaupt keine Geburtstage stattgefunden hatten. Sie war einzig und allein rübergekommen, um ihn zu sehen. André freute sich und bat sie um ein Date, sie gingen Schlittschuhlaufen und küssten sich auf dem Eis, und es war wohl das romantischste Rendezvous aller Zeiten.

Das war nun gut zweieinhalb Jahre her, und die beiden waren verliebt wie am ersten Tag.

Kimberly warf André eine Kusshand zu, er tat so, als finge er den Kuss auf, und warf ihr einen zurück.

»Ach, ihr süßen Turteltauben«, hörte Kimberly eine wohlbekannte Stimme. Die Tratschtante der Stadt, Mrs. Kingston, war im Anmarsch.

Sie errötete ein wenig, weil die Mittsechzigerin mit der riesigen Dauerwelle sie so verschmitzt angrinste. Dann jedoch wurde Mrs. Kingstons Miene gleich ernster, ja, beinahe traurig sah sie aus.

»Schrecklich, das mit Mrs. Witherspoon, oder?«

Sofort wurde auch Kimberly wieder traurig. »Ja, es ist wirklich schade, dass sie nicht mehr da ist. Sie wird uns allen sehr fehlen.«

»Warst du auch bei dem Treffen gestern Abend?«, erkundigte sich Mrs. Kingston neugierig.

Kimberly schüttelte den Kopf. »Nein, da waren nur die Ladenbesitzer und einige Anwohner der Valerie Lane, soviel ich weiß.«

»Hm«, machte die Frau. »Mich würde wirklich interessieren, was bei diesem geheimen Zusammenkommen so besprochen wurde.«

»Da kann ich Ihnen leider auch nicht weiterhelfen. Warum fragen Sie nicht einfach Keira oder Laurie?«

»Eine gute Idee«, sagte Mrs. Kingston und betrat Keira's Chocolates.

Kimberly sah, wie André ihr einen fragenden Blick zuwarf, und zuckte die Achseln. Sie sah Hannah aus der Tea Corner kommen und auf die Haustür neben Ruby's Antiques zugehen. Sie grüßte sie kurz, lächelte André noch ein letztes Mal an, winkte ihm zu und begab sich dann wieder in die Chocolaterie.

Hannah lief die Stufen hoch und klopfte an die Tür der Wohnung, in der bis vor einem halben Jahr noch die Krankenschwester Christine gewohnt hatte. Sie hatte jedoch im Internet einen norwegischen Arzt kennengelernt, in den sie sich verliebt hatte. Als er ihr gesagt hatte, dass in dem Krankenhaus in Stavanger, in dem er arbeitete, noch Personal benötigt würde, hatte sie sich kurzerhand entschlossen, nach Norwegen auszuwandern. Nicht einmal zwei Wochen hatte die Wohnung leer gestanden, als eine neue Frau sie bezog: Marissa, die Hannah bereits aus dem Esoterikladen kannte, den sie mindestens einmal die Woche aufsuchte. Marissa arbeitete dort und hatte sie schon öfter gut beraten, was neue Räucherstäbchen, Glückssteine oder Bücher betraf, die sich mit der Welt der Geister befassten. Allerdings hatte Hannah nicht geahnt, dass Marissa die gleiche Orientierung hatte wie sie, bis sie

sie vor etwa sechs Wochen um ein Date gebeten hatte. Hannah war überrascht gewesen, weil sie immer geglaubt hatte, eine Art Sensor zu haben. Umso erfreuter war sie, sich auf eine Art mit Marissa anzufreunden, die sie nie für möglich gehalten hätte, die sie aber vollends erfüllte.

»Hallo, mein Herz«, sagte Marissa, als sie die Tür öffnete. Sie nannte Hannah immer so, überhaupt war sie eine sehr herzliche Person. Im Gegensatz zu Hannah, die, seit Laurie die Kinder hatte, fast täglich in der Tea Corner stand, musste Marissa samstags nicht arbeiten. Dennoch kam Hannahs Arbeit als Künstlerin nicht zu kurz. Sie töpferte sowieso lieber nachts, wenn alles um sie herum still war und sie die Gegenwart der Geister wahrnehmen konnte, die sie inspirierten.

»Hi, Süße. Störe ich?«

»Du störst nie. Komm doch rein.« Marissa trat zur Seite und ließ Hannah eintreten, um sie noch in der offenen Tür an sich zu ziehen und zu küssen.

»Viel Zeit habe ich leider nicht, ich hab nur zwanzig Minuten Pause, heute ist viel los«, sagte Hannah dann.

»Kein Problem. Darf ich dir eine Schüssel Quinoa mit Zuckererbsenschoten und Shitake-Pilzen anbieten?«

Hannah musste lächeln. Das war noch so eine Sache, die sie an Marissa liebte. Sie war, genau wie sie, Veganerin. Hannah hatte in den zehn Jahren, in denen sie sich nun rein pflanzlich ernährte, so einige Frauen gedatet, doch wenn eine von ihnen ein Steak hatte essen wollen, war es für Hannah schon nach der ersten Verabredung vorbei gewesen. Sie hatte nichts gegen Leute, die anders waren als sie, leben und leben lassen war ihre Devise, doch fest zusammen sein mit jemandem, der ihre Ansichten überhaupt nicht teilte, konnte sie auch nicht. Marissa aber war die Erhörung ihrer Gebete, Mutter Erde hatte ihr endlich ihre Seelenschwester geschickt.

»Das hört sich lecker an, da sage ich nicht Nein.« Sie folgte Marissa in die Küche.

»Findest du nicht, wir sollten den anderen langsam von uns erzählen?«, fragte Marissa, während sie eine Schüssel mit Quinoa füllte und Gemüse darübergab.

»Ich weiß nicht recht. Es ist doch schön, so, wie es ist, oder? Ich mag dieses Geheimnisvolle irgendwie.«

»Hannah. Ist es dir etwa unangenehm, dich mit mir zu zeigen? Deine Freunde wissen doch, dass du auf Frauen stehst, oder?«

»Nun … eigentlich habe ich es nie erwähnt. Es ist nicht so, dass ich mich schäme, um Gottes willen. Ich bin, wie ich bin, und das ist gut so. Aber weißt du, die anderen Frauen in der Valerie Lane sind solche Familienmenschen, mit einem Ehemann oder einem langjährigen festen Freund, mit Kindern … Ich habe ein wenig Angst, dass sie mich nicht mehr so schätzen, wie sie es tun, wenn sie erst sehen, dass ich nicht so bin wie sie.«

»Ja, und? Das wäre auch nicht das Ende der Welt, oder?«

»Doch, schon, irgendwie. Sie sind wichtige Bestandteile meines Lebens geworden. Ich hab sie alle total gern.«

»Und wenn sie dich genauso gern haben wie du sie, werden sie dich akzeptieren, wie du bist, Hannah. Mit einem Mann oder mit einer Frau an deiner Seite.«

»Du hast ja recht«, sagte Hannah, war aber noch nicht

ganz überzeugt. Andererseits … wenn man hier in der Valerie Lane nicht so sein konnte, wie man war, mit all seinen Vorlieben und Eigenschaften, mit seiner vielleicht nicht so schönen Vergangenheit, mit seinen Macken und seinen Fehlern, wo dann auf der Welt?

Sie dachte an Gary, der jahrelang als Obdachloser auf der Straße gelebt hatte, in den Ruby sich aber dennoch verliebt hatte. Oder an Laurie, die in einem stinkreichen Elternhaus aufgewachsen war, die aber niemand hier als Snob ansah. Sie dachte an Rubys Vater Hugh mit all seinen Eigenheiten, den trotzdem jeder ins Herz geschlossen hatte, und ihr kam natürlich Mrs. Witherspoon in den Sinn, die so arm gewesen war und oftmals zerrissene Kleider getragen hatte und die dennoch immer willkommen gewesen war, der sogar alle Gratisdinge gegeben hatten, um ihr Leben ein kleines bisschen zu bereichern.

Mrs. Witherspoon … Sie hatte als Einzige von Hannah und Marissa gewusst. Denn sie hatte einmal mit Humphrey auf der Bank am Ende der Straße gesessen, als sie beide sich oben in Marissas Wohnung ziemlich nahe am Fenster geküsst hatten. Mrs. Witherspoon hatte gen Himmel geblickt und die Wolken beobachtet, als sie sie entdeckte. Danach war Hannah besorgt gewesen, denn gerade ältere Menschen hatten ja oftmals Vorurteile. Nicht aber Mrs. Witherspoon. Als sie das nächste Mal der Tea Corner einen Besuch abgestattet hatte, hatte sie Hannah zugezwinkert und geflüstert: »Dein Geheimnis ist bei mir sicher.«

Das war erst wenige Wochen her. Und nun war diese wunderbare Frau tot. Doch Hannah war niemand, der um die Verstorbenen weinte, sie wusste ja, dass sie jetzt an einem besseren Ort waren. Traurig darüber, dass sie sie eine ganze Weile nicht mehr sehen würde, war sie dennoch.

Sie nahm die Schüssel entgegen und probierte einen Löffel.

»Das ist lecker«, sagte sie zu Marissa.

»Alles okay?«, fragte diese. »Du siehst irgendwie bedrückt aus.«

»Das bin ich ehrlich gesagt auch. Du hast sicher schon gehört, dass Mrs. Witherspoon gestorben ist, oder?«

»Ja. Ich hab sie kaum gekannt, aber sie war immer sehr freundlich zu mir. Hat mich angelächelt.«

»So war sie. Immer freundlich, immer glücklich mit dem, was sie hatte. Wir sollten uns alle ein Beispiel an ihr nehmen. Du, am Freitag findet ihre Trauerfeier statt, hier in der Valerie Lane, hat Laurie mir vorhin erzählt. Würdest du da zusammen mit mir hingehen?«

»Am Freitag muss ich arbeiten, mein Herz.«

Hannah senkte den Blick. »Ja, natürlich. Dumm von mir.«

»Weißt du was? Ich nehme mir einen halben Tag frei. Wann findet die Trauerfeier statt?«

»Die Beerdigung ist um elf, meint Laurie. Da kann ich auch nicht mitgehen, da ich ja im Teeladen stehen muss. Nicht, dass ich viel von Beerdigungen halten würde.« Da standen doch nur alle stocksteif da und verabschiedeten eine Hülle, deren Seele längst in andere Sphären aufgestiegen war. »Danach wird aber hier in der Straße gefeiert.«

Marissa lachte. »Hört sich ja fast so an, als würde eine Party steigen statt einer traurigen Abschiedsfeier.«

»Ganz genau so ist es auch. Denn Mrs. Witherspoon hat anscheinend darum gebeten, dass nicht viel getrauert wird, sondern dass ein fröhliches Fest gefeiert werden soll. Mit bunten Blumen und leckerem Essen – all ihren Leibspeisen. Ach ja, und alle sollen Hellblau tragen, hat sie sich gewünscht.«

»Sie war wohl wirklich eine ganz besondere Frau«, schloss Marissa aus Hannahs Worten.

»Oh ja, das war sie.«

»Dann hat sie es auch verdient, dass man sie gebührend verabschiedet. Ich begleite dich gerne auf die Feier, Hannah.«

»Danke.« Sie gab Marissa noch einen Kuss und lächelte sie dankbar an. Dann aß sie schnell auf und eilte zurück in den Teeladen. Kurz bevor sie ihn betrat, sah sie noch Charlottes Sohn Jason in die Valerie Lane einbiegen und winkte ihm zu.

Jason winkte zurück. Er musste schmunzeln. Er kannte wirklich niemanden sonst wie Hannah. Er mochte sie, auch wenn er sie für absolut durchgeknallt hielt mit ihrem Gebrabbel über Mutter Erde, auf der sie alle Besucher waren, ihren Tarot-Karten und ihren Räucherstäbchen, die sie allen ständig andrehen wollte. Aber irgendwie fand er sie auch cool, sie war nicht so langweilig und nervig wie die meisten anderen Erwachsenen. Sie war anders. Allein schon ihr Aussehen … diese enormen Dreadlocks, die sich über ihren ganzen Rücken ausbreiteten. Manchmal trug sie sie auch zu einer Art Turban aufgetürmt, heute hatte sie sich ein lilafarbenes Tuch um die Stirn gebunden und die Zöpfe zu einer Art riesigem Knoten gebunden. Und dann die Klamotten … Er hatte Hannah noch nie in normalen Sachen gesehen, in einer Jeans oder Turnschuhen zum Beispiel. Sie trug immer so komische Ökoklamotten, lange Kleider und Gewänder, dazu verrückte bunte Stoffschuhe, die er noch nie im Laden gesehen hatte. Und dann wusste er überhaupt nicht, was sie überhaupt war: schwarz, weiß, irgendwas in der Mitte? Ihre Haut war dunkler als seine, aber auch nicht richtig braun. Milchkaffeebraun vielleicht. Seine Mutter hatte ihm gesagt, dass sie einen jamaikanischen Vater hatte. Von Jamaika hatte er schon viel gehört – war da der Gebrauch von Marihuana nicht legal, ja, sogar ganz normal? Er wollte da unbedingt irgendwann mal hin und sich diese Rastafaris mit ihren Joints aus der Nähe ansehen. Ein gutes Reiseziel, fand er. Vielleicht würde Nathalie ja sogar mitkommen, das fände er cool. Wenn sie dann noch zusammen wären – er hoffte es sehr.

Nathalie. Sie war der Grund, warum er heute in die Valerie Lane gekommen war. Er brauchte die Hilfe seiner Mum, und er musste zugeben, dass er sie nicht gerne um Hilfe bat. Sie würde wieder eine Riesensache aus allem machen, und das nervte echt, aber allein kam er leider auch nicht weiter, also musste er in den sauren Apfel beißen.

Er betrat Susan's Wool Paradise. Susan begrüßte ihn. Ach, stimmt ja, dachte er, Susan ist zurück. Er sagte Hi und unterhielt sich sogar mal ein bisschen länger als sonst mit ihr, weil es ihn wirklich interessierte, wie das Rockstar-Leben so war. Er selbst hatte zwar mit Musik nicht allzu viel am Hut, aber er war Fußballer, und irgendwie war das doch fast dasselbe, oder? Kylian Mbappé hatte bestimmt genauso viele Fans wie Shawn Mendes, wenn nicht noch viel mehr.

Susan erzählte ihm, dass sie beinahe jeden Abend in einer anderen Stadt gewesen waren und dass die Twentyniners auf großen Bühnen aufgetreten seien, dass die Fans sie bejubelt und nach einer Zugabe geschrien hätten. Er war fast ein wenig neidisch. Aber auch nur fast. Denn er hatte dann doch eher eine Karriere als Profi-Fußballer im Sinn.

»Jason, was machst du denn hier?«, fragte seine Mum erstaunt, als sie aus dem Hinterzimmer kam und ihn sah.

»Hi, Mum.«

Sie kam auf ihn zu und war nahe dran, ihm eine Umarmung oder einen Kuss zu geben oder irgendwas ähnlich Ekelhaftes zu tun, doch er schaffte es noch rechtzeitig, ihr auszuweichen, sodass sie ihm nur ein wenig den Rücken tätschelte. Das war gerade noch okay.

»Ich dachte schon, ich halluziniere, als ich deine Stimme hörte«, sagte sie nun und lachte.

Eigentlich musste er zugeben, dass seine Mutter ziemlich cool war, dafür, dass sie schon alt war und so. Na ja, im Gegensatz zu den Müttern seiner Freunde war sie sogar noch echt jung, schließlich hatte sie ihn mit knapp siebzehn bekommen. Es war sicher nicht leicht für sie gewesen damals, weil sein Dad nämlich ein richtiger Arsch gewesen war, der sie angebrüllt und manchmal sogar geschlagen hatte, das hatte er oft mitbekommen. Irgendwie war er sogar froh gewesen, als sie ihn und seine Schwester da rausgeholt hatte und sie bei Stuart, seinem Onkel, dem Rockstar, eingezogen waren. Von da an waren sie endlich frei gewesen, hatten nicht mehr in ständiger Angst leben müssen. Auch danach wollte sein Dad nicht lockerlassen, wollte sie zurückgewinnen, aber seine Mum war standhaft geblieben, und dafür war er echt stolz auf sie. Jason und seine kleine Schwester Vanessa sahen ihren Dad einmal in der Woche. Er liebte seinen Dad trotz allem, er war immerhin sein Dad, aber dass er nicht der beste Mensch auf Erden war, war Jason trotzdem bewusst. Er selbst würde anders werden, wenn er erwachsen war und eine Familie hatte, das wusste er mit Sicherheit. Er hasste Gewalt, er hasste es, wenn Männer Frauen gegenüber grob waren, so etwas würde er nie und nimmer tun.

»Mach keine große Sache draus, Mum«, sagte er nun und stöhnte. Ob es wirklich so eine gute Idee gewesen war herzukommen?

»Okay, okay. Wo ist denn eigentlich Vanessa?«, erkundigte sich Charlotte.

»Die? Zu Hause. Sie heult sich schon den ganzen Tag die Augen aus.«

»Sie weint? Das mit Mrs. Witherspoon hat sie wirklich mitgenommen, hm?«

Jason zuckte die Achseln. »Ich glaub eher, sie heult wegen Terry.« Jetzt, wo Susan zurück war, konnte sie sich natürlich selbst wieder um den kleinen Hund kümmern, und er brauchte nicht mehr bei ihnen zu bleiben.

»Ach, Mensch, arme Kleine. Und da hast du sie einfach allein gelassen?« Seine Mum sah ihn nicht sehr erfreut an.

Ja, er hatte sie allein gelassen. Nicht nur wegen seines Vorhabens, sondern vor allem, weil er das Geheule nicht mehr ausgehalten hatte. Es war ja nicht so, dass er seine Schwester nicht getröstet hätte. Er hatte sie ewig lang im Arm gehalten und dabei die ganze Zeit versucht, seine eigenen Tränen wegzublinzeln. Jungs heulten nicht. Trotzdem ging es ihm nah, dass Mrs. Witherspoon nicht mehr da war. Er hatte sie echt gern gehabt. Natürlich würde er das alles niemals zugeben.

»Ja, sorry. Ich musste halt dringend zu dir. Ich wollte dich um einen Gefallen bitten.« Er hoffte, damit würde seine Mum die Sache mit Vanessa vergessen.

»Mich? Ehrlich?« Und tatsächlich! Wieder sah sie total überrascht aus. Es war ja auch nicht alltäglich, dass er zu ihr kam und sie um etwas bat. Meistens ließ er sie überhaupt nicht an seinen persönlichen Dingen teilhaben, zumindest nicht mehr, als unbedingt nötig war.

Wieder zuckte er die Achseln. Er sah sich nach Susan um, die sich gerade um eine Kundin kümmerte. Das war gut, es musste ja nicht jeder mitkriegen, worum es ging.

»Also … Nathalie und ich sind Montag genau sechs Monate zusammen. Sie spricht seit Tagen von nichts anderem und macht da ein Riesending draus. Ich muss ihr also, denk ich, irgendwas schenken. Keine Ahnung, was.«

»Ooooh! Und da kommst du zu mir, um mich um Rat zu fragen?« Seine Mutter freute sich richtig.

»Nicht wirklich. Eigentlich wollte ich dich bitten,

Nathalie irgendwas zu besorgen. Du weißt doch, was Frauen mögen, oder?«

»Nein, nein, mein Lieber. So leicht machst du es dir nicht. Ich kann dir gerne ein paar Dinge vorschlagen, kaufen musst du das Geschenk aber selbst.«

»Oh, Mum, bitte«, jammerte er.

»Wo liegt das Problem?«, fragte sie.

Er wurde ein wenig verlegen. Mann, warum kapierte sie das denn nicht von allein? Nachdem er sich etwas gewunden hatte, rückte er mit der Sprache raus.

»Mir ist das halt unangenehm, so Frauenzeugs zu kaufen. Nathalie steht auf Pink. Wenn ich jetzt in einen Laden gehe und irgend so ein pinkes Etwas hole, wie sieht das denn aus?«

Charlotte musste lachen. »Aaah, jetzt kommen wir der Sache schon näher. Ich verstehe deine Bedenken, aber wieso gehst du nicht einfach rüber zu Phoebe in den Gift Shop? Da findest du sicher was Passendes, und ich verspreche dir, Phoebe wird dich gut beraten, und komisch findet sie das Ganze garantiert auch nicht.«

Er war immer noch nicht überzeugt. »Kannst du dann wenigstens mitkommen?«

In dem Moment betrat Mary-Lou den Raum. Sie führte einen Blog, den sie ganz allein der Valerie Lane gewidmet hatte, und anscheinend hatte auch sie schon von der Tragödie gehört, denn sie sah völlig mitgenommen aus.

»Hallo, ihr Lieben«, sagte sie.

Die Ablenkung kam Jason wie gerufen. Er überlegte sogar, sich unbemerkt aus dem Staub zu machen, aber dann wäre die Angelegenheit mit dem Geschenk immer noch nicht geregelt. Also drückte er seiner Mum den Zehnpfundschein in die Hand und sagte: »Nathalie steht auf Blumen, Schwäne und alles, was pink ist. Bitte sei so cool und hilf mir aus der Patsche.«

Charlotte seufzte und nickte. »Ich sehe, was ich machen kann. Jetzt geh nach Hause zu Vanessa und tröste sie ein bisschen, ja?«

Jason nickte und war aus der Ladentür, bevor sie ihre Meinung ändern konnte.

KAPITEL 13

Phoebe stand hinterm Ladentisch und strahlte. Gleich nach der Arbeit würde sie zusammen mit Lance und Emily Humphrey besuchen gehen und dabei die Löffel abholen, die Mrs. Witherspoon ihnen vermacht hatte. Sie wusste von Ruby, die die Sammlung kannte, dass einige Stücke ziemlich exquisit waren. Wie viel sie am Ende auch wert sein mochten, Phoebe wusste, dass ihnen der Erlös aus der Patsche helfen würde – zumindest ein bisschen. Und einen besonders schönen Löffel würde sie behalten, zur Erinnerung an Mrs. Witherspoon und ihre großzügige Geste.

Sie hoffte, dass die anderen nicht enttäuscht waren, weil sie etwas so Wertvolles bekam, während Keira nur ein paar Rezepte und Laurie eine alte, rostige Teedose erhielten. Aber Mrs. Witherspoon hatte ihnen diese Dinge nicht ohne Grund hinterlassen, sie hatte gewusst, dass sie derjenigen Person etwas bedeuteten. Wahrscheinlich hatte die alte Dame immer viel mehr gewusst, als sie alle angenommen hatten.

Sie sah Charlotte am Fenster vorbeigehen, gleich darauf öffnete sich die Ladentür.

»Hi, Charlotte, wie geht es dir?«

»Besser, danke. Ist es nicht einfach unglaublich, was

Mrs. Witherspoon uns allen hinterlassen hat? Tobin und ich bekommen einige ihrer Hochzeitsbilder. Ich war ja bei der Trauung damals nicht dabei, weil ich sie und Humphrey da noch gar nicht kannte, aber ich finde das so lieb. Es bedeutet mir wirklich viel, dass sie uns auf diese Weise bedacht hat.«

»Ich weiß, was du meinst.« Charlotte sah Phoebe an, und sie dachte schon, sie würde jetzt irgendetwas zu den Löffeln oder womöglich sogar zu ihrer finanziellen Lage fragen, aber sie ließ es sein und lächelte nur.

»Wir können uns wirklich glücklich schätzen, sie gekannt zu haben.«

»Ja, das können wir«, sagte Phoebe. »Was darf ich denn für dich tun?«

Charlotte schmunzelte. »Ich bin hier, weil ein gewisser Sechzehnjähriger sich nicht traut, seiner Freundin selbst ein Geschenk auszusuchen.«

»Jason etwa?« Phoebe grinste, als Charlotte nickte. »Schon ein bisschen armselig, seine Mummy das Geschenk für seine Freundin kaufen zu lassen, oder? Nichts für ungut.«

»Ja, das ist es allerdings, und das habe ich ihm auch gesagt. Es ist ihr sechsmonatiges Jubiläum, und er hat wohl Schiss, ihr wieder was Falsches zu besorgen.«

»Hat er das denn schon mal gemacht?«

»Oh ja. Ich hab's ihm gegenüber nicht erwähnt, aber ich erinnere mich noch gut an Nathalies Geburtstag, an dem er ihr ein Kilo Kirschen gekauft hat.«

»Ein Kilo Kirschen?« Phoebe musste lachen.

»Ja! Sie mag Kirschen wohl sehr gerne, aber als Geburtstagsgeschenk war das wohl nicht gerade der Renner. Ich glaube, sie hatte eher Rosen oder so erwartet.«

»Na ja, sie sind noch zusammen, oder? Sie wird Jason also wohl verziehen haben.«

»Das schon. Aber wenn er jetzt mit einem Kilo Zwetschgen ankommt, bin ich mir nicht sicher, ob sie es noch lange bleiben werden.«

»Okay, ich verstehe das Dilemma. Also, woran hast du gedacht? Wie hoch ist das Budget?«

»Jason hat mir zehn Pfund gegeben.«

»Hmmm ... und was mag Nathalie so? Weißt du das?«

»Er meinte, sie mag alles, was pink ist, außerdem hat sie wohl was für Blumen und Schwäne übrig.«

»Da kommen wir der Sache ja schon näher. Lass mich überlegen ...« Phoebe fasste sich ans Kinn und sah sich im Laden um. Was könnte einer Sechzehnjährigen gefallen? Vor Jahren hatte Orchid mal diese knallpinken Deko-Schwäne geführt, aber die waren längst passé. Oh, Moment! Sie ging zu einem der Regale, griff nach etwas Pinkem und präsentierte es Charlotte. »Was hältst du davon?«

»Ein Schminktäschchen mit Schwänen drauf. Perfekt! Welches Teenie-Mädchen steht nicht auf Schminke?«

»Da sind sogar noch ein Pinsel- und ein Nagel-Set mit drin, siehst du?«

»Na, super! Wie teuer soll es sein?«

»Zwölf fünfundneunzig.«

»Perfekt! Die zwei fünfundneunzig gebe ich gerne dazu. Da wird Nathalie sich sicher freuen. Könntest du es mir noch hübsch verpacken?«

»Na klar. In Pink?«

»Was sonst?«

Sie grinsten beide. Phoebe war sich sicher, dass die Beziehung gerettet war.

Während sie zu Geschenkpapier und Schere griff, erzählte Charlotte von Mary-Lou, die gerade im Wool Paradise gewesen war. Sie hatte vor, für die Valerie-Lane-Website jeden zu interviewen, der Mrs. Witherspoon gekannt hatte.

»Zu dir wird sie sicher heute auch noch kommen.«

»Gerne. Ich habe einiges über Mrs. Witherspoon zu sagen. Hat Mary-Lou vor, eine Art Nachruf zu schreiben?«

»Ja, so was in der Art. Aber frag sie da am besten selbst, wenn sie bei dir ist.«

»Das mache ich. So, bitte, hier ist das Geschenk.« Phoebe reichte es Charlotte und kassierte ab.

»Du, sag mal, wann kommt denn Orchid an?«

»Morgen Nachmittag gegen fünf.«

Charlotte nickte und kaute auf ihrer Lippe herum, wie sie es auch immer tat, wenn sie nervös war. Phoebe konnte Charlottes Sorge so gut nachvollziehen. Bestimmt hatte sie Angst, dass bei Tobin wieder alte Gefühle hochkommen könnten. Als Orchid letzten Winter da gewesen war, war Phoebe natürlich aufgefallen, wie Tobin auf ihre Schwester reagiert hatte und wie ihm eine Last von den Schultern gefallen war, als sie wieder abgereist war.

»Du freust dich sicher, dass du deine Schwester wiedersiehst, oder?«, erkundigte sich Charlotte.

»Und wie. Ich bin ganz außer mir vor Freude. Auch wenn der Anlass ein trauriger ist.«

»Hast du Orchid eigentlich schon mal in Kalifornien besucht? Ich kann mich nicht dran erinnern, dass du fort warst.«

»Nein, bisher noch nicht. Der Laden, weißt du? Und zwölf Stunden Flug sind für Emily einfach noch ein bisschen viel. Ich habe es aber fest vor«, fügte sie hinzu und hatte mal wieder ein schlechtes Gewissen, weil sie schwindeln musste.

»Ich war noch nie irgendwo. Ich stelle mir Kalifornien einfach unglaublich vor. Orchid hat ein Riesenglück, dort leben zu dürfen.«

»Ja, das hat sie.«

»Ich muss dann mal wieder rüber. Susan wartet sicher schon auf mich. Sie will nämlich gleich los, ihren Schleier bei Humphrey abholen.«

»Ja, zu Humphrey will ich nachher auch noch. Mit Lance und Emily.«

»Tobin und ich gehen morgen früh hin. Humphrey freut sich sicher über den vielen Besuch.«

»Das glaube ich auch.«

»Bis bald. Hab noch einen schönen Tag!«

»Danke, du ebenso.« Sie sah Charlotte nach, wie sie den Laden verließ, und fragte sich, ob Tobin wohl tatsächlich noch etwas für ihre Schwester empfand. Wusste Tobin, dass sie schwanger war? Von dem Mann, den sie über alles liebte? Sie hoffte so sehr, dass Tobin über sie hinweg war und Charlotte die Zuneigung geben konnte, die sie verdiente. Nur manchmal machte einem das Herz leider einen Strich durch die Rechnung.

Susan wartete, bis Charlotte aus dem Geschenkeladen zurückkam, und machte sich dann auf zu Humphrey. Sie ging zu Fuß, da für sie das zählte, was der alte Herr am Abend zuvor gesagt hatte: Frische Luft tat gut. Dabei konnte man all die Gedanken, die einem im Kopf umherschwirrten, ein wenig unter Kontrolle bringen.

Susans Kopf platzte fast vor lauter Gedanken, zumindest hatte sie das Gefühl. Sie musste immer wieder an Stuart denken und an ihren letzten Streit. Sie wusste nicht einmal, ob sie noch zusammen waren und was werden würde, wenn er nach der Tour nach Oxford zurückkehrte. Ja, sie wusste nicht einmal, ob sie noch mit ihm zusammen sein wollte. Sie sei sich nicht sicher, ob sie ihn überhaupt noch liebe, hatte sie ihm gesagt, und das stimmte. Wenn sie früher an ihn gedacht hatte, waren Schmetterlinge in ihrem Bach geflattert, und alles, was sie gewollt hatte, war, bei ihm zu sein. Jetzt waren da überhaupt keine Schmetterlinge mehr, sondern nur noch ein übles Gefühl, das Stuart mit seinem Verhalten in ihr hinterlassen hatte. Ein Gefühl von Misstrauen und Unsicherheit, von Verlust und Einsamkeit. Ja, sie fühlte sich fast so schlimm wie damals, als Steven sie schwanger vor dem Altar stehen gelassen hatte. In ihrem Hochzeitskleid hatte sie in der Kirche gestanden, während alle um sie herum getuschelt und sie bemitleidet hatten. Diesmal gab es nur einen Unterschied: Niemand wusste, was los war und dass es ihr so dreckig ging. Niemand außer Barry.

Manchmal fragte sie sich, ob es richtig gewesen war,

ihm von ihren Problemen zu erzählen. Er war einer von Stuarts besten Freunden! Sie hatte Stuart ja auch nicht schlechtreden wollen. Doch sie fühlte sich so schrecklich vernachlässigt und wusste einfach nicht, was sie tun sollte. War da noch Liebe?, fragte sie sich. Konnte da je wieder Liebe sein?

Als sie das Haus erreichte, fühlte Susan sich miserabel. Mrs. Witherspoon war gerade gestorben und hatte Humphrey ganz allein zurückgelassen. Wie musste er sich fühlen? Sicher eine Million Mal schlimmer als sie.

Sie atmete tief ein und klingelte.

Es dauerte eine Weile, bis Humphrey an die Tür kam. Als er sie erkannte, zeigte er ihr ein Lächeln.

»Was für eine nette Überraschung.«

»Ich habe uns Kirschkuchen mitgebracht, von Ihrem Lieblingsbäcker. Haben Sie Appetit?«

»Was würde ich nur ohne euch und eure Fürsorge tun?«, fragte er gerührt und ließ Susan eintreten.

Zehn Minuten später saßen sie im Wohnzimmer und hatten jeder eine Tasse Tee und einen Teller mit einem Stück Kirschkuchen vor sich. Susans Teller hatte einen Sprung, aber was machte das schon.

»Wie geht es Ihnen, Humphrey?«

»Es ist nicht leicht«, antwortete er.

»Das ist es nicht, leider. Ich weiß, was es heißt, einen geliebten Menschen zu verlieren. Es reißt einem den Boden unter den Füßen weg. Es wird aber erträglicher, mit der Zeit«, versprach sie ihm.

»Darf ich fragen, wer von Ihnen gegangen ist?«

»Das dürfen Sie. Meine Mutter, vor ein paar Jahren.

Und mein Vater ist letztes Jahr im August gestorben.« Außer Michael hatte Susan nun überhaupt keine Verwandten mehr. Nicht, dass es einen großen Unterschied machen würde, denn die Beziehung zu ihren Eltern war keine schöne gewesen.

»Das tut mir sehr leid.«

»Danke. So ist das Leben, wissen Sie? Menschen verlassen diese Welt, und andere werden geboren. Das ist der Kreislauf der Dinge.« Sie wollte nicht so zynisch klingen, aber im Moment war sie einfach ein wenig deprimiert.

»Orchid bekommt ein Baby, habe ich vernommen«, sagte Humphrey.

»Ja.« Sie nickte. Ja, alle bekamen Babys. Laurie und Phoebe und Keira und Charlotte hatten Kinder, und bald würde sogar Orchid eins haben. Nur sie selbst war noch immer kinderlos, obwohl sie sich doch von allen am allermeisten eins wünschte. Seit sie damals die Fehlgeburt gehabt und ihre kleine Valerie verloren hatte, konnte sie keine Kinder mehr bekommen. Stuart hatte ihr von Anfang an gesagt, dass ihm das nichts ausmachen würde und dass man ja auch adoptieren könne. Dass es genügend elternlose Kinder auf der Welt gebe, die ein Zuhause suchten.

Ha! Da würden sich diese elternlosen Kinder aber noch gedulden müssen, bis Stuart endlich fertig mit seinem Ego-Trip und dem vielen Geflirte war.

»Geht es Ihnen gut, Susan?«, fragte Humphrey, der wohl spürte, dass etwas nicht in Ordnung war.

»Darf ich Sie etwas fragen?«

»Aber selbstverständlich.«

»Sie kannten Mrs. Witherspoon besser als jeder andere. Ist sie jemals damit fertig geworden, dass sie keine Kinder bekommen konnte? Ich meine, wirklich?«

Humphrey überlegte. »Sie hat sich irgendwann damit abgefunden.«

»Das meine ich nicht. Man kann sich mit vielen Dingen abfinden. Das ist aber nicht dasselbe, wie etwas vollkommen zu akzeptieren und dennoch glücklich zu sein. Auch ohne das, was man sich am meisten wünscht.«

»Wünschen Sie sich Kinder, Susan?«

Sofort stiegen ihr Tränen in die Augen. Sie konnte nichts tun, als zu nicken.

»Und Ihnen geht es wie meiner Esther?«

Wieder nickte sie nur.

»Es tut mir sehr leid, das wusste ich nicht.«

»Das weiß so gut wie niemand.«

»Aber Ihr Freund weiß es doch? Stuart?«

»Ja, der weiß es.«

»Und macht es ihm etwas aus?«

»Nein. Das sagt er jedenfalls. Er hat auch gesagt, dass wir dennoch ein Kind haben könnten, auf anderem Wege.«

»Na, worauf warten Sie dann noch?«

»Darauf, dass Stuart sich an seine Worte erinnert«, meinte sie bitter.

»Manchmal kommen einem im Leben Dinge dazwischen, und man vergisst sein Vorhaben. Dann braucht es jemanden, der einen daran erinnert«, sagte er und hörte sich dabei ziemlich weise an.

»Vielleicht, ja.«

Susan aß ihren Kuchen auf und ließ Humphrey dann ein bisschen von seiner Esther erzählen. Das tat gut, dabei konnte Susan so richtig abschalten. Sie erfuhr an diesem Nachmittag sogar etwas Neues über Mrs. Witherspoon, nämlich, dass sie und Humphrey nur zu gern durchs Haus getanzt waren. An jedem Samstagnachmittag hatten sie eine Tanzstunde veranstaltet, in der sie zu alten Evergreens von Frank Sinatra und Dean Martin getanzt hatten.

Susan fand es unglaublich traurig, dass dies der erste Samstag für Humphrey sein sollte, an dem er nicht mit seiner Esther tanzen durfte. Deshalb stand sie jetzt auf, ging zu dem alten Plattenspieler, legte Musik auf und hielt Humphrey eine Hand hin.

»Darf ich bitten?«, fragte sie und fürchtete für einen Moment, einen Fehler gemacht zu haben. Doch Humphrey lächelte und erhob sich. Er nahm ihre Hand und führte sie zu den Klängen von Sinatras *Fly Me to the Moon*, das auch auf der Hochzeit der beiden Alten gespielt worden war, durchs Wohnzimmer. Susan musste lachen. Sie hatte sich lange nicht so gut gefühlt. Wie schön es doch war, dass zwei verlorene Menschen einander auf diese Weise helfen konnten – manchmal benötigte man dazu nur einen Song.

KAPITEL 14

»Alter, was ist dein Problem?«, fragte Barry vorwurfsvoll, als er Stuart endlich an der Strippe hatte.

»Nette Begrüßung, Kumpel.«

»Sorry, aber ich versuche seit Ewigkeiten, dich zu erreichen. Ignorierst du meine Anrufe, oder bist du wirklich so beschäftigt?«

»Ich hab geschlafen, bin gerade erst aufgewacht.«

Barry sah auf die Uhr. »Es ist Viertel nach eins!« Die Mädchen und er hatten sogar schon Mittag gegessen.

»Wir haben letzte Nacht ziemlich lange gefeiert. Kannst du mir bitte mal sagen, was eigentlich los ist?«

»Weißt du das etwa nicht? Auf welchem Planeten lebst du denn? Auf dem Mich-kümmert-nichts-als-meine-Musik-und-heiße-junge-Groupies-Planeten?«

»Ah. Du hast mit Susan geredet.«

»Und ob ich das habe.«

»Und was hat sie dir erzählt?«

»Nicht viel. Du kennst doch Susan, sie würde nie schlecht über irgendwen reden. Aber ich habe doch so viel herausgehört, dass ich erkenne, was für ein Vollidiot du bist. Außerdem ist das ja auch gar nicht zu übersehen. Man muss sich nur deinen Instagram-Account angucken.« Erst gestern Abend hatte Stuart ein Foto von sich mit zwei heißen jungen Frauen reingestellt, deren Lippen jeweils an einer seiner Wangen klebten. Während Susan wahrscheinlich zu Hause gesessen und sich die Augen ausgeweint hatte. Er war so sauer auf seinen Kumpel.

»Nun mach aber mal halblang, Barry. Du weißt doch gar nicht, wie das ist, dieses Leben auf Tour. Es ist nämlich hammergeil, das sag ich dir.«

»Hammergeil? Wer bist du, und was hast du mit meinem besten Freund gemacht, Mann?«

»Ich bin immer noch derselbe, nur lebe ich endlich mein Leben. Meinen Erfolg. Weißt du eigentlich, wie cool es ist, wenn dich Hunderte Fans anhimmeln?«

Barry schüttelte den Kopf. »Nein, und ich will es auch nicht wissen. Alles, was ich weiß, ist, dass gestern eine todtraurige Susan nach Hause zurückgekehrt ist, deren Schultern so tief hängen, dass sie fast schon den Boden berühren.«

Stille. Dann: »Geht es ihr wirklich so schlecht?«

»Na, was denkst du denn?«

»Wir hatten einen Streit.«

»Das hat sie erwähnt.«

»Was hat sie noch erwähnt?«

Nun konnte Barry es doch nicht mehr zurückhalten, auch wenn er Susan eigentlich versprochen hatte, nichts zu sagen. »Dass es für sie die Hölle war, mit euch unterwegs zu sein. Mit zwei Bandmitgliedern, die jeden Abend mit anderen Frauen rummachen, und mit einem dritten, der ihr Freund ist und von dem sie nicht weiß, ob er nicht dasselbe tun würde, wenn sie nicht dabei wäre.«

»Das würde ich nie und nimmer, und das weiß Susan.«

»Anscheinend weiß sie es nicht.« Und er selbst war sich da auch nicht mehr so sicher.

»Sollte sie aber.«

Stuart wirkte eingeschnappt – war das sein Ernst?

»Stuart, ich sag dir jetzt was als dein Freund, ja? Susan ist das Beste, was dir im Leben je widerfahren ist, und wenn du sie nicht verlieren willst, solltest du endlich aufwachen.«

»Glaubst du, sie will Schluss machen?«

»Für mich sieht es so aus, als ob bereits Schluss wäre.«

»Nein, das ist es nicht. Ich meine, wir haben uns nicht getrennt, sondern nur gestritten. Und Susan wollte doch bloß wegen der Beerdigung nach Hause, oder?«

»Denkst du das wirklich?«

Wieder Stille. »Oh Mann, ich hab's wohl echt verkackt, was?«

»Oh ja, das hast du. Das Gute ist, es ist noch nicht zu spät. Das glaube ich zumindest. Und du solltest schnell versuchen zu retten, was noch zu retten ist.«

»Aber was kann ich tun? Sie glaubt mir ja nicht.«

»Als Erstes, dich bei ihr entschuldigen.«

»Eine einfache Entschuldigung am Telefon reicht wohl nicht aus, oder?«

»Ist das eine ernst gemeinte Frage?«

»Okay. Also persönlich. Hmmm …«

»Ich helf dir mal auf die Sprünge. Am Freitag ist Mrs. Witherspoons Beerdigung, Susan will da bestimmt nicht allein sein und würde sich freuen, dich an ihrer Seite zu haben.«

»Freitag … Da haben wir zwar keinen Gig, aber Samstag sind wir für einen Auftritt in Liverpool gebucht, glaub ich. Warte mal, ich schau kurz auf dem Plan nach … Ja, Montag ist das letzte Nordirland-Konzert, danach kommen nur noch Auftritte in Schottland und England.«

»Liverpool? Das ist perfekt! Du könntest doch für einen Tag herfahren. Mit dem Zug sind das gerade mal drei Stunden.«

Stuart stieß ein komisches Grunzen aus. »Alter, ich kann mich doch nicht einfach so in einen Zug setzen. Hast du vergessen, wer ich bin? Da wäre die Hölle los!«

Barry konnte nur wieder den Kopf schütteln. »Dann nimm dir einen Mietwagen«, schlug er vor und versuchte angestrengt, gelassen zu bleiben.

»Das wäre alles ganz schön stressig, Mann. Außerdem wollten wir am Freitag noch ein paar neue Songs proben …«

Barry hatte genug von den Ausreden. »Stuart! Du solltest dir wirklich überlegen, was dir wichtiger ist, deine Karriere oder Susan.«

Er legte auf, weil er Stuart nicht länger ertragen konnte. Susan hatte recht, er hatte sich um hundertachtzig Grad gewandelt. Wo war nur der bescheidene, liebenswerte Mann hin, den er so ins Herz geschlossen hatte? Den er für den Rest seines Lebens an Susans Seite gesehen hatte?

Und zudem war er auch traurig wegen ihrer Freundschaft. Wenn die irgendwann genauso im Sande verlaufen sollte wie die Beziehung zwischen Susan und Stuart, mit wem sollte er dann überhaupt noch abhängen, wenn Laurie ihm mal einen freien Abend gönnte? Mit Tobin konnte man gut ins Kino gehen, und mit Lauries Vater hatte er ein paarmal Golf gespielt, mit Gary konnte man über Bücher reden, aber davon hatte er nicht allzu viel Ahnung. Vielleicht war es an der Zeit herauszufinden, was man mit Gary noch anstellen konnte. Laurie wollte früh Feierabend machen und zusammen mit den Kindern Keira und Andy besuchen. Sie wollten zusammen irgendwas basteln, er hatte vergessen, was. Und danach Pizza essen. Also war das die Gelegenheit. Er fuhr in die Valerie Lane, brachte die Mädchen zu Laurie und sah dann bei Ruby's Antiques & Books rein, in der Hoffnung, dort Gary anzutreffen.

Ruby blickte auf. Barry stand ihr gegenüber und lächelte sie an.

»Hallo, Ruby.«

»Barry. Was machst du denn hier?« Sie biss sich auf die Zunge. »Entschuldige, ich wollte nicht unhöflich sein. Du schaust nur nicht allzu häufig bei mir rein.« Wenn sie ehrlich war, konnte sie sich nicht an das letzte Mal erinnern.

»Kein Problem, du hast ja recht. Eigentlich bin ich auf der Suche nach Gary.«

»Oh. Der ist mit meinem Dad losgegangen, um einen Goldfisch zu kaufen.«

Barry grinste. »Ist er jetzt auf dem Goldfisch-Trip?«

»Ja. Und ich bin sehr froh, dass er sich die Sache mit dem Pinguin abgeschminkt hat.«

Sie lachten beide.

»Was willst du denn von Gary, wenn ich fragen darf?«

»Ich wollte mich erkundigen, ob er Lust hat, heute

Abend etwas mit mir zu unternehmen. Einen Actionfilm gucken oder irgendwo ein Bier trinken oder so.«

»Das finde ich aber nett. Warte, ich ruf ihn an.« Ruby griff nach ihrem Handy und wählte Garys Nummer, begrüßte ihn kurz und reichte das Telefon gleich weiter. Im Nu war etwas ausgemacht, und Barry gab ihr das Telefon zurück.

»Er will dich noch mal kurz sprechen.«

Ruby nickte. »Gary?«

»Schatz, wäre es okay, wenn ich nachher was mit Barry unternehme? Du sagst mir ja immer, ich soll ruhig auch mal etwas ohne dich machen, Männersachen.«

Sie lächelte. »Natürlich ist das okay.«

»Dann bringe ich deinen Dad und den Goldfisch eben nach Hause und gehe dann los, ja?«

Ruby sah auf die Uhr. »Du könntest meinen Dad auch hierherbringen. In zwei Stunden ist Ladenschluss, solange kann er hier im Laden warten. Dann kannst du gleich mit Barry losziehen. Er wartet sicher auf dich.« Sie sah Barry fragend an, der mithörte und nickte.

»Das wäre natürlich noch viel besser. Danke, Ruby.«

Sie hängten auf, und Ruby unterhielt sich ein wenig mit Barry, wobei sie erfuhr, dass er nicht nur eine Jungenmannschaft, sondern auch eine für Mädchen trainierte. Fußball war seine große Leidenschaft, das wusste sie, aber dass er beinahe für eine Profiliga gespielt hatte, war ihr bis dato noch nicht bewusst gewesen.

»Das war aber nichts für mich. Ich möchte Fußball lieber als Hobby sehen und nicht als Job. Dann würde es mir bestimmt nicht mehr so viel Spaß machen. Außerdem verändern sich die Menschen, wenn sie anfangen, Erfolg zu haben und im Licht der Öffentlichkeit zu stehen.«

»Sprichst du von jemand Bestimmtem? Es klingt fast so.«

»Ja, wenn ich ehrlich sein soll, tue ich das. Es geht um einen Freund, der sich sehr verändert hat. Zum Negativen.«

»Auch ein Fußballer?«

»So was Ähnliches.«

»Oh. Ja, man sollte sich selbst immer treu bleiben, das ist am allerwichtigsten. Sieh dir Gary an! Er ist jetzt Bestsellerautor, und trotzdem schreibt er seine Manuskripte noch auf dem alten Laptop, den ich ihm vor vier Jahren gebraucht gekauft habe.«

»Unglaublich. Funktioniert der noch?«

»Er war schon zweimal in der Werkstatt, aber er läuft.«

»Gary ist wirklich bescheiden, oder?«

»Das ist er, und das liebe ich so an ihm.«

»Du hast Glück, Ruby, dass du ihm begegnet bist. Du hast nicht weniger als das verdient, das meine ich ernst.«

Sie war zutiefst gerührt. »Das ist wirklich lieb, dass du das sagst, Barry.« Sie hörte einen Kunden nach ihr rufen und musste sich leider von Barry abwenden.

»Führen Sie auch Bücher von Henry James?«, fragte die Dame um die fünfzig mit Hut.

»Ja, sicher. Kommen Sie, ich zeige Ihnen meine Auswahl. Es sind sogar Erstausgaben dabei.«

Ruby war sehr stolz auf ihr Sortiment. Als sie vor gut vier Jahren beschlossen hatte, sich künftig auf Bücher zu spezialisieren, hatte sie gerade mal ein Regal füllen können. Mittlerweise fanden sich in allen Ecken wunderschöne alte Ausgaben großartiger Schriftsteller, die für Ruby wie Kinder waren, die sie hegte und pflegte und nur in die besten Hände geben wollte. Sie freute sich immer, wenn ein Kunde dieselbe Leidenschaft für Bücher aufwies wie sie, und manchmal konnte sie sich stundenlang über ein bestimmtes Werk unterhalten. So wie erst am Tag zuvor, als sie mit einer älteren Kundin so lange vom Großen Gatsby und der Liebe zu seiner Daisy geschwärmt hatte, dass sie nicht einmal bemerkt hatte, dass längst Ladenschluss war.

Diese Frau war leider niemand, der Bücher so zu schätzen wusste wie Ruby. Sie meckerte über den viel zu hohen Preis und wurde schnippisch, sagte, dass sie dann doch lieber in eine gewöhnliche Buchhandlung gehen würde, und verließ den Laden ohne ein Lächeln und ohne ein Dankeschön.

»Leute gibt's«, sagte Barry.

»Ach, das sehe ich gelassen. Solche Menschen kommen zum Glück nicht allzu häufig in mein Geschäft, und wenn doch, dann tun sie mir eher leid, als dass ich böse auf sie wäre.«

»Sie tun dir leid?«

»Ja, natürlich. Wer Bücher nicht zu schätzen weiß, der verpasst doch wirklich etwas.«

Barry räusperte sich. »Wenn ich ehrlich sein soll, bin ich auch nicht so der große Leser.«

»Das macht doch nichts. Obwohl, du solltest Garys neues Buch lesen. Es ist wirklich gut, und das sage ich nicht nur, weil ich seine Freundin bin.«

»Das werde ich vielleicht mal machen.«

»Er würde sich sicher freuen.«

Barry nickte und wirkte erleichtert, als die Tür aufging und Gary mit Hugh erschien.

»Guck mal!«, sagte Hugh gleich und hielt Ruby seinen Goldfisch entgegen, der in einer Plastiktüte mit Wasser schwamm.

»Ja, toll, Dad. Habt ihr auch ein Aquarium gekauft, oder soll er in einem Glas leben?«

Gary schmunzelte. »Dein Dad hat zwar vorgeschlagen, dass er in der Badewanne wohnen könnte, aber ich habe ihn daran erinnert, dass wir dort doch duschen müssen.« Er deutete auf die große Tüte in seiner Hand und stellte diese ab. »Deshalb haben wir auch gleich ein neues Zuhause für den Kleinen mitgenommen, der übrigens einen ganz außergewöhnlichen Namen hat. Hugh? Möchtest du Ruby selbst verraten, wie du ihn genannt hast?«

Hugh nickte begeistert.

»Na, da bin ich aber gespannt. Sag's mir, Dad.«

»Er heißt Garfield.«

»Garfield? Wie die Katze aus dem Film?« Dann brauchten sie aber unbedingt auch noch einen Odie. Wäre doch viel schöner, wenn der Kleine einen Partner hätte.

»Genau. Ein guter Name, oder?«

»Mir gefällt er«, meldete sich Barry zu Wort. »So schön ironisch.«

Ihr Vater runzelte die Stirn, weil er die Ironie an der Geschichte nicht verstand. Er hatte es nicht so mit Ironie.

»Na, Sie nennen einen Fisch nach einer Katze, das ist doch außergewöhnlich«, versuchte Barry es.

Noch immer war das zu hoch für ihren Vater. Er klärte Barry auf: »Sie sind beide orange.«

»Aaah!«, machte Barry, und Ruby konnte sehen, wie er versuchte, sich ein Lachen zu verkneifen.

»Okay, Dad, dann macht es euch mal gemütlich, du und Garfield. Setzt euch ruhig dort hinten in den Lesesessel. In anderthalb Stunden können wir Schluss machen.«

»Dann müssen wir uns aber beeilen und Garfield sein neues Zuhause herrichten.«

»Das machen wir. Viel Spaß euch beiden, ihr könnt jetzt gehen«, forderte Ruby die beiden Männer auf, die ein wenig unentschlossen aussahen.

Es würde Gary richtig guttun, mal einen Männerabend mit allem Drum und Dran zu machen. Er war sonst nämlich immer nur am Schreiben und verbrachte Zeit mit Hugh oder mit ihr. Manchmal war es einfach gesund, etwas mit Gleichgesinnten zu unternehmen. Und irgendwas würden Barry und er sicher gemeinsam haben, sie mussten nur herausfinden, was.

Die beiden machten sich auf, und Hugh erzählte in der nächsten Stunde allen Kunden von seinem neuen Goldfisch namens Garfield. Außerdem fragte er sie, ob sie Gewürzgurken so gern mochten wie er, und er erkundigte sich, ob sie wussten, wie das Loch in seine linke Socke gekommen war, er konnte es sich nämlich nicht erklären. Ruby war einfach nur froh, als es sechs Uhr war und sie nach Hause gehen konnten. Natürlich hatte Hugh jetzt Appetit auf saure Gurken bekommen, und sie mussten einen Halt beim Supermarkt machen. Dort nahm Ruby sich auch gleich eine Flasche Wein und ein wohlriechendes Badeöl mit, denn heute war ihr nach einem ausgiebigen Bad, das hatte sie sich verdient. Vor allem wollte sie so ihr Revier markieren, damit Hugh gar nicht erst wieder auf die Idee kam, die riesige Wanne dem winzigen Goldfisch zu versprechen.

KAPITEL 15

Mary-Lou stand Agnes gegenüber, die sie kurz nach Ladenschluss dabei erwischt hatte, wie sie mit Einkaufstüten beladen in die Valerie Lane einbog. Sie war so lieb und nahm sich ein paar Minuten, um von ihren persönlichen Erfahrungen mit Mrs. Witherspoon zu berichten. So, wie es an diesem Samstag vor ihr schon all die anderen wunderbaren Bewohner der kleinen Straße getan hatten, in der Mary-Lou sich so wohlfühlte. Jeder Besuch war ein Erlebnis, nicht nur waren die Menschen hier unglaublich herzlich, und die Auswahl der Läden war großartig, man verließ die Valerie Lane eigentlich nie, ohne mindestens eine lustige, spannende oder erstaunliche Story gehört zu haben, über die man noch den ganzen restlichen Tag nachsinnen konnte.

»Wozu willst du das denn alles wissen?«, fragte Agnes nun. »Für deine Website?«

Mary-Lou nickte. Als sie am Morgen erfahren hatte, dass Mrs. Witherspoon von ihnen gegangen war, hatte sie gewusst, dass sie etwas ganz Besonderes für diese entzückende Dame machen wollte, die sie so an ihre Grandma erinnerte, die leider in der Schweiz wohnte und die sie nur einmal im Jahr sah. Zuerst hatte sie an eine Art Nachruf gedacht, doch dann war ihr klar geworden, dass das nicht ausreichen würde. Und das war ja das Gute am Internet, an einer eigenen Website: Man hatte allen Platz der Welt und konnte schreiben, so viel man wollte.

Vor gut drei Jahren hatte Mary-Lou, die eigentlich Buchbloggerin war, die Valerie Lane betreten. Auf Anhieb hatte es ihr hier so gut gefallen, dass sie fortan immer wieder in Laurie's Tea Corner anzutreffen war, wo sie einen guten Tee trank und einen Liebesroman las oder wo sie sich mit ihrem Laptop an einen Ecktisch setzte und eine Buchvorstellung oder Rezension schrieb. Irgendwann kam ihr dann die Idee, dass sie doch auch etwas über die Valerie Lane schreiben könnte. Es gab ihrer Meinung nach viel zu wenig Nachbarschaftliches über Oxford im Netz zu lesen. Überall ging es immer nur um die Universitäten und die Museen, aber das Zwischenmenschliche kam ihr dabei zu kurz. Sie wollte über die Valerie Lane berichten, die immerhin nicht ohne Grund zur »romantischsten Straße der Welt« gewählt worden war. Damit Menschen aus ganz Oxford hierherfanden, damit sie wussten, wo sie die beste Auswahl an Tee, die köstlichsten selbst kreierten Pralinen, die speziellste Buchhandlung, die fantastischsten Geschenke, die schönsten Blumen und die kuscheligste Wolle finden konnten. Und auch Touristen sollten die Valerie Lane als eine der sehenswertesten Attraktionen der Stadt besuchen. Ja, all das wollte Mary-Lou – nur wo sollte sie das tun? Ihr Buchblog war dafür nicht die passende Plattform, und deshalb entschied sie sich dafür, der Valerie Lane eine eigene Website zu widmen. Sie nannte sie schlicht »Valerie Lane – Die romantischste Straße der Welt« und gab alle möglichen Suchbegriffe an, damit auch wirklich jeder sie fand: Oxford, England, Romantik, Wolle, Wollladen, Tee, Teeladen, Pralinen, Chocolaterie, Bücher, Buchladen, Antiquariat, Präsente, Geschenkeladen, Blumen, Blumenladen, Freundschaft, Herzlichkeit, Freundlichkeit, Liebe, Heimkommen. Sie gestaltete die Seite so schön, wie sie konnte, zu jeder Jahreszeit bekam sie einen passenden Hintergrund. Erst letzte Woche hatte sie diesem ein helles Orange verpasst und als Umrandung rote Efeublätter gewählt, wie sie den Bogen in der Valerie Lane hinaufrankten.

Eigentlich hatte sie vorgehabt, als Nächstes Ruby zu interviewen und von ihr zu erfahren, welche berühmten Romane sie denn für die Herbstmonate empfehlen würde, aber dann war Mrs. Witherspoons Ableben dazwischengekommen, und sie hatte alles andere über Bord geworfen. Nun war sie den ganzen Tag in der Valerie Lane gewesen, um mit den Bewohnern über ihre liebe Freundin zu reden, um von ihnen zu hören, was sie an ihr besonders gemocht hatten und welche Erinnerungen sie mit ihr verbanden. Sie war dankbar, dass alle so begeistert mitmachten.

Das alles erzählte sie nun auch Agnes, die sie warm anlächelte.

»Eine schöne Idee, wirklich. Das hätte ihr gefallen.«

Mary-Lou dachte an den Beitrag über Valerie Bonham, den sie im letzten Jahr kurz vor Weihnachten veröffentlicht hatte. Damals hatte sie alle Anwohner zu ihr befragt, und sie hatten ihr verraten, was sie mit ihr verbanden. Dieser Beitrag war der bisher meist gelesene, und sie fragte sich, ob ihre Zeilen über Mrs. Witherspoon das vielleicht sogar übertreffen konnten.

Nachdem auch Agnes sie an ihren Gedanken hatte teilhaben lassen, beschloss Mary-Lou, dass sie genug Material hatte. Sie steckte ihre Notizen in die Tasche und verabschiedete sich von Agnes. Dann winkte sie Tobin zu, der gerade aus dem Blumenladen kam, und öffnete ihren Zopf, schüttelte das lange Haar aus und ließ es über die Schultern fallen. Sie sah sich noch einmal in der Valerie Lane um und machte sich entschlossen auf nach Hause. Es würde eine lange Nacht werden. Wie gut, dass sie sich bei Laurie und Keira mit Tee und Schokolade eingedeckt hatte.

Und es wurde eine sehr lange Nacht. Erst im Morgengrauen war Mary-Lou so zufrieden mit ihrem Geschriebenen, dass sie den Laptop ausmachen, die plüschigen Schildkrötenhausschuhe ausziehen und sich endlich schlafen legen konnte. Sie dachte noch einmal an Mrs. Witherspoon, die sie schon immer gerngehabt hatte, die sie aber nun in einem völlig anderen Licht sah. Mary-Lou hoffte sehr, dass ganz viele Leute den Bericht über sie lesen würden. Nicht, weil sie ihren Besucherrekord brechen wollte, nein, sondern weil einfach jeder erfahren musste, was für eine beeindruckende Frau Esther Witherspoon gewesen war.

Liebe Freunde der Valerie Lane,
heute melde ich mich mit diesem zuvor nicht geplanten Beitrag, weil etwas Unerwartetes und sehr Trauriges geschehen ist. Eine liebe Freundin ist von uns gegangen, und ich möchte euch allen von ihr erzählen.
Viele von euch kannten Esther Witherspoon, ihre herzliche

Art und ihr zauberhaftes Lächeln. Sie war zweiundneunzig Jahre alt, als sie in der Nacht von Mittwoch auf Donnerstag friedlich einschlief, und hatte keine Schmerzen, wie uns ihr hinterbliebener Ehegatte Humphrey versichert. Sie hat nicht nur Humphrey in tiefer Trauer hinterlassen, sondern jeden von uns, der sie schätzte und liebte. Doch Mrs. Witherspoon, die eigentlich schon seit einer Weile, nämlich seit der Hochzeit mit Humphrey Graham im Jahre 2017, nicht mehr so hieß, aber doch von allen immer noch so genannt wurde, hat es gar nicht gemocht, wenn man eine Trauermiene aufsetzte. Und deshalb möchte ich, dass wir uns alle noch einmal mit einem Lächeln im Gesicht an sie erinnern, und gleichzeitig möchte ich allen, die nicht das Glück gehabt haben, ihr persönlich begegnet zu sein, die Gelegenheit geben, sie kennenzulernen …

Esther Jones wurde am 11. August 1929 in Mousehole, Cornwall, geboren. Als Tochter eines Krabbenfischers und einer Näherin wuchs sie zusammen mit fünf Brüdern und einer Schwester auf, die sie alle überlebte. Esther war auch das einzige Mitglied ihrer Familie, das Mousehole hinter sich ließ, um in die Stadt zu ziehen. Sie wollte einfach mehr aus ihrem Leben machen und beschloss schon früh, nach Oxford zu gehen, das sie aus einem ihrer Lieblingsbücher kannte. Furchtlos machte sie sich auf, denn sie hatte einen Traum, und der war, Hebamme zu werden. Sie liebte kleine Kinder über alles und hatte selbst vor, ein ganzes Dutzend zu bekommen.

Im Jahr 1947, Esther lebte zu der Zeit mit drei anderen Schwesternschülerinnen in einem Zimmer nahe dem Krankenhaus, lernte sie in der kleinen Bäckerei, in der sie für ihre Freundinnen und sich das Frühstücksbrot besorgte, einen jungen Mann kennen, der sich dort ebenfalls sein Frühstück holte. Er lächelte sie an, und sie kamen ins Gespräch. Der junge Mann stellte sich als Randolph Witherspoon vor und erzählte Esther, dass er in einem Schuhladen arbeite, der sich ganz in der Nähe befand, in einer kleinen Straße namens Valerie Lane.

Esther hatte noch nie von der Valerie Lane gehört, versprach aber, Randolph besuchen zu kommen. Keine zwei Wochen später, an ihrem freien Tag, löste sie ihr Versprechen ein. Zusammen mit ihrer Freundin Hilly machte sie sich auf in die Valerie Lane, wo es neben zwei Schuhläden nur noch ein einziges weiteres Geschäft gab: einen Antiquitätenladen. Sofort gefiel es ihr in dieser hübschen kopfsteingepflasterten Straße, und fortan stattete sie Randolph öfter einen Besuch ab.

Ein Jahr später heiratete Esther Randolph und nahm seinen Namen an. Die Witherspoons zogen zusammen in ein Zimmer über dem Schuhladen, das der Besitzer ihnen günstig vermietete, und warteten hoffnungsvoll darauf, bald freudiger Erwartung zu sein. Leider schwand diese Hoffnung mit jedem Jahr, und so traurig die beiden auch waren, mussten sie sich irgendwann eingestehen, dass die Babys, denen Esther auf die Welt half, die einzigen in ihrem Leben sein sollten.

Sie waren auch ohne Kinder glücklich. Nach fünf Jahren in dem kleinen Zimmer, in denen sie jeden Penny sparten, kauften sie sich ein Häuschen in der Nähe, das sie sich hübsch einrichteten und in dem sie zusammen alt werden wollten. Leider kam es nicht dazu, denn nur weitere neun

Jahre später starb Randolph an Tuberkulose und ließ Esther verwitwet zurück. Sie blieb allein, und sie sehnte sich nach der Zeit in der Valerie Lane, die sie noch immer häufig besuchte, vor allem um Mathilda, die Besitzerin des Antiquitätenladens, zu sehen, die eine gute Freundin geworden war und sie in diesen schweren Zeiten tröstete. Mathilda bekam ein Mädchen, das sie Meryl nannte und dessen Patentante Esther wurde. Sie liebte sie abgöttisch. Und auch deren Tochter Ruby schloss sie vom Tag ihrer Geburt an ins Herz. Zu der Zeit war Esther selbst keine Hebamme mehr, sie hatte lange genug gearbeitet und sich ihren Ruhestand verdient. Allein lebte sie in ihrem Haus, das viel zu groß für sie war und in dem sie sich oft einsam fühlte. Nicht nur deshalb kam sie nun beinahe täglich in die Valerie Lane, die inzwischen von neuen Ladeninhaberinnen bevölkert wurde. In den vergangenen Jahrzehnten waren so viele Geschäfte geschlossen und neu eröffnet worden, nur der Antiquitätenladen war noch immer an Ort und Stelle. Bald aber gab es in der Valerie Lane einen Teeladen, in den Esther sich gerne setzte, um eine Tasse Tee und ein paar Plätzchen zu genießen und dabei mit der Ladeninhaberin Laurie ein Schwätzchen zu halten. Auch hatte eine Chocolaterie eröffnet, in die Esther des Öfteren reinschaute, denn die Betreiberin Keira ließ sie gern neue Kreationen probieren, um ihre Meinung zu hören. Sie ließ sich immer noch mehrmals in der Woche bei Meryl blicken, deren Tochter Ruby sich auf nach London machte, um zu studieren. Esther hoffte, sie würde ihr Glück finden in der großen Stadt, so wie sie selbst es vor vielen Jahren gefunden hatte. Leider machte ihr das Schicksal einen

Strich durch die Rechnung. Die gute Meryl bekam Krebs und starb wenig später, weshalb Ruby nach Hause kommen musste, um das Familiengeschäft zu übernehmen. So traurig Esther auch über die Umstände war, war sie doch froh, dass der Antiquitätenladen einer blieb. So konnte sie weiterhin nach Löffeln Ausschau halten, die sie seit Jahren sammelte, im Grunde seit sie in den Fünfzigerjahren einen bei Mathilda ersteigert hatte.

Einige neue Menschen zogen in die Valerie Lane, und neue Geschäfte eröffneten. Die Ladeninhaberinnen hatten eine alte Tradition der guten Valerie wiederaufgenommen und trafen sich an jedem Mittwochabend in Laurie's Tea Corner, um miteinander zu quatschen und Tee zu trinken. Esther war dabei, so oft es ihr Alter noch erlaubte, und freute sich die ganze Woche auf diesen einen Abend, an dem sie Gesellschaft hatte und unter Freunden war.

Die Zeit verging … So langsam verschwanden die Erinnerungen an Randolph, und sie konnte sich vorstellen, irgendwann einmal ihr Herz erneut zu verschenken.

Doch ihr begegnete kein passender Mann, bis sie eines Tages in der Suppenküche auf Humphrey stieß, der ihr seine Scheibe Weißbrot überließ, das sie so gern aß. Der Valentinstag stand kurz bevor, und die beiden verabredeten sich – und sie wussten beide gleich, dass sie füreinander bestimmt waren. Noch im selben Sommer heirateten sie, und Humphrey zog bei Esther ein. Von nun an sollte ihr Haus nie wieder ein Ort der Einsamkeit sein, denn jetzt war es mit Liebe gefüllt.

In den viereinhalb Jahren, die Esther und Humphrey miteinander hatten, genossen sie jeden Tag, als wäre es ihr letzter. Sie blühten förmlich auf, spazierten gemeinsam durch die Valerie Lane und besuchten an den Mittwochabenden zusammen Laurie's Tea Corner. Sogar wenige Tage vor ihrem Tod saß Esther Witherspoon noch an Humphreys Seite auf der Bank am Ende der Straße und beobachtete das Treiben in der Valerie Lane. Und dort werden wir sie immer sitzen sehen, wenn wir unsere Augen schließen und an sie denken.

KAPITEL 16

Keira saß an ihrem Küchentisch und trank eine Tasse heiße Schokolade. Es war erst halb sieben Uhr morgens, und Thomas und Andy schliefen noch. Keira war aber schon seit einer Weile wach und grübelte vor sich hin. Mrs. Witherspoon hatte sich ihre Schokoladenkekse für die Trauerfeier gewünscht. Sie sollte sie zusammen mit den anderen Mädels backen. Aber wie viele würden sie backen müssen? Welche Mengen an Zutaten würde sie besorgen müssen? Und wann würden sie all das eigentlich erledigen? Für Montag hatten sie sich bei Phoebe zum Potpourri-Machen verabredet, am Mittwoch wollten sie sich unbedingt wie immer in der Tea Corner treffen und in Gedenken an Mrs. Witherspoon Tee trinken. Aber die Beerdigung war schon am Freitag! Das würde heißen, dass sie nur noch den Dienstag und den Donnerstag hätten, um Susans Blätterteigtaschen, Lauries Nudelsalat, Rubys Gemüsefrikadellen, Phoebes Selleriesalat und die Schokoplätzchen vorzubereiten. Ganz zu schweigen von der Stargazy Pie, die kein einfaches Gericht war. Sie hatte bereits ein Rezept aus dem Internet herausgesucht, und wieder einmal fragte sie sich, wie um alles in der Welt *das* nur Mrs. Witherspoons Leibspeise hatte sein können. Und dann fragte sie sich, ob sich überhaupt jemand finden würde, der von der Pie essen würde, immerhin schauten Fischschwänze aus ihr heraus und machten den Anblick nicht gerade appetitlich.

Da sie das Tablet gerade vor sich liegen hatte, öffnete sie wohl aus Gewohnheit die Valerie-Lane-Website. Gestern war Mary-Lou herumgegangen und hatte jeden zu Mrs. Witherspoon ausgefragt. Sie war gespannt, was dabei herausgekommen war, und tatsächlich – der Beitrag war bereits online.

Keira las die ersten Worte und musste sofort nach einem Taschentuch greifen. Schluchzend beendete sie den wundervollen Text, mit dem Mary-Lou sich selbst übertroffen hatte. Ja, nach diesen Zeilen und besonders nach dem berührenden letzten Satz würde wahrscheinlich jeder an Mrs. Witherspoon denken, wenn sein Blick auf die Bank in der Valerie Lane fiel. Und Mr. Spacey hatte doch sogar versprochen, dass er ein Schild mit ihrem Namen dort anbringen würde.

Keira scrollte weiter runter und kam zu den einzelnen Aussagen der Valerie-Lane-Bewohner, die Mary-Lou in wolkenähnliche Sprechblasen gesetzt hatte. Mit einem weinenden Auge und einem Lächeln im Gesicht las sie die Kommentare durch.

»Wenn ich an Mrs. Witherspoon denke, fällt mir als Erstes Kamillentee ein, den hat sie besonders gern getrunken. Und mein zweiter Gedanke gilt ihrer Fröhlichkeit, die sie immer begleitete, wohin sie auch ging. Sie wird mir schrecklich fehlen.« (Laurie Lohan, Inhaberin von Laurie's Tea Corner)

»Mrs. Witherspoon war einer dieser Menschen, die die Hoffnung niemals aufgaben, egal, wie schwer das Schicksal sie auch traf. Wir sollten uns alle ein Beispiel an ihr nehmen und viel positiver durchs Leben gehen. Mrs. Witherspoon hätte es sich gewünscht.« (Phoebe Carpenter, Inhaberin von Phoebe's Gift Shop)

»Niemals werde ich mein erstes Treffen mit der wunderbaren Dame vergessen, das bereits knapp zwanzig Jahre zurückliegt. Damals war ich neu in der Valerie Lane und hatte gerade meine Stelle als Verwalter der hiesigen Läden und Wohnungen angenommen. Ich kannte noch niemanden und war, ehrlich gesagt, mehr als nervös. Und dann kam Mrs. Witherspoon daher und schenkte mir ein Lächeln und sagte mir, ich brauchte mir keine Sorgen zu machen, denn ich sei in der zauberhaftesten Straße von ganz Oxford gelandet, wo jeder willkommen sei. Dieses Wort hat sie gebraucht, ›zauberhaft‹, und sie hatte damit vollkommen recht. Besser könnte man die Valerie Lane nicht beschreiben – und Mrs. Witherspoon auch nicht.« (Leopold Spacey, Verwalter der Valerie Lane)

Keira las ihre eigenen Worte, die Mary-Lou zusammengefasst hatte:

»Ich war noch nicht lange mit meinem heutigen Ehemann Thomas zusammen, als wir gemeinsam an Mrs. Witherspoons und Humphreys Hochzeit teilnahmen. Damals war mein Vertrauen in die wahre Liebe bedauerlicherweise ziemlich zerstört, doch an jenem Tag, als ich mit ansehen

durfte, wie diese zwei wunderbaren Menschen im hohen Alter sich so zuversichtlich und voller Hoffnung das Jawort gaben, begann ich selbst wieder an das ewige Glück zu glauben. Zwei Jahre später waren Mrs. Witherspoon und Humphrey Gäste auf meiner eigenen Hochzeit – ich bin dankbar, dass sie mir gezeigt haben, was wahre Liebe ist.« (Keira Buckley, Inhaberin von Keira's Chocolates)

Sie legte sich eine Hand aufs Herz. Wieder kam ihr Humphrey in den Sinn, der jetzt ganz allein war. Am Freitag würden sie sich alle ganz besonders um ihn kümmern müssen, der Tag würde sicher nicht einfach werden.

»Mrs. Witherspoon hat mir immer ein Lächeln auf die Lippen gezaubert. Sie hat Nelken in allen Farben geliebt, ich werde von nun an wohl immer an sie denken müssen, wenn ich einen Strauß Nelken binde. Mrs. Witherspoon gekannt zu haben war ein Geschenk, ich bin dankbar, es erhalten zu haben.« (Tobin Marks, Inhaber von Emily's Flowers)

»Ich kannte Mrs. Witherspoon nicht so lange wie die meisten anderen in der Valerie Lane, und doch hat sie mein Leben und das meiner Kinder sehr bereichert. Jedes Kind sollte mit einer guten und weisen Person wie Mrs. Witherspoon aufwachsen, das würde die Menschheit garantiert um einiges besser machen. Sie war meine stille Heldin.« (Charlotte Masterson, Angestellte in Susan's Wool Paradise)

»Ich weiß nicht, wie viele Schals ich im Laufe der Jahre für Mrs. Witherspoon gestrickt habe, ich weiß aber, dass sie sich über jeden einzelnen aufs Neue gefreut hat, als wäre es der schönste Schal, den sie jemals gesehen hatte. Es verging kein Tag im Herbst oder Winter, an dem sie sich keinen Schal um den Hals band. Mir werden ihre lachenden, strahlenden Augen fehlen, ihre Dankbarkeit und ihre Güte.« (Susan Holmes, Inhaberin von Susan's Wool Paradise und Bewohnerin der Valerie Lane)

»Ich kannte Mrs. Witherspoon, seit ich ein kleines Mädchen war. Sie war immer gern in der Valerie Lane. Eines Tages hat sie mir erzählt, dass sie selbst ein paar Jahre lang in dem Zimmer gewohnt hatte, das mein Kinderzimmer war. Es war unser Geheimnis, und ich fühlte mich richtig erwachsen, weil sie es mir anvertraut hatte. Ich denke, jetzt kann ich es wohl preisgeben, ich hoffe, damit wäre sie einverstanden. Auf jeden Fall fühle ich ihre Anwesenheit beinahe ununterbrochen und weiß, ein Teil von ihr wird immer in meinen vier Wänden bleiben.« (Agnes, Bewohnerin der Valerie Lane)

Keira musste lächeln. Als sie jetzt nämlich zum zweiten Mal las, dass ihre gute alte Freundin einmal in der Valerie Lane gewohnt hatte, ging ihr endlich ein Licht auf. Sie verstand nun, warum sie sich in der kleinen Straße so zu Hause gefühlt hatte. Merkwürdig nur, dass sie es nie erwähnt hatte, aber wahrscheinlich war es wirklich ein Geheimnis zwischen ihr und Agnes gewesen, und Geheimnisse verriet man nicht weiter.

Sie fragte sich, was die gute Mrs. Witherspoon ihnen wohl sonst noch alles verheimlicht hatte. Deshalb las sie schnell weiter, um es eventuell herauszufinden.

Als Nächstes kam Barbara zu Wort:

»Ich kann zu Mrs. Witherspoon nur eines sagen: Sie war der weiseste Mensch, den ich in meinem bisherigen Leben kennengelernt habe. Vor gut zehn Jahren, als ich mal wieder verzweifelte, weil ein Mann mich enttäuscht hatte, sagte sie mir, dass Männer nicht alles im Leben sind. Dass ich aufhören solle, nach der Liebe zu suchen, und mich dem Menschen widmen müsse, der meine Liebe mehr braucht als irgendjemand sonst auf der Welt – meiner Tochter. Ich befolgte ihren Rat und gab die Suche nach Mr. Right auf. Und keine fünf Jahre später machte ich eines Tages die Augen auf und sah, dass mein Mr. Right schon die ganze Zeit da gewesen war, hier in der Valerie Lane. Heute bin ich mit meinem Leopold glücklicher als je zuvor, wer weiß, bei wem ich gelandet wäre, hätte ich nicht auf Mrs. Witherspoon gehört.« (Barbara Spacey, Angestellte in Emily's Flowers und Phoebe's Gift Shop sowie ehemalige Bewohnerin der Valerie Lane)

»Mrs. Witherspoon war wohl der ehrlichste Mensch von allen. Ich glaube, sie konnte überhaupt keine Lüge über die Lippen bekommen, nicht einmal einen kleinen Schwindel. Immer wenn ich sie gefragt habe, wie ihr eine meiner neuen Teesorten schmeckt, hat sie mir ohne Erbarmen ihre Meinung gesagt, wenn auch immer mit ihrer Engelsstimme und einem Lächeln im Gesicht. Einmal sagte sie: ›Das

schmeckt ja nach Kuhweide.‹ Ich muss direkt lachen, wenn ich daran denke. Den Basilikum-Tee und die Kümmel-Thymian-Mischung habe ich deshalb aus dem Sortiment genommen.« (Barry Lohan, Teelieferant von Laurie's Tea Corner sowie Lauries Ehemann)

»Mrs. Witherspoon war wahrscheinlich die coolste zweiundneunzigjährige Frau auf der ganzen Welt. Manchmal haben wir uns über die Serie Gossip Girl unterhalten, von der sie alle Folgen gesehen hatte. Sie mochte Chuck am liebsten. :)« (Kimberly Roberts, Angestellte in Keira's Chocolates)

»Als ich vor vier Jahren nach Oxford kam, war mein Englisch ziemlich schlecht. Mrs. Witherspoon hat mir ein altes Oxford Dictionary geschenkt, das beinahe schon auseinanderfiel. Es war ihre Art zu sagen, dass sie mich gernhatte, und ich hatte sie genauso gern.« (André Laurent, Angestellter in Phoebe's Gift Shop)

»Mrs. Witherspoon war so eine gute Seele – sie wird uns allen sehr fehlen.« (Hannah, Angestellte in Laurie's Tea Corner)

»Wenn ich an Mrs. Witherspoon denke, denke ich an Herzlichkeit und Fröhlichkeit, an absolute Hingabe und Liebe für alles, was sie tat. Und sie hat so vieles getan! Nicht nur hat sie in ihrer Tätigkeit als Hebamme vielen Tausenden Kindern auf die Welt geholfen, sie hat auch uns alle hier in der Valerie Lane unglaublich bereichert. Allein

ihre Anwesenheit hätte genügt, doch schenkte sie uns auch immer wieder einen weisen Rat oder eine wundervolle Geschichte, die uns begeisterte. Mrs. Witherspoon hatte die besten Valerie-Geschichten auf Lager und teilte sie mit uns. Dafür bin ich dankbar.
Mrs. Witherspoon war Teil meines Lebens seit dem Tag meiner Geburt, sie war eine gute Freundin meiner Grandma und dann meiner Mum. Es ist tröstlich zu wissen, dass sie jetzt alle drei wieder beisammen sind.« (Ruby Riley, Inhaberin von Ruby's Antiques & Books)

Keira lief eine Träne über die Wange. Ach, süße Ruby. Der nächste Kommentar kam von Gary, sie traute sich kaum, ihn zu lesen aus Angst, sie würde nur noch mehr weinen müssen.

»Mrs. Witherspoon war ein Engel auf Erden. Sie wusste so gut wie ich, wie es ist, mittellos zu sein und Hunger zu leiden. Dennoch hat sie mir immer, wenn sie mich gesehen hat, ein Zehn-Pence-Stück in die Hand gedrückt oder einen Keks abgegeben. Diese Gesten haben mir mehr bedeutet, als es ein Hundert-Pfund-Schein oder eine ganze Sahnetorte gekonnt hätten.« (Gary Matthews, ehemaliger »Bewohner« der Valerie Lane)

Und als Letztes waren Humphreys Worte zu lesen:

»Meine Esther war eine gute Seele, der beste Mensch, den ich kannte. Voller Dankbarkeit und Liebe ist sie durchs

Leben gewandert. Ich werde sie immer in meinem Herzen bewahren bis zu dem Tag, an dem ich sie wiedersehe.«
(Humphrey Graham, Ehemann von Mrs. Witherspoon)

Keira musste sich nun tatsächlich erst mal die Tränen trocknen und die Nase schnäuzen. Sie atmete tief durch, bevor sie das Tablet ausschaltete.

All diese Kommentare waren so wundervoll, so herzzerreißend.

Natürlich fehlten noch einige von den Menschen, die sich zurzeit nicht oder überhaupt nicht mehr in der Valerie Lane aufhielten. Wie zum Beispiel ihre Mutter, Mary, die im letzten Jahr beschlossen hatte, endlich in den Ruhestand zu gehen, und zusammen mit Mr. Monroe nach Mallorca ausgewandert war. Dort hatten sie sich eine kleine Finca gekauft. Keira hatte fest vor, sie diesen Winter zu besuchen, wenn in England die düsteren, regnerischen Tage einkehrten.

Christines Kommentar fehlte ebenfalls und der von Donna, die einmal eine Eisdiele in der Valerie Lane betrieben hatte, außerdem der von Mrs. Kingston, fiel Keira auf. Sie war wohl gestern mal nicht in der Valerie Lane gewesen, bestimmt würde sie schwer enttäuscht sein, nicht befragt worden zu sein. Auch Mrs. Bronte, Sophie und andere liebe Stammkunden waren nicht dabei, und natürlich fehlte Orchid.

Orchid. Sie würde heute nach Hause kommen. Keira war richtig froh darüber, denn was sie jetzt alle am meisten brauchten, war Zusammenhalt.

Sie hörte jemanden nach ihr rufen: »Mama, Mama«, und sie musste lächeln. So traurige Momente das Leben auch hatte, war es doch wunderbar und voller Glück. Sie erhob sich von dem Küchenstuhl und ging ins Nebenzimmer zu Andy, der in seinem Gitterbettchen stand und die Arme in die Höhe hielt, damit sie ihn hochhob.

»Mummy ist ja da, mein Kleiner.« Sie drückte ihn fest an sich und küsste sein weiches, wohlduftendes Haar.

Andy war ihr Ein und Alles. Er war das Beste, was ihr je passiert war nach all den Jahren, in denen sie sich ein Baby herbeigesehnt hatte. Sein Lächeln war das süßeste von allen, und eines Tages würde er damit sicher alle Mädchen umgarnen. Aber das war noch lange hin, Andy hatte ja noch sein ganzes Leben vor sich, und Keira war froh, dass er zumindest einen Teil davon in der Valerie Lane verbringen würde.

KAPITEL 17

Phoebe lief schon den ganzen Vormittag mit einem Lächeln im Gesicht herum. Da es ihr freier Tag war, hatte sie sich gleich am Morgen Emily und die Löffelsammlung geschnappt, die sie am Tag zuvor bei Humphrey abgeholt hatte, und war damit losgezogen, um herauszufinden, wie viel sie wert war. Da sie keine Ahnung hatte, wo man so etwas schätzen lassen konnte – und Ruby nicht fragen mochte, da es ihr trotz allem ein wenig unangenehm war, die Löffel gleich verkaufen zu wollen –, ging sie zuerst in ein Pfandhaus und zeigte dem Verkäufer die Löffel. Er betrachtete sie genauer, nahm sogar eine Lupe zur Hand und sagte ihr dann, er könne ihr sechshundert Pfund dafür geben.

Sechshundert Pfund! Allein das klang in Phoebes Ohren schon fantastisch. Allerdings hatte sie nicht vor, gleich dem Erstbesten Mrs. Witherspoons wertvolle Löffel zu überlassen. Denn die einzelnen Stücke hatten für die alte Dame ja neben dem finanziellen Wert vor allem einen großen emotionalen gehabt.

»Hm«, sagte sie, als sie aus dem Pfandhaus raus waren und wieder auf der Straße standen. »Was meinst du, Emily? Sollen wir doch mal Ruby anrufen? Die kann uns bestimmt weiterhelfen.«

Emily sah zu ihr auf und nickte begeistert. Phoebe wusste, dass sie nicht wegen der Löffel so euphorisch war, sondern weil sie ihr versprochen hatte, nach getaner Arbeit ein Eis essen zu gehen. Und natürlich gab es noch einen Grund zur Freude: Orchid kam heute nach Oxford! Emily hatte sie seit neun Monaten nicht gesehen, nur ab und zu mal per Skype, und sie sagte oft, dass Tante Orchid der coolste Mensch auf der Welt war. Das mochte wohl daran liegen, dass sie von ihr immer leckere Süßigkeiten aus Amerika geschickt bekam: rote Gummistangen namens Twizzlers, kleine saure Männchen namens Sour Patch Kids und Emilys über alles geliebtes Laffy Taffy.

Phoebe lächelte ihre Kleine an und holte ihr Handy aus der Tasche. Gesagt, getan. Im Nu hatte sie Ruby angerufen, die ihr den Tipp gab, zu einem Juwelier in der George Street zu gehen, der auch Gold und Silber ankaufte. Sie machten sich sofort auf den Weg dorthin, und Phoebe staunte nicht schlecht. Mit weit aufgerissenem Mund sah sie den älteren Herrn an, der hinter der Theke stand, einen Silberlöffel mit einem Efeublatt auf dem Griff begutachtete und ihr sagte, dass dieser einem seltenen Set angehörte, das aus den Dreißigerjahren des neunzehnten Jahrhunderts stammte. Und dass er ihr dafür siebenhundert Pfund geben könne.

»Ist das Ihr Ernst?«, brachte Phoebe verblüfft hervor und drückte Emilys Hand. Der Pfandleiher hatte ihr für alles gerade mal sechshundert geben wollen. Sie fragte sich, ob er wohl nicht gewusst hatte, um was für ein seltenes Stück es sich handelte, oder ob er sie an der Nase hatte herumführen wollen.

»Und ob das mein Ernst ist. Lassen Sie uns sehen, was wir noch Besonderes finden.«

Er begutachtete die Sammlung weiter, widmete sich jedem einzelnen Teil, als hätte er alle Zeit der Welt, durchblätterte zwischendurch die Seiten eines dicken Buches und legte nach und nach drei weitere Löffel beiseite.

»Und?«, fragte Phoebe. »Was hat es mit diesen drei Löffeln auf sich? Nun spannen Sie mich nicht so auf die Folter.« Sie war aufgeregt wie sonst was und wollte endlich hören, was er ihr zu sagen hatte.

Der Juwelier lächelte und sah sie über seine Brille hinweg an, die er sich tief auf die Nase geschoben hatte.

»Die Löffel sind alle sehr schön, diese dort«, er deutete auf die übrigen achtzehn, von denen einige Wappen trugen und andere hübsche Blumen oder Ornamente eingraviert hatten, »sind sicher im weiteren Sinne ebenfalls etwas Besonderes, aber die vier hier sind wirklich etwas wert. Sie sollen wissen, dass ich absolut ehrlich mit Ihnen bin.«

Phoebe nickte ungeduldig und sah kurz zu Emily, die sich auf einen Stuhl gesetzt hatte und mit ihrer Puppe redete. »Ruby Riley hat mir gesagt, dass ich Ihnen vertrauen kann.«

»Gut. Das können Sie. Und Sie können mit den Löffeln natürlich zu jedem anderen Juwelier gehen und sie dort anbieten, allerdings kann ich nicht leugnen, dass ich sie Ihnen selbst gern abnehmen würde.«

»Für wie viel?«, fragte sie frei heraus.

Er sah sie wieder an. Phoebe hatte das Gefühl, dass er sich seine Freude nicht anmerken lassen wollte. Dann öffnete er den Mund und sagte: »Dreitausendfünfhundert für alle vier.«

Sie starrte ihn mit weit aufgerissenen Augen an. Ja, sie musste sich am Tresen festhalten, da sie das Gefühl hatte umzukippen.

»Dreitausendfünfhundert? Wollen Sie mich auf den Arm nehmen?«

Er lachte. »Nein, nein. Sehen Sie! Dieser Löffel mit der Tulpe am Griff stammt aus dem Hause Windsor. Er ist sehr alt.« Er schlug das Buch auf und deutete auf einen Löffel, der genauso aussah wie ihrer. »Allein dafür würde ich Ihnen schon zweitausend Pfund geben.«

»Du meine Güte. Okay, abgemacht!«

»Wollen Sie nicht erst noch eine zweite Meinung einholen?«, fragte er.

»Nein, alles gut. Ich bin mir sicher, dass Sie mich nicht belügen würden. Also, ist das ein Deal?«, wollte sie wissen.

Der Mann strahlte und hielt ihr die Hand hin.

Kurz bevor Phoebe einschlug, wurde ihr etwas klar. Die Löffelsammlung … sie hatte Mrs. Witherspoon gehört. Ob sie sich überhaupt bewusst gewesen war, dass sich darunter derart wertvolle Exemplare befanden? Hätte sie sie ihr dann trotzdem vermacht? Und stand nicht eigentlich Humphrey dieses Geld zu?

Sie kaute auf ihrer Lippe herum und überlegte, dann aber schlug sie ein. Was machte sie sich eigentlich für Gedanken? Mrs. Witherspoon hatte von ihrer Misere gewusst und hatte ihr aus genau diesem Grund die Löffelsammlung hinterlassen. Ihr musste klar gewesen sein, dass einige sehr wertvolle Stücke darunter waren. Erst dadurch ergab ihre Geste doch einen Sinn!

»Abgemacht«, sagte sie und schüttelte dem Juwelier die Hand. Sie überließ ihm die vier Löffel und steckte die anderen wieder ein. Dann nahm sie den Scheck über dreitausendfünfhundert Pfund entgegen, schwang sich das lange blonde Haar über die Schulter, nahm die Hand ihrer Tochter und verabschiedete sich von dem Mann, der ihr gerade den Tag, ja, den ganzen Monat gerettet hatte – endlich konnte sie ein paar unbezahlte Rechnungen begleichen. Sie öffnete die Tür, trat aus dem Laden und sagte: »So, Emily, jetzt kaufen wir beide uns ein riesiges Eis, das größte, das sie haben.«

»Juhu!«, rief Emily, und zusammen hüpften sie glücklich davon.

Orchid sah auf die Landebahn, auf der sie entlangrollten. Sie war wieder in England, zu Hause. Auch wenn sie L. A. beziehungsweise Venice Beach inzwischen lieben gelernt hatte, war es doch ein besonderes Gefühl, in ihre Geburtsstadt zurückzukehren.

Oxford fühlte sich anders an als Kalifornien. Schon allein daran zu denken bewirkte, dass sie sich wohlfühlte, dass ihr warm ums Herz wurde. Hier lebten ihre Familie und ihre engsten Freunde, hier war sie aufgewachsen, hiermit verband sie alles, was sie geprägt hatte. Ja, sie war glücklich, zurück zu sein.

Sie ging durch die Passkontrolle, holte ihren Koffer vom Gepäckband und machte sich auf die Suche nach

Phoebe. Die war nicht zu übersehen, denn sie hielt einen pinken Ballon in der einen Hand und ein Schild in der anderen, das besagte: *Beste Schwester der Welt*. Neben ihr stand Emily, die noch mehr Ballons hielt.

Lachend ging Orchid auf die beiden zu. Sie wäre ihnen entgegengelaufen, wenn sie nicht so ausgelaugt gewesen wäre.

»Entschuldigen Sie bitte, Miss, könnte es sein, dass ich damit gemeint bin?«, scherzte sie, und Phoebe schloss sie sogleich in die Arme.

Die kleine Emily stürzte sich ebenfalls auf sie und umarmte ihre Beine. »Tante Orchid!«

»Hilfe, ich kippe gleich um.« Orchid lachte und versuchte sich zu retten.

»Wir freuen uns so, dass du da bist, das musst du jetzt leider über dich ergehen lassen«, sagte Phoebe, ließ sie aber doch irgendwann los. »Wie war dein Flug?«

»Lang.« Sehr lang.

»Ich weiß.«

Ah ja?, hätte Orchid am liebsten gefragt, ließ es aber bleiben. Sie würde später in Ruhe mit Phoebe darüber reden, dass sie ihr Versprechen, sie in Kalifornien besuchen zu kommen, noch immer nicht eingelöst hatte.

»Lass dich ansehen. Wow, man erkennt ja schon richtig was.« Ihre Schwester betrachtete ihren Bauch.

»Ich bin ja auch im fünften Monat.«

»Ich kann mir dich einfach überhaupt nicht dick vorstellen. Du bist der schlankste Mensch, den ich kenne.«

»Hey. Dick werde ich auch im neunten Monat nicht sein, ich werde nur eine riesige Kugel vor mir hertragen.«

»Ja, natürlich.« Phoebe zwinkerte ihr zu.

»Und wie geht es meiner Lieblingsnichte?«, fragte Orchid Emily und betrachtete ihre Frisur. »Coole Haare.«

»Danke. Hat Mummy gemacht«, erwiderte Emily, die ihr lockiges Haar zu Pippi-Langstrumpf-Zöpfen geflochten trug.

»Warte kurz ...« Orchid kramte in ihrer Handtasche und fischte eine rechteckige gelbe Packung Sour Patch Kids heraus.

»Danke!« Emily nahm sie an sich und umarmte Orchid erneut.

»Im Koffer hab ich noch viel mehr. Ich wollte aber nicht, dass du warten musst, bis wir zu Hause sind.«

»Und die Zahnarztrechnung übernimmst du dann auch gleich?«, erkundigte sich Phoebe.

»Was bist du denn für eine Spießerin geworden?« Orchid stupste Phoebe lachend an.

»War doch nur Spaß. Ich bin kein Spießer, ich bin die coolste Mutter der Welt. Noch. Wahrscheinlich wirst du mir den Titel bald abspenstig machen.«

»Phoebe«, sagte Orchid sanft und griff nach der Hand ihrer Schwester. »Niemand kann jemals so eine gute Mutter sein wie du.«

Phoebe bekam sofort feuchte Augen. »Meinst du das ernst?«

»Über so was würde ich niemals scherzen.«

»Danke.« Phoebe sah ehrlich gerührt aus.

Einen Moment lang sahen sie einander einfach nur an, dann sagte Orchid: »Ich brauche ein Klo, ich muss zurzeit ungefähr jede Stunde pinkeln.« Sie wusste, irgendwie ruinierte sie damit die Stimmung, aber sie musste wirklich dringend.

Phoebe lachte. »Alles klar, geh ruhig, wir warten auf dich.«

Orchid beeilte sich. Und als sie wenig später alle zusammen das Flughafengebäude verließen, nahm sie ihn wahr, diesen Duft, der nur in England auszumachen war. Vielleicht waren es bloß Erinnerungen, aber sie roch jedes Mal eine Mischung aus Regenschauern, Orchideen und dem Mandarinen-Käsekuchen ihrer Mutter. Sie atmete ihn tief ein und lächelte. Sie war zu Hause.

Zwanzig Minuten später saßen sie im Auto, und Phoebe erzählte Orchid ganz aufgeregt, was ihr widerfahren war. Sie berichtete von Mrs. Witherspoons Brief, von der Löffelsammlung und dem netten Juwelier. Von den dreitausendfünfhundert Pfund erzählte sie ihrer Schwester auch, ohne die Sache richtig durchdacht zu haben. Natürlich sah Orchid sie gleich besorgt an.

»Sag mal, wieso vermacht Mrs. Witherspoon ausgerechnet dir ihre wertvollen Löffel? Ich meine, ich gönne sie dir, aber das hat sie doch nicht ohne Grund gemacht, oder?«

Phoebe antwortete nicht, konzentrierte sich auf den Verkehr und überlegte, wie sie es Orchid erklären könnte.

Die ließ selbstverständlich nicht locker. »Nun sag schon, Phoebe.«

»Okay, okay.« Sie blickte kurz nach hinten und stellte erleichtert fest, dass Emily eingeschlafen war, dann gestand sie: »Lance und ich haben ein paar finanzielle Probleme, von denen ich Mrs. Witherspoon wohl in einem deprimierenden Moment erzählt habe.«

»Finanzielle Probleme? Was meinst du damit? Läuft der Laden etwa nicht mehr?«

»Doch, doch, der läuft so gut wie eh und je.«

»Dann verstehe ich dich nicht. Habt ihr etwa Schulden gemacht?«

»Was denkst du denn, wie man ein Haus wie unseres kaufen kann, ohne welche zu machen? Wir haben sehr hohe monatliche Raten zu zahlen, und seit Lance seine Arbeit verloren hat …«

»Lance hat seine Arbeit verloren? Wann ist denn das passiert?«, fragte ihre Schwester schockiert.

»Schon vor einer Weile. Es ist nicht so, dass er arbeitslos zu Hause sitzen würde, er ist bei einer Zeitarbeitsfirma angestellt. Bei diesen Gelegenheitsjobs verdient er aber einfach nicht dasselbe wie vorher. Und ich kann nur halbtags arbeiten wegen Emily und muss auch noch meine beiden Aushilfen entlohnen.«

»Oh Mann, ich wusste ja gar nicht, wie schlecht es um euch steht. Ich meine, das tut es, oder? Steckt ihr so richtig in der Klemme?«

»So schlimm ist es auch nicht. Wir haben nur eine kleine Krise. Aber jetzt, mit dem Geld von den Löffeln, können wir ein paar unbezahlte Rechnungen begleichen. Das ist schon mal eine große Erleichterung.«

»Deshalb bist du mich noch nicht besuchen gekommen, oder?«, meinte Orchid.

»Na ja … So ein Flugticket ist teuer, und ich hätte ja gleich zwei kaufen müssen.«

»Warum hast du denn nichts gesagt, große Sis! Dafür sind Schwestern doch da! Ich hätte dir helfen können.«

»Wie denn? Hast du ein Vermögen, von dem ich nichts weiß?«

»Nein, aber immer ein offenes Ohr, ich dachte, das wüsstest du.«

»Das tue ich ja auch, ich wollte nur dein Glück nicht belasten.«

»Wie kann ich glücklich sein, wenn es dir so mies geht? Verdammt, Phoebe, weißt du eigentlich, wie sehr ich dich vermisse? Euch alle! Ich würde mich so freuen, wenn mich mal jemand besuchen käme. Wenn ich das alles geahnt hätte, dann hätte ich das Geld schon irgendwie zusammengekratzt und hätte euch Flugtickets gekauft. Wohnen könnt ihr doch bei uns.«

»Das ist wirklich lieb von dir. Ich kann aber doch den Laden nicht einfach schließen.«

»Warum denn nicht? Weißt du, in den vergangenen paar Jahren ist mir eines klar geworden: Man sollte sein Leben genießen. Man sollte das tun, was einen glücklich macht. Dann müssen deine Kunden halt mal eine Woche ohne dich auskommen. André und Barbara könnten den Gift Shop nur nachmittags öffnen. Ich bin mir sicher, da würde euch schon eine Lösung einfallen.« Orchid sah sie entschlossen an. »Ich werde kein Nein mehr akzeptieren. Du und Emily, und wenn Lance Lust hat, auch der, ihr werdet mich noch in diesem Jahr besuchen kommen.«

»Bist du dir sicher?« Phoebe wollte wirklich nicht, dass Orchid sich für sie in Unkosten stürzte.

»Hundertpro! Wir werden das Geld schon auftreiben.«

Sie lachte. »Mrs. Witherspoon hat mir nicht zufällig auch irgendwas Wertvolles vermacht?«

Phoebe grinste. »Ich weiß nicht, was sie dir hinterlassen hat. Ich werde aber versuchen, die anderen Löffel, die ich heute leider nicht losgeworden bin, noch zu verkaufen. Sie sind nicht sehr viel wert, hat der Juwelier mir gesagt, aber ein bisschen was kommt vielleicht noch zusammen. Natürlich behalte ich einen oder zwei, ich möchte ja auch etwas zur Erinnerung haben. Und was dich angeht, solltest du Humphrey aufsuchen. Der hat Mrs. Witherspoons Brief. Den Abschnitt, den sie dir gewidmet hat, haben wir am Freitag nicht vorgelesen. Ich weiß also nicht, was sie dir noch sagen wollte.«

»Dann lass uns doch gleich heute Abend gemeinsam zu Humphrey fahren.«

»Gerne. Nachdem du dich ausgeruht hast. Und bei Mum und Dad und in der Valerie Lane müssen wir natürlich auch noch vorbeischauen.« Das hatte sie ihren Freundinnen versprochen.

Orchid nickte. »Ja, das machen wir auf jeden Fall. Ich freue mich unglaublich auf Laurie, Keira und die anderen. Allerdings habe ich, ehrlich gesagt, auch ein mulmiges Gefühl im Magen, wenn ich an die Valerie Lane und besonders an einen bestimmten Menschen denke«, gestand sie Phoebe.

»Sprichst du von Tobin?«, fragte sie nach.

Ihre Schwester nickte.

Phoebe konnte sich gut vorstellen, dass es nicht leicht werden würde, ihm gegenüberzutreten. Immerhin war Tobin der Mann gewesen, der Orchid ein ganzes Jahr lang um den Verstand gebracht hatte. Er war der Mann gewesen, für den sie Patrick verlassen hatte. Sie hatte Tobin damals ganz schön wehgetan, als sie doch zu Patrick zurückgegangen und dann sogar mit ihm nach Amerika gezogen war. Allerdings hatte Phoebe angenommen, dass die beiden inzwischen darüber hinweg wären. Da waren doch keine Gefühle mehr, oder?

»Fahren wir jetzt erst mal zu dir, ich will mich ein bisschen schlafen legen«, sagte Orchid dann. »Es reicht auch, wenn wir morgen in die Valerie Lane gehen.«

»Ehrlich?« Es waren also doch noch Gefühle da! Nach all der Zeit …

Orchid nickte. »Also, erzähl! Was ist der Plan für die nächsten Tage?«

Phoebe nickte und lächelte. Sie würde ihre Schwester von den Gedanken an Tobin ablenken. Für so was war sie schließlich da, oder? »Morgen Abend treffen wir Mädels uns im Gift Shop und machen Potpourri. Am Mittwoch gehen wir natürlich zu Laurie in die Tea Corner. Freitag ist die Beerdigung und danach die Trauerfeier, was bedeutet, dass wir bis dahin noch die Valerie Lane schmücken und sämtliche Lieblingsgerichte von Mrs. Witherspoon kochen müssen, und zwar alle zusammen, das hat sie sich nämlich gewünscht.«

Orchid starrte Phoebe an. »*Sämtliche* Lieblingsgerichte? Sag bloß, wir müssen auch …«

»… eine Stargazy Pie backen?« Phoebe lachte. »Ganz genau. Freust du dich schon darauf?«

Orchid verzog das Gesicht. Sie musste wahrscheinlich an Mrs. Witherspoons siebenundachtzigsten Geburtstag denken, an dem Laurie, Keira, Susan, Ruby und Orchid die alte Dame in ein Restaurant gebracht hatten, das dieses Gericht servierte. Sie alle hatten es total eklig gefunden, die Geschichte hatte sie ihrer Schwester mehr als einmal erzählt.

»Können wir ganz schnell über was anderes reden? Sonst muss ich dich bitten, gleich mal an den Straßenrand zu fahren.«

»Ach, Orchid. Schön, dass du zu Hause bist.« Phoebe lächelte sie glücklich an.

»Ja, das finde ich auch.«

KAPITEL 18

Orchid war zurück in Oxford. Die Neuigkeit machte schnell die Runde, und auch, dass sie am Montag der Valerie Lane einen Besuch abstatten würde.

Tobin war aufgeregt. Er wollte es nicht, wollte sich nicht auf Orchid freuen, und doch tat er es und konnte seine Gefühle nicht abstellen. Charlotte bemerkte anscheinend etwas und fragte ihn beim Frühstück, ob alles in Ordnung sei. Er beruhigte sie und sagte, er sei nur am Überlegen, wie man die Valerie Lane für die Trauerfeier am besten schmücken sollte und was er dafür alles einkaufen müsste. Immerhin hatte er sich freiwillig gemeldet, was die Blumen betraf.

Den ganzen Vormittag konnte er nicht aufhören, an Orchid zu denken. Als sie im Winter da gewesen war, war jede Begegnung mit ihr schwer gewesen. Er war ihr, wenn er ehrlich sein sollte, aus dem Weg gegangen, so gut es ging. Schließlich war er jetzt mit Charlotte zusammen, und sie hatte es verdient, dass seine ganze Aufmerksamkeit ihr galt und er nicht noch einer alten Liebe nachtrauerte, die von Anfang an zum Scheitern verurteilt gewesen war.

Mit Orchid und ihm war das so gewesen: Er hatte sich schon bei ihrer ersten Begegnung unsterblich in sie verliebt, sie aber hatte nie wirklich gewusst, was sie wollte. Ja, sie hatte auch für ihn Gefühle entwickelt, und eine Zeit lang hatte es ganz so ausgesehen, als hätte sie ihm ebenfalls ihr Herz schenken wollen. Nachdem sie sich auf einer Weihnachtsparty heimlich geküsst hatten, war aber alles nur noch komplizierter geworden, immerhin war sie damals schon mit Patrick zusammen gewesen. Tobin hatte sich selbst immer wieder gesagt, dass er sich Orchid aus dem Kopf schlagen sollte, dass er ja doch nie eine Chance bei ihr haben würde. Immerhin ging es hier um die wohl schönste, charmanteste, umwerfendste Frau, die er je gesehen hatte. Als dann aber plötzlich Schluss mit Patrick war, glaubte er für einen Moment sogar, sie hätte sich für ihn entschieden, und war hin und weg. Sie verbrachten ein paar wundervolle Tage zusammen, endlich durfte er sie so erleben wie in seinen Träumen, endlich war sie sein. Sie liebten sich, sie alberten viel herum, was er ganz besonders an ihr mochte, und er stellte sich bereits eine gemeinsame Zukunft mit ihr vor. Wie dumm das doch gewesen war, dachte er im Nachhinein. Denn Orchid gehörte zu Patrick, und er musste sich schweren Herzens eingestehen, dass er keine andere Wahl hatte, als sie ziehen zu lassen. Er war ganz froh, dass sie dann in die Staaten ging, so war es leichter für ihn, über sie hinwegzukommen. Auch wenn die erste Zeit die Hölle für ihn war. Und als dann auch noch Phoebe das Geschäft übernahm und alles so endgültig erschien, war es noch einmal ein Schlag ins Gesicht. Orchid war für immer fort, das musste er schweren Herzens akzeptieren. Erst Charlotte bewirkte, dass er sie vollends vergaß oder zumindest, dass er den Traum von einer gemeinsamen Zukunft mit Orchid komplett aufgab. Ganz langsam verschwamm Orchid vor seinen Augen, und irgendwann zerplatzte ihre Anwesenheit in seinen Gedanken wie eine Luftblase. Von da an gab es nur noch Charlotte. Charlotte, die so anders war als Orchid mit ihrer lockeren, aufmüpfigen Art, die furchtlos durchs Leben ging. Charlotte hatte vieles durchgemacht, sie brauchte ihn und sehnte sich nach Zweisamkeit. Er hatte sein Bestes gegeben, um der Mann zu sein, den Charlotte verdiente. Bis Orchid wieder aufgetaucht war.

Mit dem ersten Schnee war auch Orchid da gewesen. Sie nach Weihnachten erneut vergessen zu müssen, war hart gewesen, und jetzt war sie verdammt noch mal schon wieder hier! Sie würden überdies viel Zeit zusammen verbringen müssen. Immerhin hatte Mrs. Witherspoon sich gewünscht, dass alle Ladenbesitzer zusammen ihre Lieblingsgerichte kochten. Und dann gab es ja noch die Beerdigung und die Trauerfeier … Moment mal! Ihm fiel erst jetzt auf, dass Mrs. Witherspoon überhaupt kein Gericht von ihm aufgelistet hatte. Sie hatte sich Susans Blätterteigtaschen, Lauries Nudelsalat, Rubys Gemüsefrikadellen, Phoebes Selleriesalat und Keiras Schokoladenkekse gewünscht – nebst der allseits beliebten Stargazy Pie. Aber sie hatte keines seiner berühmten Gerichte erwähnt – nicht, dass es solche gegeben hätte, denn er war im Kochen eine Niete. Aber nun begann er sich doch zu fragen, was es mit dem Kochgelage auf sich hatte … Im Grunde hatte Mrs. Witherspoon ihn überhaupt nicht erwähnt. Konnte er sich dann nicht ganz einfach davor drücken? Oder hatte Mrs. Witherspoon das etwa ganz bewusst so gedreht, weil sie damit gerechnet hatte, dass Orchid herkommen und ebenfalls dabei sein würde? Weil sie wusste, dass es für ihn schier unerträglich sein würde, sich in Orchids Nähe aufzuhalten?

Gute Mrs. Witherspoon … Sie hatte anscheinend so viel mehr gewusst, als sie alle geahnt hatten.

Als Orchid um Punkt elf Uhr siebzehn die Valerie Lane betrat, bekam sie gleich feuchte Augen. Sie hatte diese Straße so vermisst. Durch ihre Tränen erkannte sie Barbara, die gerade vor dem Blumenladen einige Pflanzen neu arrangierte, Mr. Spacey, der eine der Straßenlampen reparierte, welcher anscheinend eine Scheibe herausgefallen war, und Keira, die gerade ihr Schaufenster dekorierte und sofort herausgerannt kam, als sie sie entdeckte.

»Orchid!«, rief sie und schloss sie in die Arme.

Barbara kam auch gleich herbei, drückte sie und fragte, wie es ihr ging. Ruby und Susan, die wohl von drinnen das Geschrei hörten, kamen ebenfalls auf die Straße gelaufen und begrüßten Orchid herzlich, und bald war die Valerie Lane von allen möglichen Anwohnern und Besuchern bevölkert, die Orchid willkommen heißen wollten und sie mit Fragen löcherten.

»Mir geht es gut«, antwortete sie allen. »Kalifornien ist wunderschön.« – »Ja, es stimmt. Ich bin schwanger, im fünften Monat schon.« – »Patrick muss leider arbeiten und konnte nicht mitkommen. Ich soll euch aber alle lieb grüßen.«

Als Orchid endlich zur Ruhe kam, sich bei Laurie auf

einen Stuhl setzte und eine Tasse Tee genießen konnte, war sie ein wenig erschöpft.

»Du siehst müde aus«, sagte Laurie.

»Das ist nur der Jetlag. Mir geht es bestens. Ehrlich. Aber jetzt erzählt doch mal, wie geht es euch? Was gibt es Neues zu berichten? Ich will alles hören.«

Laurie und Hannah und auch Susan, Barbara und Keira, die kurz Charlotte, Tobin und Kimberly die Läden hatten übernehmen lassen, erzählten, was es alles Neues gab.

»Hast du schon den Blogbeitrag zu Mrs. Witherspoons Ableben gelesen?«, fragte Barbara neugierig.

»Nein, noch nicht. Hat Mary-Lou etwas Besonderes gebracht?«

»Oh ja.« Keira nickte begeistert. »Sie hat nicht nur einen Nachruf geschrieben, in dem man ein paar ganz persönliche Dinge von Mrs. Witherspoon erfährt, sondern auch jeden in der Valerie Lane zu ihr befragt und die Antworten zusammengefasst.«

»Hört sich schön an. Werde ich mir nachher auf jeden Fall mal durchlesen.«

»Das solltest du«, sagte Hannah. »Es sind Sachen dabei, von denen keiner von uns eine Ahnung hatte. Oder wusstet ihr etwa, dass Mrs. Witherspoon mal in der Valerie Lane gewohnt hat?«

Alle schüttelten den Kopf.

»Einfach unglaublich, oder?«, fand Laurie. »Da kannten wir sie so lange, und sie hat uns so viele Geschichten erzählt, aber das hat sie nie preisgegeben.«

»Ich finde es überhaupt beeindruckend, in welcher Verbindung sie zur Valerie Lane stand. Ich meine, sie hat hier ihren ersten Mann kennengelernt. Und sie war schon mit Mathilda befreundet, lange bevor Ruby überhaupt geboren wurde«, sagte Susan.

»Mathilda war Rubys Grandma, oder?«, fragte Orchid nach.

»Genau.«

»Okay, jetzt muss ich mir das doch gleich ansehen.« Orchid holte ihr Smartphone heraus und gab die Internetadresse der Valerie-Lane-Website ein. Wenig später liefen ihr die Tränen über die Wangen.

»Oh Gott, wie traurig«, schluchzte sie.

»Ich weiß.« Laurie legte ihr einen Arm um die Schulter.

»Sie wird mir so fehlen.«

Und das noch viel mehr nach dem Treffen vom Vorabend. Orchid und Phoebe hatten gemeinsam Humphrey besucht. Er hatte Orchid die Zeilen aus dem Brief vorgelesen, die für sie bestimmt waren.

Orchid: mein Sonnenschein. Zu dir kann ich eigentlich nur eins sagen: Immer wenn ich bedrückt war, musste ich nur in die Valerie Lane kommen und dich besuchen. Denn du vermagst es, mit deinem Lächeln den traurigsten aller Clowns aufzuheitern. Danke für deine Fröhlichkeit. Dir vermache ich natürlich meine Kette mit dem gelben Schmetterling, die du einmal als hübsch bezeichnet hast. Hab viel Spaß damit und denk an mich, wenn du sie trägst.

Orchid war zutiefst gerührt und nahm sich fest vor, die Kette am Freitag zu tragen. Die Beerdigung würde im Kreis der Familie stattfinden, danach, ab vierzehn Uhr, würde eine fröhliche Trauerfeier in der Valerie Lane stattfinden, zu der jeder herzlich eingeladen war. Es würde Mrs. Witherspoons Leibspeisen geben und jeder sollte, auf Wunsch von Mrs. Witherspoon, in hellblauer Kleidung erscheinen.

»Hellblau. Ich weiß nicht mal, ob ich was in der Farbe eingepackt habe«, grübelte Orchid.

»Du kannst dir was von mir ausleihen«, bot Keira an. »Meine Sachen sollten dir passen, ich hab ja ein paar Kilo mehr drauf.«

»Du bist aber auch einen Kopf kleiner, meine Liebe. Danke für das Angebot, ich werde aber wohl besser noch shoppen gehen.«

»Oooh, da komme ich mit«, rief Laurie.

»Ich auch«, sagte Keira kopfnickend.

»Wann wollt ihr das denn noch alles machen?«, erkundigte sich Hannah. »Habt ihr nicht einiges vorzubereiten? Unter anderem merkwürdige Fischschwanzpasteten?« Sie verzog das Gesicht.

»Ach ja, stimmt. Und heute Abend wollen wir drüben bei Phoebe Potpourri machen«, fiel Keira ein.

»Da bin ich auch dabei«, sagte Orchid und erhob sich. »Wisst ihr was? Ich werde jetzt einfach allein shoppen gehen. Wir sehen uns alle heute Abend?«

»Ja, sicher. Bis später. Und viel Spaß!«, wünschte Laurie.

Keira, Susan und Barbara begleiteten Orchid bis vor die Tür und gingen dann zurück in ihre Läden.

»Rate mal, wer da ist!«, sagte Barbara, sobald sie den Blumenladen betreten hatte.

»Ich bin ja nicht blind. Und nicht schwerhörig«, erwiderte Tobin.

»Tatsächlich? Nun, das hatte ich angenommen, da du nicht nach draußen gekommen bist, um sie zu begrüßen.«

»Du weißt doch genau …«

»Ja, ich weiß. Ich finde aber auch, es ist an der Zeit, darüber hinwegzukommen.«

»Das bin ich doch längst.«

»Na, da bin ich mir aber nicht so sicher.«

»Könntest du dein süßes Kläppchen halten und dich wieder an die Arbeit machen?«, bat Tobin sie.

Barbara lachte. »Selbst wenn du mir sagst, dass ich die Klappe halten soll, bist du noch ein Charmeur. Sie hätte sich für dich entscheiden sollen.« Sie vernahm Tobins strengen Blick und sagte schnell: »Bin schon still, bin schon still.« Dann zupfte sie ein paar Blumen und ein wenig Grün aus den Eimern und band einen Strauß. Dabei entging ihr nicht, wie Tobin aus dem Fenster sah. Er tat ihr ehrlich leid, sie hatte es ernst gemeint, als sie gesagt hatte, Orchid hätte sich für ihn entscheiden sollen …

Am Abend trafen sich Orchid, Laurie, Keira, Ruby, Susan und Charlotte bei Phoebe im Gift Shop. Phoebe hatte schon alles vorbereitet. Schüsselchen mit hellblauen und dunkelblauen getrockneten Blüten, Beeren und Hölzern standen bereit, außerdem verschiedene Duftöle, Zellophantütchen und Bänder in verschiedenen Blautönen.

»Das sieht ja toll aus«, sagte Laurie.

»Der Meinung bin ich auch«, stimmte Susan zu.

»Also, dann erklär uns mal, wie wir das Potpourri nun zubereiten«, bat Keira.

»Das ist total einfach. Ihr nehmt euch eine von denen hier«, sie zeigte auf die metallenen Schalen, »und gebt von den Zutaten, die ihr am schönsten findet, jeweils eine kleine Schaufel voll hinein. Die mischt ihr dann und fügt ein paar Tropfen vom Duftöl eurer Wahl hinzu. Und schon kann alles ab in die Tüte.«

»Klingt echt einfach. Warum hab ich das nicht gemacht, als ich den Laden noch hatte?«, überlegte Orchid laut.

»Weil du damit beschäftigt warst, wunderschöne Kerzen herzustellen«, erwiderte Phoebe.

»Hast recht. Ich vermisse es, Kerzen herzustellen. Ich sollte das mal wieder tun. Ich könnte meine Kreationen ja vielleicht in Danas Laden oder sogar übers Internet verkaufen. Eine zweite Einnahmequelle wäre nicht schlecht, jetzt, wo das Baby auf dem Weg ist.«

Phoebe sah ihrer Schwester an, dass sie noch etwas anderes sagen wollte, es aber bleiben ließ. Ziemlich sicher ging es dabei um die Kosten für ihren und Emilys Flug. Und deshalb war sie natürlich sofort dabei.

»Eine tolle Idee! Das solltest du auf jeden Fall tun.«

»Man sollte sich seine Hobbys unbedingt bewahren«, fand Ruby, und alle stimmten ihr zu.

»Wollten Barbara und Agnes nicht auch kommen?«, fragte Keira.

»Ach ja, richtig. Die beiden haben abgesagt, weil sie

eine Katze kaufen wollen«, informierte Phoebe die anderen.

»Eine Katze?«

»Ja. Agnes wünscht sich schon seit Längerem eine. Eine Freundin von Barbara, deren Katze Junge bekommen hat, möchte welche abgeben, und da sind sie nun zusammen hingefahren.«

»Oh, wow, eine Katze haben wir noch nicht in der Valerie Lane. Kätzchen sind so niedlich«, fand Charlotte.

»Oh ja. Terry wird sich besonders freuen, sie zu jagen.« Susan lachte.

»Das würde Terry doch niemals tun, oder? Er ist doch so ein Lieber.« Laurie sah sie fragend an.

»Ich glaube, das liegt in der Natur jedes Hundes. Wenn er eine Katze sieht, muss er einfach hinter ihr herrennen.«

»Na, das kann ja was werden«, sagte Keira.

Sie begannen, das Potpourri zu mischen, und schon bald duftete es im Laden nach Vanille und nach Zitrone, nach Brombeere und nach Flieder.

»Das sieht so hübsch aus«, sagte Susan und hielt eines der fertigen Tütchen in die Höhe.

»Was sollen wir mit all dem Potpourri anstellen?«, fragte Laurie.

»Ich dachte mir, wir könnten es auf der Trauerfeier verteilen«, schlug Phoebe vor. »In Gedenken an Mrs. Witherspoon, als Gastgeschenk sozusagen. Es ist hellblau«, fügte sie hinzu, als ob die anderen es noch nicht wüssten.

»Eine schöne Idee«, rief Keira.

»Finde ich auch.« Charlotte nickte begeistert.

»Mädels, ich muss mal kurz auf ein nicht so fröhliches Thema zu sprechen kommen«, sagte Phoebe dann. »Wer wird denn am Freitag die Trauerrede halten?«

»Ich denke, dass Humphrey einen Pastor dafür engagiert hat. Vielleicht sagt auch er selbst ein paar Worte«, vermutete Susan.

»Ja, aber findet ihr nicht, dass auch wir, oder eine von uns, etwas zum Abschied sagen sollte?«

Sie sahen einander an, überlegten. Dann fragte Laurie: »Wer von euch schafft es denn überhaupt zur Beerdigung?«

Phoebe wusste, was Laurie meinte. Die Beisetzung fand vormittags statt, wo einige von ihnen noch allein im Laden standen. Kimberly zum Beispiel unterstützte Keira erst nachmittags, André war meist auch erst am Nachmittag zugegen, und Ruby stand manchmal den ganzen Tag lang allein in der Buchhandlung.

»Wisst ihr, ich habe mir darüber auch schon Gedanken gemacht«, sagte Susan. »Mrs. Witherspoon hat uns allen so viel bedeutet. Ich finde ja, wir könnten ruhig mal einen Vormittag lang unsere Läden schließen, aufgrund eines Trauerfalls. So könnten wir alle zur Beerdigung gehen.«

»Das ist eine schöne Idee«, meinte Ruby.

»Dann wäre die komplette Valerie Lane geschlossen? Alle Geschäfte? Das hatten wir noch nie«, überlegte Keira.

»Es wäre für Mrs. Witherspoon«, erinnerte Susan sie.

»Okay, ich bin dabei«, entschied Phoebe.

»Ich auch«, sagten Laurie, Ruby und Keira gleichzeitig.

Sie alle waren sich einig. Mrs. Witherspoon hatte einen

würdigen Abgang verdient, und den wollten sie ihr ermöglichen.

»Wenn ihr nichts dagegen habt, würde ich gerne eine kleine Grabrede halten«, meldete Ruby sich zu Wort. Phoebe und die anderen starrten sie an. Ausgerechnet das schüchterne Nesthäkchen wollte sich vor allen Leuten hinstellen und ein paar letzte Worte zu Mrs. Witherspoon sagen?

»Ich glaube, niemand könnte das besser als du«, sagte Laurie gerührt und legte Ruby eine Hand auf den Arm.

Ruby lächelte zufrieden. Und Phoebe sah ihr an, dass sie schon ganz genau wusste, was sie sagen wollte.

KAPITEL 19

Charlotte saß am Küchentisch und aß ihr Müsli, als Jason verschlafen in die Küche schlurfte.

»Du bist spät dran«, stellte sie fest.

»Ich weiß«, brummte er, schob eine Hand unters Shirt und kratzte sich den Rücken. »Was gibt's zu essen?«

»Da du nicht eher aus dem Bett gekommen bist, reicht es gerade noch für ein paar Cornflakes, und selbst da musst du dich beeilen. Sieh mal auf die Uhr.«

Das tat Jason und grummelte erneut. »Oh Mann, ich hätte echt Bock auf ein paar Waffeln gehabt.«

»Das hättest du mir früher sagen müssen. Nun ja, wenn du früher ...«

»Ist gut, Mum, ich hab's kapiert.« Er nahm sich die Schachtel Cornflakes vom Regal und schüttete sich welche in die Schüssel, die bereitstand, dabei ging die Hälfte daneben. Jason schimpfte ein bisschen vor sich hin, fegte alles mit den Händen auf und gab es ebenfalls in die Schüssel. »Ist Tobin nicht da? Warum hat er kein Frühstück gemacht?«

Tobin schlief inzwischen an mehreren Tagen in der Woche bei ihnen und bereitete oft ein köstliches Frühstück zu, wobei er nur zwei Sachen wirklich draufhatte: Toast mit Rührei und Waffeln, die die Kinder liebten.

»Der hat letzte Nacht bei sich zu Hause übernachtet«, gab Charlotte zur Antwort und lächelte Vanessa an, die bereits fertig zurechtgemacht aus dem Bad kam. Sie lächelte zurück, setzte sich zu ihnen an den Tisch und füllte sich ihre Schüssel voll Müsli. »Apropos letzte Nacht.« Charlottes Lächeln verwandelte sich in ein breites Grinsen. »Du bist ja ganz schön spät nach Hause gekommen. Erzähl doch mal, wie war euer Sechsmonatiges? Hat Nathalie sich über dein Geschenk gefreut?«

»Was hast du ihr geschenkt?«, wollte Vanessa wissen.

»Eine pinke Schminktasche mit Schwänen darauf«, erzählte Charlotte ihr.

»Oh, wie toll. Darüber hätte ich mich riesig gefreut.«

»Darf ich jetzt antworten oder nicht?«, fragte Jason.

»Aber natürlich«, erwiderte Charlotte.

Jasons Mundwinkel zogen sich nach oben, und er lächelte mehr, als er wohl beabsichtigte. Dann versuchte er gleich wieder, cool zu wirken. »Also, sie hat sich gefreut. Danke noch mal für deine Hilfe, Mum.«

»Gern geschehen, wozu sind Mütter denn da?«

»Um ein richtiges Frühstück zu machen?«

»Nun werde nicht frech und lenk vor allem nicht vom Thema ab. Was habt ihr denn so gemacht gestern?«

Jason schien zu überlegen, wie viel er preisgeben sollte, dann zuckte er die Schultern und erzählte: »Erst waren wir im Kino, und danach sind wir essen gegangen.«

»Wo denn?«, fragten Charlotte und Vanessa gleichzeitig.

»In dem Burger-Restaurant, wo wir schon mal waren. Nathalie liebt die Süßkartoffelpommes da.«

»Und wann bist du nach Hause gekommen?«, erkundigte sich Charlotte. Abgemacht war, dass er, wenn am nächsten Tag Schule war, spätestens um zehn zu Hause war. Am Wochenende durfte er auch mal ein, zwei Stunden länger weg sein.

»Gar nicht spät. Um kurz nach zehn.«

Hm, dachte Charlotte. Das konnte jetzt fünf nach zehn, aber auch fünf vor elf bedeuten in Jasons Sprache.

»Ehrlich«, sagte er. »Nathalie musste doch schon um halb zehn zu Hause sein. Ich hab sie gebracht und bin dann gleich hergekommen.«

»Du bist aber ein Gentleman«, neckte Vanessa ihn.

Jason öffnete gerade den Mund, wahrscheinlich, um seine Schwester zurückzunecken, als sein Blick auf die Uhr fiel.

»Scheiße!«, rief er, weil sein Bus bereits in zehn Minuten an der Ecke abfuhr. Er sprang auf und lief ins Bad.

Auch Vanessa stand nun auf, stellte ihre Schüssel und dazu die von Jason in die Spüle und sah ihre Mutter an. »Mum, alles gut?«

Charlotte blickte auf. »Aber natürlich. Was sollte denn sein?«

»Du wirkst seit gestern ein bisschen bedrückt. Und du bist voll früh schlafen gegangen.«

»Ich war nur müde, das war alles. Du brauchst dir keine Sorgen zu machen.«

»Ehrlich?«

Charlotte nickte, ließ sich von ihrer Tochter einen Kuss auf die Wange geben und hörte wenig später die Tür zuknallen. Ihre Kinder waren aus dem Haus, und sie saß noch immer über ihrem Müsli, das inzwischen ganz matschig war. Sie schüttete es weg und wusch das Geschirr ab, dann setzte sie sich wieder und seufzte. Sie hatte Vanessa belogen. Ihre Tochter hatte recht gehabt, sie war bedrückt. Sehr sogar. Und dazu gab es einen guten Grund: Orchid war zurück.

Sie hatte Tobins Blicke wahrgenommen, als seine Ex-Freundin am Tag zuvor in die Valerie Lane gekommen war. Als sie den anderen die tollen Klamotten gezeigt hatte, die sie sich neu gekauft hatte. Total fasziniert war er gewesen, und er hatte den Blick überhaupt nicht von ihr abwenden können. Genauso war das auch schon letztes Weihnachten gewesen. Als Charlotte Tobin damals darauf angesprochen hatte, hatte er ihr versichert, dass überhaupt nichts wäre und sie keinen Grund zur Sorge hätte. Charlotte hatte sich erst entspannen können, als Orchid wieder abgereist war, nach Kalifornien, das zum Glück sehr weit weg war.

Sie konnte es ja verstehen. Orchid war eine Erscheinung, sie war wunderschön und zog einen magisch an. Und obwohl sie nicht viel mehr wusste, als dass Tobin und sie für kurze Zeit zusammen gewesen waren, war ihr doch klar, dass er sie noch immer nicht ganz aus seinem Herzen verbannt hatte. Wahrscheinlich würde sie für immer dort verweilen, und Charlotte war sich nicht sicher, ob sie das länger ertragen konnte. Sie wusste ja, dass zwischen den beiden nichts mehr war und dass Tobin sie niemals betrügen würde, manchmal fragte sie sich aber, ob er vielleicht noch an Orchid dachte, wenn *sie* neben ihm lag, und ob das einem Betrug nicht fast schon gleichkam. Doch Tobin wollte nicht über Orchid reden, er wollte ihr, Charlotte, nichts von ihrer gemeinsamen Vergangenheit erzählen und beteuerte nur immer wieder, dass sie lediglich gute Freunde wären.

Charlotte musste zugeben, dass sie mehr als erleichtert gewesen war, als sie gesehen hatte, dass Orchid schwanger war. Bei ihrer schlanken Figur war die kleine Rundung schon gut sichtbar, und sie war sich ziemlich sicher, dass auch Tobin es erkannt hatte. Dennoch hatte sie die ganze Nacht wach gelegen und verzweifelt überlegt, wie sie nur herausfinden konnte, ob Tobin wirklich über Orchid hinweg war, besonders nachdem er ihr gesagt hatte, dass er am Abend nicht mit zu ihr kommen könne. Dabei hatte sie Phoebe's Gift Shop extra früh verlassen, nicht nur, weil Vanessa allein zu Hause gewesen war, sondern vor allem, um den Montagabend wie gewohnt an Tobins Seite zu verbringen. Anscheinend hatte er darauf aber keine Lust gehabt. Seine Ausrede hatte sie ihm zumindest nicht abgenommen.

»Wie soll ich nur gegen das umwerfendste Geschöpf auf Erden antreten?«, fragte sie in die Stille und wusste, dass sie bereits verloren hatte, sollte Tobin Orchid noch immer lieben.

Tobin stand an der Kasse im Coffee Shop und kaufte sich einen Latte Macchiato. Er konnte nicht aufhören, an Orchid zu denken. Sie war wieder da, und sie war schöner als je zuvor.

Ein wenig ernüchternd war es gewesen, als er ihren

Bauch bemerkt hatte, der sichtbar eine Schwangerschaft verkündete. Bald würde Patrick nun also auch noch ein Baby von ihr bekommen, als ob es nicht reichte, dass er sie schon zur Frau hatte.

Verdammt, er wollte doch gar nicht eifersüchtig sein. Er hatte sie damals immerhin gehen lassen und ihr gewünscht, dass sie glücklich würde. Und glücklich war sie, das war nicht zu übersehen. Sie strahlte sogar mehr als je zuvor, was Tobin freute, was ihm aber auch bewusst machte, dass ein anderer sie so glücklich machte und nicht er.

Er hätte sie lieben können, hätte ihr das geben können, was sie verdiente. Leider war das Schicksal nicht auf seiner Seite gewesen, und er wollte am Ende auch mit keiner Frau zusammen sein, die ihr Herz bereits einem anderen geschenkt hatte. Und doch war es so unglaublich schwer, sie zu vergessen. Vielleicht hätte er es geschafft, wenn er sie nie mehr gesehen hätte, aber sie kam nun mal immer wieder zurück in die Valerie Lane, und das machte die Sache nicht leichter.

Tobin liebte Charlotte, ja, das tat er wirklich. Und doch war es nicht dasselbe Gefühl, er spürte in Charlottes Gegenwart nicht dieses Herzflattern, und er wollte nicht alles hinter sich lassen, nur um mit ihr durchzubrennen und ein neues Leben zu beginnen.

Als Orchid ihn gestern Nachmittag umarmt hatte – ganz freundschaftlich –, hatte alles in ihm gebebt. Dass Charlotte direkt danebengestanden hatte, war ihm äußerst unangenehm gewesen. Er glaubte nämlich, dass sie sehr wohl wahrnahm, wie schnell und laut sein Herz pochte. Und deshalb war er abends nicht mit zu ihr gekommen, wie es eigentlich abgemacht gewesen war, denn montags war der Tag, an dem sie normalerweise gemeinsam kochten und sich einen Filmklassiker ansahen. Er hatte spontan Kopfschmerzen vorgetäuscht und Charlotte gesagt, er würde lieber nach Hause und früh ins Bett gehen. Ob sie ihm das abgenommen hatte, wusste er nicht.

»Das macht drei achtzig«, sagte die Kassiererin ziemlich laut und holte ihn aus seinen Gedanken. Ihr Blick sagte ihm, dass sie ihm den Preis bereits mehr als einmal genannt hatte.

»Oh, sorry«, entgegnete er und bezahlte schnell.

Draußen zwang er sich, tief durchzuatmen. Er durfte nicht zulassen, dass Orchid seine Beziehung mit Charlotte zerstörte. Oder besser gesagt, dass er sie wegen Orchid selbst zerstörte. Er war doch glücklich! Und Orchid würde ganz bald zurück nach Kalifornien gehen. Sie war wie einer dieser Vögel, die in den Süden flogen, wenn es ihnen zu kalt wurde, die aber regelmäßig zurückkehrten, um die Menschen mit ihrem Gesang zu erfreuen. Allerdings flogen sie danach auch immer wieder weg und ließen einen zurück, mit den Träumen und Gedanken an diese wundervolle Melodie, die einen nicht mehr losließ.

Wie konnte er sie nur aus seinen Gedanken verbannen? Und wie konnte er je aufhören, diese Melodie zu summen?

KAPITEL 20

»Habt einen schönen Tag, ihr Süßen!«, wünschte Laurie ihren kleinen Töchtern, als sie die beiden bei ihren Schwiegereltern abgab. Im Gegensatz zu Keira und Phoebe nämlich, die ihre Kinder jeden Tag in die Kita bringen und dafür noch teures Geld bezahlen mussten, hatten Laurie und Barry das Glück, dass seine Eltern Clara und Maddie absolut vergötterten. Besonders seine Mutter hätte nie und nimmer gestattet, dass irgendwelche fremden Menschen ihre Enkelkinder aufzogen, und so stand sie jeden Morgen von montags bis freitags um acht Uhr bereit, um sie entgegenzunehmen.

Die Mädchen liebten ihre Grandma, denn sie machte laut Clara den besten Pudding der Welt. Und ihren Grandpa liebten sie auch, denn er spielte Fangen und Verstecken mit ihnen, ohne müde zu werden, außerdem las er ihnen nur allzu gerne aus ihren Lieblingsbüchern vor, was vor allem Clara freute, die mit ihren bald vier Jahren bereits eine Liebe zu Büchern entwickelt hatte, die der von Ruby nahekam.

»Bye, Mummy!«, sagte Clara und drückte ihr einen Schmatzer auf den Mund.

Die kleine Maddie quengelte kurz und hielt Lauries Beine umklammert, ließ sich dann aber doch von ihrer

Grandma überzeugen, die ihr eine Schüssel Froot Loops versprach.

Froot Loops, das waren Orchids Lieblingsfrühstückscerealien, fiel Laurie wieder ein. Sie musste lächeln. Es war so schön, dass Orchid da war, dass sie alle wiedervereint waren. Susan war ebenfalls zurück, und auch wenn sie noch nicht die Zeit zum Reden gefunden hatten, so hatte Barry doch angedeutet, dass Susan nicht nur wegen Mrs. Witherspoon nach Hause gekommen war. Es herrschte Ärger im Paradies, das war nur allzu deutlich. Laurie nahm sich fest vor, sich Susan heute mal zu schnappen und unter vier Augen mit ihr zu reden. Die Arme, es war schon schlimm genug, dass sie wegen ihrer lieben alten Freundin trauerte, da musste sich doch nicht auch noch Liebeskummer daruntermischen.

»Barry holt die beiden gegen fünf ab, ja?«, sagte Laurie zu ihrer Schwiegermutter. »Ich habe mit meinen Freundinnen einiges für die Trauerfeier am Freitag vorzubereiten.«

»Aber natürlich. Ihr könnt die Mädchen auch wieder über Nacht hierlassen, wenn es euch zu viel wird.«

»Das wird nicht nötig sein, trotzdem danke. Grüß Ed von mir.«

»Das mache ich. Er ist nur kurz zur Autowäsche gefahren, wir haben nämlich vor, heute einen kleinen Ausflug mit den Mädchen zu machen.«

»Oh, wohin soll es denn gehen?«

»In den Streichelzoo. Ein nahe gelegener Bauernhof in Wheatley, wo sie Hühner füttern und mit Kaninchen schmusen können.«

»Hört sich toll an. Dann wünsche ich euch ganz viel Spaß! Bis morgen!«

»Bis morgen.«

Fünf Minuten später saß Laurie schon wieder in ihrem Beetle und fuhr ins Stadtzentrum, wo sie wie meistens auf einem Parkplatz in der Nähe des Flusses parkte, da zwischen zehn und achtzehn Uhr keine Autos in den Haupteinkaufsstraßen gestattet waren und alles zur Fußgängerzone erklärt wurde.

Auf dem Weg zur Valerie Lane sah Laurie sich um, und ihr wurde wieder einmal bewusst, wie glücklich sie sich schätzen konnte, in Oxford zu leben. Die Stadt strotzte nur so vor Idylle, vor gotischen Gebäuden und gemütlichen Gässchen, in denen sich niedliche Geschäfte angesammelt hatten, die durch ihre Auswahl an speziellen Waren und die Freundlichkeit der Eigentümer und Mitarbeiter überzeugten. Die Valerie Lane war nur eine dieser Straßen, und doch fand Laurie, sie war die schönste von allen.

Als sie in die Valerie Lane einbog, knickte ihr erhöhter Absatz ein wenig auf dem Kopfsteinpflaster um. Laurie aber fluchte nicht, sondern lachte nur, und dann verzogen sich ihre Mundwinkel noch weiter nach oben, als sie Agnes entdeckte, und zwar mit dem süßesten Geschöpf, das sie seit Langem gesehen hatte.

»Oh mein Gott, ist die niedlich!«, rief sie und betrachtete das Kätzchen, das sich in Agnes' überweitem Kuschelpullover zu verstecken versuchte.

»Ja, oder? Sie heißt Cookie, ich hab sie gestern adoptiert.«

»Cookie? Das wird Keira gefallen. Wir wollen übrigens heute Abend welche backen, Schokokekse, aber ich denke nicht, dass du Zeit finden wirst?«

»Nein, das denke ich auch nicht. Ich muss mich ja um dieses kleine Etwas hier kümmern. Ehrlich gesagt habe ich mir die ganze Woche freigenommen, weil ich Cookie nicht allein lassen mag.«

»Das machst du ganz richtig. Die Kleine muss sich ja erst mal eingewöhnen. Wie alt ist sie denn?«

»Acht Wochen.«

»Sie ist entzückend.«

»Finde ich auch. Und weißt du was? Meine Mum hat auch gleich eine mitgenommen. Eigentlich wollte sie mich ja nur fahren.«

»Tatsächlich? Und wer kümmert sich um ihr Kätzchen? Hat sie sich etwa auch freigenommen?«

»Nein, nein. Mein Stiefvater wird das übernehmen.«

»Leopold Spacey, unser geschätzter Verwalter, will es wirklich schaffen, sich eine ganze Woche lang nicht in der Valerie Lane blicken zu lassen?«

»Nun, ich denke, ein paar Tage der Eingewöhnung reichen auch. Leo hat nämlich fest vor, am Freitag zur Beerdigung zu kommen und zur Feier danach natürlich sowieso.«

»Apropos Feier. Es passt ganz gut, dass du die Woche über frei hast. Du könntest uns ein wenig mit den Vorbereitungen helfen. Nur wenn du Lust hast, natürlich.«

»Aber klar, ich helfe gerne. Ich muss nur ab und zu hoch in die Wohnung, um nach der Kleinen zu sehen.«

»Das sollte sich einrichten lassen. Ich sag dir noch Bescheid, wobei wir dich brauchen, ja?«

»Okay. Ich will dann mal rauf, Cookie was zu fressen geben.«

»Ich wünsch euch einen schönen Tag, dir und Cookie«, sagte Laurie gerade noch, als sie Tobins Lieferwagen in die Straße einbiegen sahen. Die Tür öffnete sich, und Tobin ging nach hinten, um seine Ware auszuladen.

Lauries Kinnlade fiel herunter, als sie sah, was Tobin besorgt hatte. Sie blickte zu Agnes, und der ging es nicht anders. Denn Tobin hatte ausschließlich Blumen in Rosa eingekauft – Orchids Lieblingsfarbe.

»Hey, Tobin!«, rief Agnes, die nie ein Blatt vor den Mund nahm, zu ihm rüber. »Wozu all das Rosa?«

Laurie sah, wie Tobin errötete und etwas von »Die waren im Angebot« murmelte. Sie konnte nur den Kopf schütteln. Wohin sollte das nur führen? Und was würde Charlotte davon halten? Die Arme, sie hatte wirklich jemanden verdient, der nicht mehr seiner früheren Flamme nachtrauerte und dazu noch jedem zeigte, dass er das tat, indem er seinen ganzen Laden mit deren Lieblingsfarbe schmückte.

»Der spinnt total«, machte Agnes ihre Meinung deutlich.

»Jemand sollte ihn vielleicht mal kneifen und aus seinen Träumen erwecken«, schlug Laurie vor.

»Jemand sollte ihm ein Holzbrett vor den Kopf hauen, damit er aufwacht«, stand für Agnes fest.

Laurie musste trotz allem lachen, auch wenn sie wusste, dass das alles gar nicht lustig war und dass ziemlich sicher einige Herzen dabei waren, gebrochen zu werden.

Um Punkt halb elf kam Hannah durch die Tür und trat zum Dienst an. Laurie, die gerade Mrs. Kingston eine neue Beerenmischung probieren ließ und dabei den neuesten Tratsch erfuhr, entging Hannahs breites Lächeln nicht.

»Also, wenn ich mich nicht gänzlich täusche, würde ich annehmen, dass du Hals über Kopf verliebt bist«, sagte Laurie und grinste.

»Wie kommst du denn darauf?«, fragte Hannah, die fast ein wenig verlegen aussah. So kannte Laurie ihre Mitarbeiterin gar nicht. Hannah war wohl die gelassenste Person, die sie je getroffen hatte.

»Na, das ist doch nicht zu übersehen, so, wie du strahlst. Und? Wer ist die Glückliche, kenne ich sie?« Gespannt wartete sie auf eine Antwort.

Hannah starrte sie an, schnappte nach Luft, dann fiel sie ihr um den Hals. »Oh, Laurie! Danke!«

»Ja, aber wofür denn?« Laurie war verwirrt.

»Einfach nur so. Du wirst es bald erfahren, versprochen.«

»Na gut, dann warte ich geduldig. Könntest du kurz übernehmen? Ich will zu Susan rüber.«

»Ja, natürlich.«

Laurie verließ den Laden und sah durchs Fenster, wie Hannah eilig zum Telefonhörer griff. Sie war wohl die einzige Person auf der Welt, die noch kein Handy besaß. Handywellen zerstörten die natürliche Aura, war Hannah der Meinung, und vielleicht hatte sie damit ja sogar recht. Laurie hatte gerade leider andere Sorgen, es ging um Susan, und sie hatte ein richtig schlechtes Gewissen, dass sie sich nicht schon viel früher danach erkundigt hatte, wie sie sich fühlte.

Die Ladenglocke erklang, und Charlotte begrüßte sie. »Hallo, Laurie. Wie geht es dir?«

Sie sah müde aus, musste Laurie feststellen. Kein Wunder, wahrscheinlich fand die Arme zurzeit kaum Schlaf.

»Bestens, danke, und dir?«

»Gut«, antwortete sie, doch ihre Augen sagten etwas anderes.

»Ist Susan nicht da?«

»Doch, sie ist hinten und sortiert Wolle.«

»Darf ich durchgehen?«

»Klar.«

Laurie machte sich auf ins Hinterzimmer, das als Aufenthaltsraum und Lager fungierte.

»Susan? Ich bin's, Laurie. Wo steckst du denn?«, rief sie.

»Hier hinten, inmitten der Kartons!«, rief Susan zurück, und Laurie musste lachen.

»Was machst du denn da?«

»Ich sortiere Wolle.«

»Das hat Charlotte mir auch schon erzählt. Für mich sieht es aber eher danach aus, als wenn dich riesige Wollhaufen aufgefressen hätten.«

»So fühlt es sich auch an.« Susan lachte ebenfalls.

»Hast du einen Moment Zeit?«

»Wenn ich mich hier befreien kann, sicher. Was hast du auf dem Herzen?«

»Ich? Mir geht es vielmehr um dich. Wollen wir uns nach draußen setzen und reden?«

Susan sah sie entgeistert an. »Hat Barry dir etwa was verraten?«

»Oh. Nein. Wirklich nicht.« Aus Barry hatte sie zumindest keine Einzelheiten herausbekommen können. »Aber ich bin nicht dumm, Süße. Ich sehe doch, dass was los ist. Ich mache mir Sorgen.«

Susan seufzte. »Na gut, gehen wir nach draußen. Ein bisschen frische Luft tut sicher gut. Ist ganz schön staubig hier hinten.«

Sie sagten Charlotte Bescheid, riefen nach Terry, der angetrottet kam, und verließen den Laden. Am Ende der Straße setzten sie sich auf die Bank. Susan starrte auf den Bogen, der bei Orchids Weggang noch nicht da gewesen war.

»Wie die Dinge sich verändern …«, sagte sie.

»Das kannst du laut sagen. Erst gestern hat Maddie mich angelächelt, und mir ist bewusst geworden, wie viele Zähne sie schon hat.«

»Ich habe mir auch Kinder gewünscht«, erwiderte Susan bedrückt. »Ich hatte wirklich geglaubt, ich würde doch noch eine Mutter sein.« Susan hatte vor vielen Jahren eine schlimme Fehlgeburt gehabt und war unfruchtbar geworden, das hatte sie Laurie anvertraut. In diesem Augenblick wurde ihr erst wieder bewusst, wie viel mehr Susan die Beziehung zu Stuart bedeutete als nur schöne Zweisamkeit.

»Das kannst du doch immer noch, Süße. Irgendwann wirst du sicher Mutter sein.«

Susan stieß einen verzweifelten Laut aus. »Wann denn? Ich bin fast vierzig. Und Stuart … Stuart will anscheinend überhaupt kein Vater mehr sein.«

»Sag so was nicht.«

»Es ist leider so, Laurie. Er hat jetzt andere Prioritäten.«

»Wenn du vielleicht mal mit ihm reden würdest? Wenn du …«

»Ich hab's versucht, weißt du …«, unterbrach Susan sie und schüttelte verzweifelt den Kopf. »Ich glaube, es hat einfach keinen Sinn mehr. Ich glaube, es ist aus zwischen Stuart und mir.«

Da Laurie nicht wusste, was sie sagen sollte, blieb ihr nur ein »Das tut mir leid«.

»Danke.«

Susan sah noch immer zu dem Bogen, ihr lief eine Träne übers Gesicht.

Laurie reichte ihr ein Taschentuch. »Kann ich irgendwas für dich tun? Egal was.«

»Ach, weißt du, es kann niemand etwas tun. Stuart hätte etwas tun können, aber … Wie konnte ich nur annehmen, dass das Schicksal es doch noch gut mit mir meint? Wie konnte ich nur so dumm sein?«

»Das war nicht dumm, Susan. Wir alle haben doch unsere Wünsche, Hoffnungen …«

»Ich hätte es aber besser wissen müssen.«

»Ach, Susan.« Alles, was Laurie tun konnte, war, ihre Freundin in den Arm zu nehmen. Susan schmiegte sich an sie und ließ ihren Tränen freien Lauf. Und auch Terry kam herbei und legte seinen Kopf auf Susans Schoß.

»Ich hab dich lieb, Laurie«, sagte Susan irgendwann.

»Ich hab dich auch lieb. Alles wird gut, das verspreche ich dir.«

»Das liegt leider nicht in deiner Macht.«

Ja, das wusste Laurie. Und doch wollte sie nicht glauben, dass es das schon gewesen war zwischen Susan und Stuart. Die beiden gehörten doch zusammen. Sie waren füreinander bestimmt. Stuart hatte Songs für Susan geschrieben, eine größere Liebe hatte sie selten erlebt. Das konnte einfach noch nicht das Ende sein.

Nach Ladenschluss trafen sie sich alle bei Keira in der Chocolaterie. Sie freute sich richtig auf einen Abend voller Keksteig und Schokolade und natürlich auf ganz viel Klatsch und Tratsch.

»Jetzt müsst ihr mir aber unbedingt erzählen, was es alles Neues gibt in und um die Valerie Lane!«, forderte Orchid, während Keira die Zutaten vermengte.

Laurie lachte. »Haben wir das nicht gestern schon getan?«

»Das kann unmöglich schon alles gewesen sein. Ich war immerhin fast dreieinhalb Jahre weg.«

»Du warst letzten Winter hier«, erinnerte sie Ruby.

»Stimmt schon. Aber da war Patrick mit dabei, und da haben mich meine Eltern und Phoebe so unter Beschlag genommen, dass ich kaum Zeit für euch hatte.«

»Hey!«, schimpfte Phoebe, und Orchid legte einen Arm um sie und zog sie an sich.

»Wie geht es Patrick?«, erkundigte sich Keira und gab gleichzeitig Ruby ein Zeichen, dass sie jetzt die Schokoladenplättchen in die Schüssel schütten konnte.

»Dem geht's super. Er freut sich wie irre auf das Baby.«

»Wisst ihr denn schon, was es wird?«

»Leider noch nicht. Immer, wenn ich bei meiner Ärztin

bin und Ultraschall gemacht wird, versteckt es das gewisse Etwas, das uns zeigen könnte, welches Geschlecht es hat.« Orchid wirkte auf einmal ein wenig melancholisch. »Ich hab schon mit Patrick drüber gesprochen. Wenn es ein Mädchen wird, werden wir es Esther nennen.«

Keira fasste sich ans Herz und machte dabei ihren hübschen pinken Pullover ganz mehlig.

»Oh mein Gott, wie schön«, entfuhr es Laurie.

»Das ist wirklich schön, und es hätte Mrs. Witherspoon gefallen«, fand auch Phoebe.

»Ja, das hätte es«, sagte Orchid. Dann wurde sie ernster. »Sagt mal, wo ist eigentlich Charlotte? Sie war gestern schon so komisch, und heute ist sie gar nicht dabei. Glaubt ihr, das liegt an mir? Hat sie was gegen mich?«

»Ach, Quatsch«, beschwichtigte Susan sie gleich, obwohl Keira sich sicher war, dass auch ihr schon Charlottes und vor allem Tobins merkwürdiges Verhalten aufgefallen war. Das war ja gar nicht zu übersehen!

»Bist du sicher? Was denkt ihr anderen darüber?«

»Wenn ich ehrlich sein soll«, begann Phoebe und knabberte auf ihrer Lippe herum, »würde ich sagen, deine Rückkehr hat Tobin irgendwie den Boden unter den Füßen weggezogen.«

Ruby errötete ein wenig, ihre Wangen passten jetzt perfekt zu ihrem dunkelroten Wollkleid. »Mir ist das auch aufgefallen. Habt ihr all das Rosa gesehen?«

Die anderen nickten.

»Welches Rosa? Was meinst du damit?« Orchid sah Ruby fragend an und griff in die Teigschüssel.

»Na, er hat so viele rosa Blumen besorgt. *Sehr viele.*«

»Sein ganzer Laden steht voll mit rosa Blumen«, stimmte Keira zu und nickte, um das Gesagte zu bekräftigen.

»Oje. Ehrlich? Meint ihr, ich sollte mal mit ihm reden?«

»Das solltest du unbedingt«, riet Laurie ihr.

»Na gut, dann werde ich ihn morgen abfangen. Jetzt wollen wir aber erst mal einen schönen Abend verbringen, ja? Der Teig ist übrigens genauso lecker, wie ich ihn in Erinnerung hatte.«

Keira schmunzelte. »Und wenn ich mich recht erinnere, habe ich schon beim letzten Mal, als wir zusammen Kekse gebacken haben, mit dir geschimpft, dass du nicht den ganzen Teig aufessen sollst, weil wir sonst nicht mehr genug für die Kekse übrig haben.«

»Da hat sie recht«, erinnerte sich auch Laurie.

»Lasst mich doch. Ich bin immerhin schwanger.«

»Na gut, ich drücke ein Auge zu.« Keira nahm erneut alle Zutaten – Mehl, Zucker, Milch, Margarine, Backpulver, Vanillin, Salz und Schokoplättchen – hervor und rührte in einer Schüssel neuen Teig an. »So, jetzt kannst du so viel davon naschen, wie du willst.«

Orchid küsste sie auf die Stirn. »Du bist ein richtig großer Schatz.«

»Ich weiß.« Keira kniff ein Auge zu.

»Apropos«, meldete Laurie sich zu Wort. »Habt ihr schon das süße Kätzchen von Agnes gesehen?«

»Nein, wieso? Was hat das denn mit dem Keksteig zu tun?«, wollte Phoebe wissen.

»Na, die Kleine heißt Cookie.«

»Oh, wie niedlich«, fand Ruby.

»Das ist mal ein guter Name«, sagte Keira und hatte

gleich die Vision von Schokokeksen in Katzenform im Kopf. Vielleicht konnte sie irgendwo passende Ausstechförmchen auftreiben. Mit Kätzchen-Cookies würde sie Agnes bestimmt eine Freude machen.

»Ich hab sie heute Morgen gesehen, als ich mit Terry Gassi gegangen bin«, erzählte Susan. »Sie ist wirklich herzallerliebst.«

»Wir werden sie sicher alle bald kennenlernen. Nun erzählt mir aber endlich, was es Neues gibt. Ich bin so gespannt«, sagte Orchid.

»Okay. Hmmm … Weißt du schon, dass Sophie sich endlich von Archie getrennt hat?«, fragte Laurie.

»Nein, das wusste ich noch nicht! Oh, wow, ich kann nicht glauben, dass sie das Schwein endlich verlassen hat.«

So war es Keira auch gegangen. Keine von ihnen hätte nach all den Jahren noch damit gerechnet.

»Der Mistkerl hatte Affären ohne Ende, er hat es nicht anders verdient«, fand Susan.

Keira sah sie besorgt an. Sie fragte sich, ob Stuart sie wohl auch betrogen hatte. Ihr war Susans merkwürdiges Verhalten nicht entgangen. Seit sie zurück war, wirkte sie irgendwie abwesend, so, als wäre sie noch gar nicht wieder richtig in der Valerie Lane angekommen. So, als wäre sie mit ihren Gedanken ganz woanders.

»Und sonst?«, erkundigte sich Orchid.

»Garys neuer Roman ist seit dieser Woche draußen«, erzählte Laurie. »Ich hab ihn mir übrigens schon gekauft, nur zum Lesen bin ich leider noch nicht gekommen.«

»Ich hab ihn tatsächlich schon halb durch«, ließ Keira

die anderen wissen. Sie hatte ihn sich vorbestellt und direkt am Montag, als sie vom Potpourri-Machen nach Hause gekommen war, auf ihrem Nachttisch vorgefunden, wo Thomas ihn hingelegt hatte. Natürlich hatte sie nicht widerstehen können und gleich angefangen zu lesen. »Ich finde ja, er übertrifft den ersten sogar noch. Ich brauche immer wieder Taschentücher, so traurig-schön ist er. Ihr solltet ihn alle unbedingt lesen.«

»Oh, toll«, sage Orchid. »Gary wird noch einer von den ganz Großen, was? Hoffentlich kommt dieser Roman auch wieder auf die Bestsellerliste.«

»Das wäre wirklich schön«, meinte Ruby.

»Was ist mit der Valerie Lane? Ist hier irgendwas Spannendes passiert?«, erkundigte sich Orchid.

Wow, sie hat aber Nachholbedarf, dachte Keira. Wahrscheinlich vermisste Orchid die Valerie Lane ganz schrecklich. Ihr würde es genauso gehen.

»Christine ist weggezogen, und wir haben jetzt eine neue Anwohnerin in unserer Straße«, erzählte Ruby, über deren Laden Marissa wohnte.

»Ooooh! Ist sie nett? Was macht sie so?«

»Sie ist sogar sehr nett. Arbeitet in einem Esoterikladen, in dem Hannah immer einkauft. Die hatte ihr auch von der leeren Wohnung erzählt.«

»Die beiden scheinen sich ziemlich gut zu verstehen, wenn ihr wisst, was ich meine«, sagte Phoebe grinsend.

»Ach, was, ehrlich?«, warf Ruby staunend ein. Sie hatte anscheinend – wie immer – keinen blassen Schimmer gehabt. Sie erfuhr viele Dinge erst, wenn alle anderen sie schon wussten, weil sie meistens ganz in ihrer eigenen

Welt lebte. Keira war das mit Hannah und Marissa natürlich sofort klar gewesen.

»Oh ja, das Gefühl hatte ich auch, als ich die beiden neulich zusammen gesehen habe.« Susan nickte zustimmend. Sie hatte wohl schon so viele ihrer geliebten Soap Operas gesehen, dass sie immer gleich wusste, wenn sich zwischen zwei Menschen etwas anbahnte.

»Na, dann warten wir mal ab, ob die beiden sich demnächst outen. Ich würde es ihnen gönnen, sie passen gut zusammen«, fand Laurie.

Die anderen nickten zustimmend, und Orchid griff schon wieder nach dem Teig.

Keira konnte nur den Kopf schütteln und lachen. Am liebsten hätte sie Orchid nie wieder nach Amerika zurückgehen lassen.

KAPITEL 21

Am Mittwochmorgen konnten alle Follower der Valerie-Lane-Website einen Sonderbericht lesen:

Liebe Freunde,
am Dienstagabend beschloss ich, einen Spaziergang zu machen, denn was könnte es Schöneres geben, als einen Tag damit ausklingen zu lassen durch Oxfords historische Straßen zu schlendern? Gemütlichkeit und Stille, Geschichte und Erlebnisse sind Worte, die mir in den Sinn kommen, wenn ich an diese Straßen denke. Und eine ganz besondere Straße ist sowieso immer ein Erlebnis, egal zu welcher Jahres- oder Tageszeit – unsere allseits beliebte Valerie Lane.
Ich kann mich an kein einziges Mal erinnern, dass ich die Valerie Lane betreten hätte und nicht mit einem Lächeln auf dem Gesicht wieder gegangen wäre, denn dieser Ort strotzt nur so vor Harmonie und Freundlichkeit. Immer trifft man auf wunderbare Menschen, hört interessante Geschichten und erlebt wahre Gaumenfreuden in Laurie's Tea Corner oder Keira's Chocolates. Man entdeckt antike Kostbarkeiten in Ruby's Antiques & Books, darf sich in Emily's Flowers vom Duft zig verschiedener Blumen verführen lassen, und man erhascht auf jeden Fall immer

ein kleines, unbedingt notwendiges Mitbringsel in Phoebe's Gift Shop oder in Susan's Wool Paradise – denn der nächste Winter kommt bestimmt.
Am gestrigen Abend also schlenderte ich meine Lieblingsstraße entlang, den neuen Schal schon um den Hals gebunden, und durfte etwas Einzigartiges erleben: Die Valerie Lane, ja, die gesamte Gegend, duftete nach Plätzchen.
Nun ist es noch ein wenig hin bis Weihnachten, allerdings sollte man Kekse doch das ganze Jahr über backen dürfen, richtig? Und das Backen dieser ganz besonderen Kekse diente einem bestimmten Zweck, denn es handelte sich dabei um Keiras Schoko-Cookies – Mrs. Witherspoons Lieblingskekse. Und nun verrate ich euch ein Geheimnis: Wie ich aus zuverlässiger Quelle erfahren habe, hat die gute, kürzlich verstorbene Mrs. Witherspoon sich etwas Unerwartetes gewünscht, und zwar eine Feier, bei der wir alle gebührend von ihr Abschied nehmen. Doch diese Feier soll keine traurige werden, nein, im Gegenteil. Jeder, der kommt, soll Hellblau tragen, und zu essen geben soll es all ihre Lieblingsgerichte, die die Ladenbesitzerinnen der Valerie Lane in diesen Tagen zubereiten – mit viel Liebe, da bin ich mir sicher.
Ich bin gespannt, was uns neben Keira's Schokokeksen noch alles erwartet. Bis dahin werde ich aber den süßlichen Duft in der Nase haben. Falls ihr die Valerie Lane am Mittwoch besucht, schnuppert mal ganz bewusst, ich bin mir sicher, ihr könnt ihn auch noch riechen.
Und wenn ihr es ganz genau wissen und ebenfalls von unserer lieben Freundin Esther Witherspoon Abschied

nehmen wollt, dann erscheint am Freitag ab 14:00 Uhr in der Valerie Lane. Die hellblaue Kleidung und das Lächeln im Gesicht nicht vergessen! Ich freue mich auf euch, und ich bin mir sicher, Mrs. Witherspoon ebenso.
Eure Mary-Lou

Stuart saß in seinem Tourbus und hatte vor sich den Laptop stehen. Er hatte die Seite der Valerie Lane aufgerufen in der Hoffnung, etwa Neues von Susan zu erfahren. In dem Bericht über die verstorbene Mrs. Witherspoon war sie zu Wort gekommen, wie all ihre Freunde. Er wusste, dass ihre Worte nicht einmal ansatzweise ausdrückten, wie bekümmert sie war. Sie hatte die alte Dame sehr gerngehabt, das war ihm wohl bewusst. Da sie selbst außer Michael überhaupt keine Verwandten mehr hatte, hatte sie sich eine Ersatzfamilie gesucht. Laurie, Keira und die anderen Ladenbesitzerinnen waren wie Schwestern für sie, und Mrs. Witherspoon war wie eine Grandma gewesen.

Natürlich bekam er beim Lesen dieses neuen Berichts Lust auf Schokokekse, weshalb er sich auf die Suche nach welchen machte. Er öffnete sämtliche Türen und durchforstete die Schränke und Regale. Alles, was er fand, war eine Packung Cracker mit Cheddar-Geschmack. Nicht so gut wie Kekse, aber besser als gar nichts.

Wie gern hätte er jetzt tatsächlich einen von Keiras weltberühmten Schoko-Cookies gegessen. Für einen Moment wünschte er sich sogar in die Valerie Lane, und das nicht nur wegen der Kekse. Er vermisste Susan. Da war ganz schön viel schiefgelaufen zwischen ihnen, das war ihm bewusst. Nur fragte er sich, ob sie recht hatte und wirklich alles seine Schuld war. Hatte er sich so verändert?

Eigentlich war er doch immer noch der bodenständige Kerl von damals, oder? Im Gegensatz zu seinen Bandmitgliedern und besten Kumpels, Gunnar und Avery, die ihr Geld schneller ausgaben, als sie es verdienten, und die ständig irgendwelche heißen Mädels mit in den Bus oder in ihre Hotelzimmer brachten, war er doch ganz harmlos. Was tat er denn schon? Ein bisschen flirten. Susan musste doch verstehen, dass es ohne einfach nicht ging. Er brauchte seine weiblichen Fans. Nicht umsonst mussten die Mitglieder der Boygroups in den Neunzigern Verträge unterzeichnen, in denen sie angewiesen wurden, jede Art von persönlichen festen Beziehungen geheim zu halten. Welche Frau wollte schon einem Star nachreisen, seine Alben kaufen und ihm zujubeln, wenn sein Herz längst einer anderen gehörte?

Und das tat er. Stuart liebte Susan. Das hatte er von Anfang an getan. Schon als er sie damals zum ersten Mal in ihrem Laden gesehen hatte – er hatte zusammen mit Jason und Vanessa Charlotte an ihrem neuen Arbeitsplatz besuchen wollen –, war es um ihn geschehen. Es war Weihnachtszeit, und Susan strahlte vor Glück, als sie ein altes Weihnachtslied von Hanson sang, dieser Kleinjungengruppe aus den USA, die in den Neunzigerjahren beschlossen hatte, dass die Welt unbedingt ein Weihnachtsalbum von ihnen brauchte. Er musste gestehen, dass er das Album damals selbst besessen hatte. Ja, er hatte sogar ein bisschen so sein wollen wie Taylor, Zac und Isaac, richtig cool hatte er sie damals gefunden. Heute war er da anderer

Meinung, zum Coolsein gehörte doch weitaus mehr. Das, was er und die Twentyniners hatten, das war cool, das war ein wahr gewordener Traum. Allerdings waren die Hanson-Brüder wenigstens echt, und er wusste nicht genau, ob seine eigene Band es auch noch war.

Er grübelte vor sich hin, aß die ganze Packung Cracker auf und trank ein alkoholfreies Bier. Am Abend würden sie ein Konzert geben, und Stuart hatte sich von Anfang an geschworen, immer nüchtern auf die Bühne zu gehen, um seine Fans nur ja nicht zu enttäuschen.

Das Handy klingelte. Und das Display zeigte Laurie an. Oh Mann …

Er ging ran, jedoch ohne etwas zu sagen.

»Stuart?«

»Ja, ich bin dran. Willst du mir jetzt auch so eine Predigt halten wie dein Mann vor ein paar Tagen?«, erkundigte er sich.

»Oh. Ich wusste nicht, dass er das getan hat. Eigentlich rufe ich nur an, um mich zu erkundigen, ob du am Freitag mit zur Beerdigung kommen wirst. Ich plane gerade die Fahrt dorthin und wie viele Autos wir brauchen.«

Er seufzte. Wenn er das nur wüsste.

»Stuart? Bist du noch dran? Ist die Verbindung schlecht? Hörst du mich?«

»Ich höre dich. Ich bin mir aber nicht sicher, was du mir eigentlich sagen willst. Du rufst doch nicht wirklich an, um zu fragen, ob ich bei irgendwem mitfahren will, oder?«

»Du hast mich ertappt. Okay, eigentlich rufe ich an, um dich wissen zu lassen, dass Susan … dass sie dich braucht.«

»Tut sie das wirklich? Wie mir bei ihrem Weggang schien, hat sie keine große Lust mehr auf mich.«

»Was erzählst du denn da? Natürlich braucht sie dich. Mehr denn je.«

»Weil sie nicht allein zur Beerdigung gehen will?«

»Susan ist nicht allein. Sie hat uns. Nein, ich meine eher, sie braucht *dich*. Verstehst du? Den Freund, der sie aus ihrer Depression herausgeholt hat. Den, der ihr versprochen hat, dass sie doch noch Mutter werden würde …«

Oh Shit! Er hatte vergessen, dass Laurie ja als Einzige in der Valerie Lane von Susans Fehlgeburt und ihrer Unfruchtbarkeit wusste. Und verdammt, sie erinnerte ihn gerade an noch etwas, nämlich daran, dass er Susan ein Versprechen gegeben hatte. Dass auch er sich eine Familie gewünscht hatte … es doch eigentlich immer noch tat. Wie konnte ihm das alles nur so abhandengekommen sein?

»Sie braucht ihre große Liebe, mit der sie zusammen alt werden wollte«, fuhr Laurie fort.

Stuart konnte nichts erwidern. Weil Laurie recht hatte. Er war ein egoistisches Arschloch geworden und hatte Susan total im Stich gelassen. Sie hatte ihre Freunde, ihren Laden und sogar Terry für Wochen aufgegeben, nur um ihn zu begleiten. Um für ihn da zu sein. Wann war er das letzte Mal für Susan da gewesen? Wirklich?

»Ich leg jetzt auf, Stuart, okay? Ich glaube, du solltest über einiges nachdenken. Ich weiß, du liebst das Leben auf Tour, und wahrscheinlich kannst du dir nicht einfach freinehmen. Ich möchte dich aber noch um eine Sache bitten. Erinnere dich an Susans Geburtstagsfeier vor dreieinhalb Jahren. Ruf dir ihr Gesicht in Erinnerung, als du ihr vor allen Leuten deinen nur für sie geschriebenen Song vorgesungen hast, die Tränen in ihren Augen vor lauter Rührung. Und jetzt überleg mal: Ist dir dieser Anblick nicht viel mehr wert als all deine kreischenden Groupies, die dich in fünf Jahren schon wieder vergessen haben? Wo aber könntest du mit Susan in fünf Jahren sein?«

Er musste nicht lange überlegen.

»Warte, Laurie! Kannst du … kannst du mir helfen?«

Er sah Lauries Lächeln förmlich vor sich. »Aber natürlich«, antwortete sie.

Er nickte. Das war gut. Er war sich nämlich nicht sicher, ob er das allein wieder hinbiegen konnte.

KAPITEL 22

»Wem darf ich Tee einschenken?«, fragte Laurie und lächelte glücklich in die Runde.

Sie alle hatten sich wie jeden Mittwochabend in der Tea Corner versammelt, um Tee zu trinken, leckere selbst gemachte Pralinen von Keira zu essen und den neuesten Klatsch und Tratsch auszutauschen. Es war das erste Mal seit Langem, dass Orchid wieder dabei war, und es war das erste Mal, seit Mrs. Witherspoon die Valerie Lane für immer verlassen hatte.

Charlotte fühlte sich seltsam mit Orchid im selben Raum, dennoch hatte sie es sich nicht nehmen lassen, heute zu kommen. Die Mittwochstreffen bedeuteten ihr einfach zu viel, um auch nur eines davon versäumen zu wollen. Tobin hatte vorgeschlagen, für die Kinder zu kochen und die Nacht bei ihnen zu verbringen, sie hatte also den ganzen Abend für sich und konnte später sogar noch mit zu Laurie gehen, um mit den anderen zu kochen, wenn sie wollte. So richtig entspannen konnte sie allerdings nicht, denn immer wieder fragte sie sich, warum Tobin wohl diesen Vorschlag gemacht hatte. Weil er sonst selbst hätte dabei sein müssen?

Alle wollten Tee, und Laurie füllte ein, reichte Zucker, Agavensirup und Süßstoff herum und hörte gespannt zu, wie Orchid Barbara erzählte, was sie in den letzten dreieinhalb Jahren in Kalifornien gemacht hatte. Nun, zumindest hätte Barbara gern jede Einzelheit gewusst, dazu würden sie aber sicher eine ganze Woche lang hier sitzen.

»Erzähl doch mal! Ich kenne Venice Beach ja nur aus dem Fernsehen. Laufen die heißen Kerle da wirklich alle oben ohne herum und machen Fitnessübungen auf öffentlichen Plätzen?« Barbara sah so aus, als liefe ihr das Wasser schon beim Gedanken daran im Mund zusammen.

»Ganz so ist es nicht, aber man bekommt schon viel zu sehen in Venice.«

»Ja? Was denn zum Beispiel?«

»Männer mit Schlangen um den Hals, Feuerschlucker, Pantomimen, supertalentierte Musiker ... Einmal bin ich stehen geblieben und habe einer Bohemian-Rockband zugehört und hätte das noch den ganzen Tag tun können, so gut hat mir ihre Musik gefallen. Ich habe mir dann auch gleich die CD gekauft und mich mit ihnen unterhalten, als sie eine Pause einlegten. Und ratet mal! Die Gruppe namens DenManTau kam aus Deutschland! Was ich nie gedacht hätte, da sie dieses amerikanische Feeling total ausstrahlten. Tja, in Venice stößt man halt immer wieder auf Überraschungen. Da ist jeder Tag ein kleines Abenteuer.«

Charlotte entging nicht Susans trauriger Blick, als Orchid die Musiker erwähnte. Sie betrachtete ihre Freundin genauer.

»Sag mal, Susan, wo wir gerade von Musikern sprechen. Wird Stuart es zur Beerdigung am Freitag schaffen? Er könnte doch etwas auf der Gitarre spielen. *Amazing Grace* oder so«, schlug sie vor.

Susan sah, wenn möglich, nun noch trauriger aus, und Charlotte tat es sofort leid, überhaupt etwas gesagt zu haben.

»Ich glaube nicht, dass er es schaffen wird.«

»Oh, wie schade. Na, er ist jetzt ein Star, er hat sicher einen vollen Terminplan.«

»Ja. Nun erzähl aber weiter, Orchid«, sagte Susan, als wollte sie schnell vom Thema ablenken. »Beschreib uns doch mal dein Haus.«

»Ich habe euch doch Fotos gemailt.«

»Schon, ja. Aber darauf konnte man zum Beispiel nicht sehen, wie weit es vom Strand entfernt liegt.«

»Es sind keine hundert Meter. Wenn ich aufs Dach klettere, kann ich den Strand sogar sehen.«

»Warum solltest du aufs Dach klettern?«, fragte Keira lachend.

»Manchmal hab ich Lust dazu.«

»Ich hoffe, das tust du in deinem jetzigen Zustand nicht mehr?« Laurie sah sie streng an.

»Nein, nein, keine Sorge. Patrick hält mich von solchen Dingen ab.«

»Guter Mann.«

»Und wie geht es deinem Hund?«, erkundigte sich Ruby.

»Oh ja, genau, was macht Buster?«, wollte auch Susan wissen.

»Dem geht's super. Er ist ein richtiger Kuschelhund. Das Baby wird ihn lieben.«

Charlotte lächelte leicht und trank einen Schluck Tee. Sie musste an Vanessa denken, die noch immer todtraurig war, dass Terry nicht hatte bei ihnen bleiben können. Sie dachte ernsthaft über einen eigenen Hund nach. Mal sehen, was Tobin davon halten würde … Andererseits hatten sie gerade wohl Wichtigeres zu besprechen als die Anschaffung eines Hundes. Sie wollte noch ein paar Tage abwarten, wollte sichergehen, dass sie sich das alles nicht nur einbildete, aber wenn sich ihre Vermutung bestätigen sollte, dass Tobin noch immer Gefühle für Orchid hegte, dann wäre es für sie aus und vorbei. Es war genug, dass sie einmal jahrelang in einer unglücklichen Beziehung festgesteckt hatte.

»Sag, Charlotte, wo ist denn Tobin heute Abend?«, erkundigte sich Laurie, als könnte sie ihre Gedanken lesen.

»Der muss Inventur machen«, erzählte sie.

»Inventur?« Orchid lachte. »Zählt er jede Blume einzeln, oder wie?«

»Nein, es geht eher um die Blumentöpfe, die Deko-Schmetterlinge, die Rollen mit Papier und Klarsichtfolie und das Geschenkband«, klärte Barbara sie auf. »Einmal im Monat muss er nachsehen, was noch da ist, und eine neue Bestellung aufgeben.«

»Und das muss er unbedingt heute machen?«, fragte Laurie skeptisch.

»Ja, das muss er wohl«, verteidigte Charlotte ihn. »Das dauert aber gar nicht so lange. Den restlichen Abend will er mit Vanessa und Jason verbringen. Er will Waffeln für sie machen.«

»Zum Abendessen?«

»Ja, das hat er ihnen versprochen.« Weil er die letzten Morgen nicht anwesend gewesen war und sie sich schon beklagten. Das erwähnte sie ihren Freundinnen gegenüber natürlich nicht. »Vanessa und Jason lieben seine Waffeln. Er hat die coolsten Kreationen auf Lager, auch deftige.«

»Hört sich gut an«, sagte Keira.

»Hm, trotzdem. Die Inventur kann er doch auch morgen oder so machen und wenigstens noch ein Stündchen vorbeikommen«, fand Laurie.

»Ich geh mal schnell rüber und versuch ihn zu überreden«, beschloss Susan und erhob sich.

Charlotte sah sie die Tea Corner verlassen und schnurstracks über die Straße und zu Tobin in den Blumenladen marschieren. Sie glaubte nicht, dass Susan bei ihrer Rückkehr Tobin an ihrer Seite haben würde, aber sie wollte es sie wenigstens versuchen lassen.

»Susan. Was machst du denn hier? Seid ihr nicht drüben am Tratschen?«, fragte Tobin und grinste.

»Ohne dich macht es nur halb so viel Spaß«, ließ Susan ihn wissen.

»Komm mal her.« Tobin nahm sie fest in die Arme. »Schön, dass du wieder da bist.«

»Ja, das finde ich auch. Ich hab die Valerie Lane schrecklich vermisst.«

»Und jetzt vermisst du Stuart sicher ganz schrecklich, was?«

»Kein Kommentar«, sagte sie kleinlaut.

»Oh. Sorry, hab ich da einen wunden Punkt getroffen?«

Susan ging nicht darauf ein. »Eigentlich bin ich nur hier, um dich zu überreden, mit rüberzukommen.«

»Das möchte ich lieber nicht.«

»Und warum nicht?«

»Kein Kommentar«, wiederholte er Susans Worte.

»Alles klar. Dann sind wir uns ja einig.« Sie lächelte traurig. »Wir wollen nachher noch die Stargazy Pies für Freitag zubereiten. Ich hätte dich ja dazu eingeladen, aber ich habe gehört, du musst Waffeln für Vanessa und Jason machen?«

»Ja, leider. Obwohl ich wirklich gern dabei gewesen wäre.« Er zog eine Grimasse.

»Du bist so ein schlechter Lügner.« Susan gab Tobin einen kleinen Stups. »Und du willst wirklich nicht mit rüber in die Tea Corner kommen? Nur für ein halbes Stündchen?«, wagte sie einen letzten Versuch.

Tobin sah plötzlich ziemlich verzweifelt aus. »Ich kann einfach nicht. Ich hoffe, du verstehst das.«

»Das tue ich, Tobin. Ich weiß ja, was du für sie empfunden hast. Aber es ist eine Ewigkeit her, und du bist jetzt mit der bezauberndsten Frau zusammen, die man sich nur vorstellen kann. Und diese Frau sieht ehrlich gesagt gar nicht glücklich und sogar ziemlich besorgt aus. Komm mit mir mit, tu es Charlotte zuliebe.«

»Ich kann einfach in keinem Raum sein, in dem sich Charlotte und Orchid zusammen aufhalten. Ich weiß, das ist total bescheuert, aber ich will einfach nicht, dass Charlotte mir was ansieht. Du sagst ja selbst, sie ist schon besorgt. Ich will es nicht noch schlimmer machen.« Susan verstand Tobin nur zu gut. Sie verstand, dass er die Vergangenheit, dass er Orchid nicht loslassen konnte. Sie selbst hatte die Vergangenheit viel zu lange Besitz von sich ergreifen lassen. Aber gerade deshalb wollte sie nicht, dass Tobin ihre Fehler wiederholte.

»Irgendwann ist es Zeit, nach vorne zu blicken und die Vergangenheit hinter sich zu lassen, Tobin«, sagte sie deshalb behutsam.

»Ich weiß«, war alles, was Tobin antwortete.

»Gut.« Sie tätschelte seine Schulter. »Ich geh dann mal wieder rüber. Wir sehen uns morgen?«

»Wollen wir zusammen Mittag essen?«, fragte er. »Wie in alten Zeiten?«

»Sehr gerne.«

Susan trat wieder auf die Straße und winkte ihm noch einmal durchs Fenster zu. Dann war sie zurück bei ihren Freundinnen. Keira durchlöcherte Orchid gerade zum Thema Schokolade in den USA.

»Die meiste Schokolade hat dort eine ganz andere Konsistenz. Ich hab dir doch mal Hershey Kisses geschickt. Die waren nicht so cremig wie unsere Schokolade, oder?«

»Stimmt«, sagte Keira. »Trotzdem waren sie lecker.«

»Ich glaube, du findest jede Schokolade auf der Welt lecker, oder?«, neckte Laurie sie.

»Nein, ganz bestimmt nicht. Ich habe mal eine Reportage gesehen, wo sie Käfer und Raupen und so was in die Schokoladentafeln gegeben haben. Das war widerlich.«

Ruby verzog das Gesicht. »Kann ich mir vorstellen.«

Orchid erzählte noch ein bisschen was aus Venice, L. A., und ihrem Job als Reiseleiterin, und dann verabschiedeten sich Charlotte, die nun doch zu ihren Kindern nach Hause wollte, und Barbara, die vorhatte, noch nach Agnes und ihrem neuen Kätzchen zu sehen.

»Also, Mädels, machen wir uns auf zu mir und backen wir Stargazy Pies?«, fragte Laurie, die von allen die größte Küche hatte.

»Seid ihr sicher, dass wir gleich mehrere backen sollen?«, fragte Keira.

»Ich glaube ja nicht, dass überhaupt jemand diese widerliche Pastete probieren möchte«, kam es natürlich gleich von Orchid.

»Doch, doch, das machen wir. Für Mrs. Witherspoon«, sagte Laurie bestimmt. »Und vielleicht sind sie ja voll der Renner, wer weiß?«

Susan konnte es sich nicht vorstellen. Sie sah auf die Uhr. Es war halb acht. »Wie lange werden wir brauchen? Bin ich um zehn zurück? Sonst gehe ich lieber jetzt mit Terry Gassi.« Sie hatte ihren Vierbeiner heute zu Hause gelassen.

»Ich denke, gegen spätestens halb elf solltest du zurück sein«, versprach Laurie.

»Dann ist gut. Also, Mädels, auf zu Laurie!«

Sie alle traten hinaus auf die Valerie Lane und fuhren dann gemeinsam in Lauries und Phoebes Autos zu Laurie. Susan fuhr bei Laurie mit, die, zu Hause angekommen, gleich alle Zutaten hervorholte. Sie machten sich daran, die Fische zu waschen, den Teig anzurühren, die Füllung herzustellen, Formen einzufetten und zuletzt die Pies, aus denen die Schwänze der Sardinen in die Luft guckten, in den Ofen zu schieben. Und das waren keine kleinen Sardinen, wie man sie aus der Dose kannte, sondern die größten, die Barry hatte auftreiben können, wie er stolz erzählte. Er war nämlich so nett gewesen, sie zu besorgen.

Auch hatte er sich an diesem Abend um die Mädchen gekümmert, sie inzwischen ins Bett gebracht und seine Hilfe in der Küche angeboten. Susan entging nicht, wie er sie immer mal wieder mitleidig ansah. Sie fragte sich, ob er wohl inzwischen mit Stuart geredet hatte.

»Hat eigentlich irgendwer von Humphrey gehört?«, fragte Laurie, während sie einen Blick in den Ofen warf.

»Ich habe heute Morgen mit ihm telefoniert«, erzählte Susan. »Er schlägt sich tapfer.«

»Armer Humphrey. Freitag wird sicher richtig schwer für ihn, da müssen wir alle ganz besonders für ihn da sein«, meinte Keira.

»Das werden wir!«, verkündete Orchid. »Er wird sich keine Sekunde allein fühlen.«

Susan lächelte Orchid an. Ganz genau, dafür würden sie sorgen.

»Das riecht ja schon sehr lecker«, sagte Ruby irgendwann.

»Meinst du? Ich muss die ganze Zeit an die Fischschwänze denken. Sorry, aber ich kann da nichts Leckeres dran finden«, meinte Orchid.

»Und ich muss gerade daran denken, wie du an Mrs. Witherspoons Geburtstag im Restaurant dein Stück von der Pie in deiner Handtasche hast verschwinden lassen.« Laurie lachte laut los.

Phoebe machte große Augen. »Da hast du mir so oft von diesem Restaurantbesuch erzählt, aber das hast du immer weggelassen, Orchid! Was machst du denn für Sachen? Ich hoffe, das hat keiner mitbekommen?«

»Oh doch!«, lachte Susan. »Und zwar Mrs. Witherspoon höchstpersönlich! Am Ende des Abends ist sie aufgestanden, hat uns allen für den wundervollen Geburtstag und die Geschenke gedankt und gefragt, ob aus Orchids Handtasche ein Fisch rausguckt.«

Phoebe schlug sich vor Lachen aufs Bein, und auch Barry lachte so sehr, dass er sich den Bauch halten musste.

»Du bist echt unmöglich«, schimpfte Phoebe mit ihrer kleinen Schwester.

»Ach, wieso denn? Es war ein unvergesslicher Abend, an den wir uns immer erinnern werden.«

»Ja, das werden wir«, war sich auch Keira sicher.

»Sie fehlt mir sehr«, sagte Ruby traurig.

»Sie fehlt uns allen«, stimmte Laurie mit ebenso trauriger Stimme zu. »Wollen wir nicht jeder ein Stück Stargazy Pie essen? Mrs. Witherspoon zuliebe?«

Alle gaben lautstark ihrem Missfallen Ausdruck.

»Also, das ginge dann doch etwas zu weit«, fand Orchid und strich sich über den Bauch. »Ich will mein Baby ja nicht vergiften.«

»Ich kann noch immer nicht glauben, dass du schwanger bist«, sagte Laurie fasziniert. »Wo du doch immer gesagt hast, du willst überhaupt keine Kinder.«

»Tja, wenn man den Richtigen findet und mit ihm eine gemeinsame Zukunft plant, ändern sich die Ansichten.«

Susan fühlte, wie tausend Tränen in ihr aufstiegen. Sie murmelte eine Entschuldigung und lief zur Toilette, wo sie sich einschloss, auf den Badewannenrand setzte und weinte. Die Szene war ihr allzu bekannt. Schon als Laurie zum ersten Mal schwanger gewesen war, hatte Susan das ganze Babygerede so mitgenommen, dass sie sich hatte zurückziehen müssen, um ihren Tränen freien Lauf zu lassen. Seitdem hatte sich vieles verändert, vor allem hatte sie geglaubt, nun doch noch ein Baby zu bekommen, irgendwie, irgendwann, durch Adoption oder durch ein Wunder. Und nun war auch dieser Traum dabei zu zerplatzen.

Sie riss sich zusammen, trocknete ihre Tränen und öffnete die Tür. Barry stand davor und schloss sie in eine sanfte Umarmung. Und Susan war einfach nur froh, so gute Freunde zu haben.

KAPITEL 23

»Und morgen schaust du wieder vorbei, ja?«, fragte Lisa Hurley ihre Tochter beim Abschied, bevor sie sie noch einmal fest drückte und ihr einen Schmatzer auf die Wange gab.

»Ja, Mum, das hab ich doch schon versprochen.«

»Du hast mir halt so gefehlt, ich würde dich am liebsten jede Sekunde bei mir haben.« Ja, vor allem, weil ihre Mutter im siebten Himmel war, da sie wieder Grandma werden würde, das war Orchid klar. Nicht selten erinnerte sie Phoebe daran, dass diese ihr schon vor Jahren ein zweites Baby versprochen hatte. Natürlich ahnte sie nichts von Phoebes und Lance' finanziellen Problemen und dass die der eigentliche Grund dafür waren, dass Phoebe eine zweite Schwangerschaft hinauszögerte. Orchid verstand gut, weshalb Phoebe sich davor hütete, ihren Eltern die Wahrheit zu sagen. Denn es war klar, dass vor allem ihre Mutter das Thema bei jedem ihrer Besuche ansprechen und von kaum etwas anderem mehr reden würde. Sie würde Phoebe gut gemeinte Ratschläge geben und ihr womöglich noch anbieten, ihnen mit einem Darlehen aus der Patsche zu helfen. All das wollte Lance aber nicht, hatte Phoebe ihr erzählt. Es war schlimm genug für ihn, dass er seine Familie nicht so versorgen konnte, wie er es gern wollte.

»Ich weiß, Mum. Ihr habt mir auch gefehlt«, sagte Orchid. »Und sobald die Trauerfeier für Mrs. Witherspoon vorüber ist, werde ich auch mehr Zeit für euch haben, ja? Ich habe den anderen Mädels aber versprochen, bei den Vorbereitungen zu helfen, Mrs. Witherspoon hat es sich so gewünscht.«

»Dass ihr alle zusammen den Löffel haltet beim Anrühren des Teiges?«, fragte ihre Mutter ein wenig gehässig.

Orchid schüttelte schmunzelnd den Kopf. Sie verstand sie ja. »Nein, dass wir alle beisammen sind und uns an gute alte Zeiten erinnern.«

»Jetzt tust du so, als ob ihr schon neunzig wärt.«

»Mum. Bitte. Mach es mir doch nicht so schwer.«

»Gut, gut. Aber du musst mir versprechen, dass du dir den Samstag ganz für mich freinimmst und wir dann was Schönes zusammen unternehmen, ja?«

»Das machen wir. Und den Sonntag. Da hat auch Phoebe ihren freien Tag, und wir können was zu dritt unternehmen. Einen Frauentag wie früher. Vielleicht ein bisschen Wellness, das würde mir guttun. Oh, warte! Lauries Vater besitzt doch einige Wellness-Oasen. Vielleicht bekommen wir da Rabatte. Ich hab das früher schon mal mit den Mädels gemacht, die bieten da eine unglaubliche Aromatherapie-Massage an und superleckere, gesunde Smoothies.«

»Das hört sich wunderbar an.«

»Ich erkundige mich bei Laurie und ruf dich heute Abend an, okay?«

Lisa nickte und ließ Orchid widerwillig gehen.

Orchid atmete aus. Puh, das war anstrengend. Ja, sie

war lange weg gewesen, aber sie konnte sich ja nicht zweiteilen. Und heute hatte sie eben ihren Freundinnen zugesagt, wieder zu helfen. Morgen war schon die Beerdigung, und sie hatten bisher erst die Schokokekse und die gruseligen Stargazy Pies fertig. Heute würden sie sich ranhalten müssen, um die übrigen Gerichte zuzubereiten. Alles, was Mrs. Witherspoon sich gewünscht hatte.

Mrs. Witherspoon hatte zwar in ihrem Brief keine von Orchids Spezialitäten erwähnt, aber das lag wahrscheinlich daran, dass sie nicht geglaubt hatte, dass Orchid extra anreisen würde. Wie hätte sie es nicht gekonnt?

Orchid hatte also beschlossen, trotzdem etwas beizusteuern, und zwar ihre beliebten Zitronen-Cupcakes. Die hatte Mrs. Witherspoon ebenfalls sehr gemocht, als Orchid sie einmal an einem Mittwochabend anlässlich ihres Geburtstags mitgebracht hatte. Und wenn sie heute keine Zeit mehr dafür fänden, würde sie sie halt morgen früh noch backen.

Bevor sie zu Phoebe fuhr, wo sie sich heute alle treffen wollten, um den Selleriesalat, den Nudelsalat, die Blätterteigtaschen und die Gemüsefrikadellen zuzubereiten, machte sie einen Abstecher in die Valerie Lane. Sie musste dringend etwas erledigen.

Orchid entdeckte Tobin, der in seiner Ladentür stand. Als er sie sah, verschwand er schnell in seinem Geschäft.

Sie folgte ihm, betrat den Blumenladen und vergewisserte sich, dass kein Kunde da war. Dann drehte sie das Schild um, das in der Tür hing und nun statt »Geöffnet« »Geschlossen« anzeigte.

»Orchid«, war alles, was Tobin sagte.

»Wir müssen reden.«

»Okay …«

Sie sah ihrem Exfreund in die Augen. »Wie geht es dir, Tobin?«

»Das weiß ich nicht so genau. Wie geht es dir denn?«

»Mir geht es bestens.«

»Bist du glücklich?«

»Sehr sogar. Bist du es auch?« Fragend sah sie ihn an.

Und dann platzte es aus ihm heraus. »Ich kann nicht aufhören, an dich zu denken, Orchid.«

»Das liegt nur daran, dass ich hier bin. Das weckt alte Erinnerungen. Nächste Woche fliege ich wieder, und dann ist alles so, als wäre nie was gewesen«, versicherte sie ihm.

Doch Tobin schüttelte den Kopf. »Nein, es liegt nicht daran, dass du zurück bist. Ich muss *immer* an dich denken, ich kann dich einfach nicht vergessen.«

»Oh, Tobin … Du bist doch jetzt mit Charlotte zusammen, oder?«

»Ja. Trotzdem kann ich an meinen Gefühlen nichts ändern.«

»So ging es mir auch mal, erinnerst du dich? Ich stand zwischen zwei Männern, mitten im Chaos meiner Gefühle.«

»Ja, ich erinnere mich gut.« Schließlich war er einer dieser beiden gewesen.

»Und wofür habe ich mich damals entschieden?«, fragte sie.

»Für den anderen.« Tobin wirkte immer noch sehr traurig darüber. Er senkte den Blick.

»Ich habe mich für das entschieden, was richtig für mich war«, sagte sie. »Für das, was real war. Verstehst du denn nicht? Manchmal jagen wir einer Fantasie nach, einem Traum, der niemals in Erfüllung gehen kann. Dabei übersehen wir das, was wir bereits haben: das Gute in unserem Leben. Die Stabilität. Das wahre Glück. Die Realität.«

Tobin lächelte traurig. »Du bist wirklich erwachsen geworden.«

»Manchmal bin ich selbst erschrocken darüber.« Sie grinste.

»Wie weit bist du?«, fragte er und deutete auf ihren Bauch.

»Im fünften Monat.«

»Ich gratuliere.«

»Danke.« Sie sah ihm nun direkt in die Augen. »Tobin … Bitte hör auf, alten Zeiten nachzutrauern«, bat sie ihn inständig, denn für sie war es auch nicht leicht zu wissen, dass er sie noch immer liebte oder zumindest glaubte, dies zu tun. Außerdem tat Charlotte ihr leid, das hatte sie nicht verdient.

»Ich versuch's ja. Und doch fühlt es sich einfach gut an, daran zurückzudenken. Es fühlt sich so richtig an, du und ich …«

Orchid fasste einen Entschluss. Ohne Vorwarnung lehnte sie sich vor und küsste Tobin, küsste ihn so, wie sie es damals getan hatte, als sie ihn ebenfalls geliebt hatte.

Tobin starrte sie verdutzt an.

»Hat sich das jetzt wirklich richtig angefühlt?«, fragte sie.

Tobin sagte gar nichts. Er war noch immer sprachlos und schien verwirrt.

»Du bedeutest mir so viel, Tobin, und du wirst immer einen besonderen Platz in meinem Herzen einnehmen. Aber mehr als Freundschaft kann ich dir nicht geben. Ich hoffe, du erkennst endlich, was du wirklich hast, und ich hoffe, du kannst es als dein Schicksal annehmen.«

Mit diesen Worten verließ sie Emily's Flowers und die Valerie Lane. Ganz die Wahrheit hatte sie Tobin nicht gesagt, denn sie empfand ebenfalls ein bisschen mehr als nur Freundschaft für ihn. Das musste er aber nicht wissen, und auch nicht, dass der Kuss ihr Schmetterlinge im Bauch bereitet hatte. Genau wie damals …

KAPITEL 24

»Was kann ich tun?«, fragte Ruby und wischte sich die Hände am Geschirrhandtuch ab. Sie hatte gerade die Gemüsefrikadellen fertig gebraten und sie zum Abkühlen auf einen großen Teller gegeben. Die ganze Küche duftete köstlich danach, und am liebsten hätte Laurie jetzt schon davon probiert, doch sie musste sich genauso wie die anderen zusammenreißen, denn sonst würde für morgen nicht genug übrig sein. Es reichte, dass Orchid schon die ganze Zeit von allem naschte, natürlich mochte bei ihr aber keiner schimpfen. Immerhin wusste fast jede von ihnen, welch enormen Appetit man verspüren konnte, wenn man schwanger war.

Laurie sah immer wieder zu Susan hinüber, die mit der Füllung für ihre Blätterteigtaschen beschäftigt war. Susan, die Arme, sie kannte Schwangerschaftsgelüste wohl ebenfalls. Wie sehr hoffte Laurie, dass ihre Freundin endlich auch in den Genuss von schlaflosen Nächten, vollgesabberten Pullovern, von Karottenbrei im Haar und vollen Windeln kommen würde. Wie sehr hoffte sie, dass Stuart nun wirklich aufgewacht war und sein Versprechen an Susan doch noch halten würde. Es sah zwar alles danach aus, nach dem zu urteilen, was er ihr gestern gesagt hatte, aber mit den Männern war das leider so eine Sache … Barry hatte ihr schon vor Wochen versprochen, den kaputten Mülleimerschwingdeckel zu reparieren, und es bis jetzt noch nicht getan. Laurie hätte am liebsten längst einen komplett neuen Mülleimer gekauft, das hatte sie zumindest bis vor wenigen Sekunden noch gedacht. Bei Susans Anblick nun aber fand sie, dass es manchmal doch auch schön und richtig war, die Dinge zu flicken. Sie hoffte so, dass die Beziehung zwischen ihr und Stuart noch zu flicken war.

Sie schüttelte den Kopf über sich selbst. Einen Mülleimerdeckel konnte man doch wohl kaum mit einer Beziehung vergleichen.

»Du kannst die Zwiebeln für die Spinatfüllung schneiden«, schlug Susan nun Ruby vor.

»Oh, danke. Die beste Aufgabe von allen.« Ruby zog eine Grimasse.

»Du hast gefragt.« Susan grinste sie an.

»Na gut, dann her mit den Zwiebeln. Laurie, hast du zufällig eine Taucherbrille da?«, wandte sie sich an sie.

Laurie musste lachen. »Nein, sorry, nicht, dass ich wüsste. Ich atme immer durch den Mund beim Zwiebelschneiden. Probier das mal aus, das hilft.«

Ruby versuchte es und musste doch weinen ohne Ende. Die Tränen wollten gar nicht versiegen, und die anderen hatten schon Sorge, dass sie sich noch in den Finger schnitt, weil sie fast nichts mehr sehen konnte.

»Gib mal her.« Susan nahm ihr Zwiebel und Messer ab, und Laurie reichte ihr ein Taschentuch.

»Ich weiß, warum sie eigentlich so weinen muss«, verkündete Orchid. »Nämlich, weil sie an die ekligen Stargazy Pies denkt.«

Sie alle rümpften die Nasen bei dem Gedanken an die Pies. Ganze vier Stück hatten sie am Abend zuvor zubereitet, obwohl sie sich noch immer nicht sicher waren, ob sich überhaupt jemand finden ließe, der davon kostete.

»Ja, da ist mir auch gleich wieder zum Weinen«, meinte Keira.

»Mir ist eher zum Kotzen.« Orchid verzog das Gesicht. »Entschuldigt meine Ausdrucksweise.«

Phoebe sah ihre Schwester eindringlich an. »Du musst dir das unbedingt abgewöhnen. Schon in wenigen Monaten musst du ein Vorbild sein, kleine Sis. Dein Kind wird alles, was es in den ersten Lebensjahren lernt, hauptsächlich von dir beigebracht bekommen. Du willst doch sicher nicht, dass deine kleine Tochter oder dein kleiner Sohn zu den anderen Kindern auf dem Spielplatz so etwas sagt, oder? Oder im Kindergarten. Stell dir nur vor, du wirst von der Erzieherin einbestellt, weil dein Kind ganz schlimme Ausdrücke verwendet hat. Und dann wirst du gefragt, woher es denn nur solche Worte kennt. Das wäre mehr als peinlich, oder?«

»Oh, die Kleinen schnappen wirklich alles auf«, pflichtete Laurie ihr bei. »Auch wenn man noch so vorsichtig ist. Neulich fragte mich meine Schwiegermutter, woher Clara nur den Ausdruck Schmarotzer hat.«

Keira lachte. »Schmarotzer? Und? Woher hat sie ihn?«

»Na, von Barry und mir, als wir uns neulich Abend über seinen Bruder unterhielten, der ihn ständig wegen Geld anpumpt. Man muss echt aufpassen, was man in Gegenwart der Kinder sagt.«

»Aber wusste Clara überhaupt, was das Wort bedeutet?«, wollte Ruby wissen. »In welchem Zusammenhang hat sie es denn gebraucht?«

»Das ist ja das Witzige! Sie hat natürlich nicht den leisesten Schimmer, was es bedeutet.« Laurie musste lachen. »Als ihr Grandpa ihr neulich einen halben Apfel reichte, antwortete sie darauf mit: ›Danke, du alter Schmarotzer.‹«

Alle prusteten los.

»Das hätte Mrs. Witherspoon gefallen«, war Phoebe sich sicher. »Sie hat diese kleinen Anekdoten über unsere Kids geliebt.«

»Ja, das hat sie.«

»Sie selbst hatte aber immer die besten Geschichten auf Lager«, erinnerte Susan die anderen. »Wisst ihr noch, als sie uns erzählt hat, wie sie Fünflingen auf die Welt geholfen hat?«

»Oh ja. Und die Eltern haben sie nach den Beatles benannt.«

»Dumm nur, dass es bloß vier und nicht fünf Beatles gab«, sagte Laurie.

»Ach, ich finde, mit Starr haben sie eine gute Lösung gefunden.« Orchid lachte.

Phoebe musste schmunzeln. »Stellt euch nur mal vor, wie die Mutter nach den Kindern ruft. Paul, George, John, Ringo, Starr – Essen ist fertig!«

»Vielleicht hätten sie sie doch lieber nach Take That benennen sollen«, meinte Orchid. »Die waren zu fünft.«

»Ich glaube, das war in den Sechzigern. Da waren die meisten der Take-That-Mitglieder noch nicht mal geboren, oder?«, fragte Keira.

»Da könntest du recht haben. Und unsere gute Mrs.

Witherspoon war da bereits verheiratet und seit Jahren Hebamme. Unvorstellbar, was für ein langes Leben sie hatte.«

»Ja, das denke ich in den letzten Tagen auch oft«, sagte Ruby. »Glaubt ihr denn, sie hatte ein erfülltes Leben? Ich meine, sie war so arm wie eine Kirchenmaus, oder? Und sie hat ihren ersten Mann so früh verloren.«

»Und sie konnte keine Kinder bekommen«, erinnerte sich Phoebe. »Obwohl sie sich so sehr welche gewünscht hat.«

Laurie sah wieder zu Susan. Wie es wohl in ihr aussehen mochte, wenn die anderen über solche Dinge sprachen? Sie wussten ja nichts von ihrer Situation, sonst wären sie sicher einfühlsamer gewesen.

»Ich bin mir sicher, sie hatte ein sehr erfülltes Leben«, sagte sie schnell. »Sie hatte doch uns. Und ihren Humphrey. Außerdem war sie so leicht glücklich zu machen. Manchmal hat schon eine Tasse Tee gereicht.«

»Oder eine Praline«, meinte Keira. »Hin und wieder hab ich so getan, als wenn ich gerade eine neue Sorte kreiert hätte, nur um sie probieren zu lassen. Sie hat sich die teuren Trüffeln nämlich nie leisten können.«

»Aber als sie dann Humphrey hatte, hat sie jede Woche ihre Lieblingspralinen von ihm bekommen«, schwärmte Ruby. »Er ist so ein Schatz. Letzten Monat erst, zu ihrem Geburtstag, hat er sich bei mir erkundigt, ob ich noch auf Flohmärkte gehe. Und ob ich einen besonders schönen Löffel für sie mitbringen könnte. Dann hat er mir zehn Pfund in die Hand gedrückt.«

»Und? Hast du einen gefunden?«, erkundigte sich Susan.

Ruby nickte. »Ja. Sie hat ihn uns allen gezeigt, erinnert ihr euch nicht? Sie hat ihn ganz stolz mit in die Valerie Lane gebracht.«

»Da war ich wohl schon abgereist«, erwiderte Susan, was aber total unterging, weil Phoebe gleichzeitig ihre Stimme erhob.

»Oh Gott, jetzt habe ich ein ganz schlechtes Gewissen! Sie hat mir doch ihre Löffel vermacht, und ich habe sogar schon welche davon verkauft.« Sie blickte die anderen sichtlich besorgt an. »Ich glaube, ich muss euch was erklären. Lance und ich haben zurzeit …«

»Du musst uns nichts erklären«, meinte Keira sofort. »Mrs. Witherspoon wird ihre Gründe gehabt haben, dir ihre Sammlung zu hinterlassen. Es ist schon in Ordnung so, mach dir keine Gedanken.«

»Ach, ihr seid so lieb. Ich werde aber ein paar ganz besonders schöne Exemplare aufbewahren und in Ehren halten. Wie sah denn der Löffel, den sie von Humphrey zum Geburtstag bekommen hat, noch mal aus?«, fragte sie Ruby.

»Er hatte einen Stiel in Herzform«, beschrieb Ruby ihn.

»Ach, wie konnte ich das vergessen? Ich werde gleich nachher danach suchen.«

»Oh, verdammt, mein Finger!«, rief Keira, die beim Schneiden der Selleriestangen anscheinend das Gemüse verfehlt hatte.

»Uuuhhh!«, machte Phoebe und reichte ihr sofort ein paar Stücke Küchenpapier.

»Nein, halte den Finger unter kaltes Wasser«, sagte

Laurie. »Schnell!« Sie drehte den Hahn auf und führte ihre beste Freundin zum Spülbecken. »Tut es sehr weh?«

»Ich werde es überleben.« Keira biss wortwörtlich die Zähne zusammen. »Wer übernimmt das Sellerieschneiden für mich?«

»Das mache ich«, sagte Ruby und nahm sich der grünen Stangen an.

»Wisst ihr, was Mrs. Witherspoon jetzt gesagt hätte?«, fragte Laurie. »Sie hätte gesagt, dass zu viele Köche in der Küche den Brei verderben.«

»Ja, genau das hätte sie gesagt«, stimmte Susan ihr zu. »Und doch hat sie sich gewünscht, dass wir alle zusammen kochen.«

Phoebe klebte Keira ein Pflaster auf die Wunde, das sie im Nu irgendwo hervorgeholt hatte. Es war mit Schmetterlingen bedruckt. »Ich glaube, es ging ihr gar nicht darum, dass das Essen besonders lecker wird. Sie wollte uns einfach nur alle beisammenhaben.«

Orchid zog Phoebe an sich. »Ich bin so froh, hier bei euch zu sein.«

»Wir sind auch froh, dass du da bist. Schade, dass du sie nicht noch ein letztes Mal gesehen hast«, sagte Phoebe bedauernd.

»Wisst ihr, ich werde sie immer so in Erinnerung behalten, wie sie eben war. Mit ihren total zerzausten schlohweißen Haaren.«

»Mit ihrem entzückenden, faltigen Lächeln«, fügte Keira hinzu.

»Und mit ihrem immer dankbaren Blick«, schloss Ruby.

»Sie wird mir so fehlen«, sagte Laurie.

»Sie wird uns allen fehlen«, stimmte Susan zu.

»Ich hoffe so, dass die Feier morgen genau so wird, wie sie es sich vorgestellt hat«, sagte Ruby.

»Wir geben unser Bestes, genau wie immer«, erwiderte Phoebe. »Mehr können wir wohl nicht tun.«

»Ich denke, das können wir doch«, war Laurie sich sicher. »Dieses eine Mal sollten wir noch mehr geben. Wir sollten den morgigen Tag so schön gestalten, dass er nicht nur unserer guten alten Freundin gefallen hätte, sondern dass jeder, der kommt, ihn für immer in Erinnerung behalten wird. So wie Mrs. Witherspoon.«

Alle nickten zustimmend. »Wir werden Mrs. Witherspoon stolz machen«, sagte Susan.

»Oh nein, mir fällt gerade etwas ein«, rief Keira. »Wir haben gar keine Musik für morgen. Ted Monroe, der so schön auf seinem Leierkasten hätte spielen können, ist mit meiner Mutter auf Mallorca. Und Stuart ist auch nicht da.«

»Ja, das ist wirklich schade«, pflichtete Phoebe ihr bei. »Und ich gebe dir recht. Musik darf auf keinen Fall fehlen.« Sie drehte sich mit der Karotte in der Hand, die sie gerade dabei war zu raspeln, zu Susan. »Glaubst du, dass Stuart es doch noch irgendwie schafft, morgen zu kommen und für die musikalische Begleitung zu sorgen?«

»Leider nicht. Er hat viel um die Ohren, weißt du?«, sagte Susan, und allein Laurie wusste, wie schwer ihr dieser Satz fallen musste.

»Das ist wirklich schade. Und nun?« Phoebe sah in die Runde.

»Wir müssen wohl selbst für Musik sorgen«, überlegte Laurie.

»Was haltet ihr von einem DJ? Ich könnte Kimberly fragen, die macht das total gut mit dem Auflegen. Wenn wir ein paar Lautsprecher in der Valerie Lane aufstellen würden und sie Mrs. Witherspoons Lieblingslieder abspielen würde, könnte das funktionieren, oder?«, schlug Keira ganz begeistert vor.

»Eine super Idee. Ruf sie am besten gleich an!«, bat Ruby.

Gesagt, getan. Zwei Minuten später hatte Keira mit ihrer Aushilfe gesprochen, und die hatte sofort eingewilligt, glücklich, auch einen Beitrag leisten zu können.

»Puh, das haben wir gut gelöst«, meinte Phoebe. »Übrigens habe ich André gebeten, morgen zusammen mit Hannah und Agnes bei den Vorbereitungen zu helfen.«

Sie hatten nun endgültig beschlossen, ihre Geschäfte vormittags zu schließen, damit sie alle gemeinsam auf den Friedhof gehen konnten. Laurie hatte zuerst darüber nachgedacht, Hannah doch die Tea Corner öffnen zu lassen, dann jedoch entschieden, dass sie lieber schon das Büfett aufbauen sollte. Zusammen mit Agnes, die sich sofort dazu bereiterklärt hatte. Auch würden sie die Valerie Lane gebührend schmücken – sie hatten sich etwas ganz Wundervolles einfallen lassen.

»Kommen Hannah und Agnes nicht mit zur Beerdigung?«, fragte Orchid erstaunt.

Laurie schüttelte den Kopf. »Agnes will ihr Kätzchen nicht allein lassen. Und Hannah sagt, sie nimmt auf ihre eigene Weise Abschied von Mrs. Witherspoon.« Sie lachte. »Wahrscheinlich hält sie gerade eine Séance mit ihr oder so.«

»Oh Gott, glaubt ihr wirklich, sie kann Kontakt zu den Geistern Verstorbener aufnehmen?«, fragte Ruby zaghaft.

Laurie zuckte die Schultern. Sie konnte sich denken, wie gern Ruby Kontakt mit ihrer verstorbenen Mutter hätte. »Ich weiß es wirklich nicht. Sprich doch am besten mal selbst mit Hannah.«

»Was Mrs. Witherspoon wohl über uns sagen würde, wenn man ihren Geist befragt?«, überlegte Keira.

»Ich glaube, sie hätte nur Gutes über jeden Einzelnen von uns zu sagen. Außer natürlich über meine Schwester, die ihre köstliche Leibspeise, nämlich die von ihr über alles geliebte Stargazy Pie, einfach in ihrer Handtasche hat verschwinden lassen«, sagte Phoebe dramatisch und lachte dann.

Alle lachten mit.

»Haha«, machte Orchid. »Sehr lustig. Ich denke aber schon, dass ich es wiedergutmachen kann, indem ich meine Tochter nach ihr benenne.«

»Und wenn du nun einen Sohn bekommst?«, fragte Laurie.

»Dann musst du ihn Humphrey nennen«, antwortete Keira für sie.

»Oder Paul George John Ringo Starr«, lachte Phoebe.

Wieder grölten alle los, sodass Lance in die Küche kam und nach dem Rechten sah.

»Was ist denn hier bei euch los?«, fragte er schmunzelnd.

Phoebe ging zu ihm und ließ sich von ihm in den Arm nehmen. »Wir gedenken nur unserer alten Freundin, die uns jetzt schon schrecklich fehlt.«

»Das kann ich mir vorstellen. Ich glaube, jeder, der sie kannte, hatte sie gern. Wisst ihr, was sie einmal zu mir gesagt hat?« Alle sahen ihn erwartungsvoll an. »Sie meinte, ich erinnere sie an Will Smith!«

»Sag ich doch auch immer!«, rief Orchid freudig aus. Laurie wusste, dass Susan und Orchid sich schon öfter darüber gestritten hatten, wem Lance nun ähnlicher sah – Will Smith oder Denzel Washington.

»Ich bin eher verwundert darüber, dass Mrs. Witherspoon Will Smith überhaupt kannte«, sagte Laurie. »Ich habe mich neulich mit Mrs. Kingston über heiße Typen unterhalten, und sie kannte nicht mal Liam Gallagher, und der ist Brite und öfter mal in den Schlagzeilen. Dabei ist Mrs. Kingston weitaus jünger als Mrs. Witherspoon. Übrigens steht sie auf Paul Anka«, informierte sie die anderen und runzelte die Stirn.

»Mrs. Witherspoon war da anders«, meinte Keira. »Mit Kimberly hat sie sich oft über moderne Fernsehserien unterhalten. Sie hatte anscheinend eine Vorliebe für *Gossip Girl*, *Riverdale* und *Pretty Little Liars*.«

»Nein, ehrlich?« Phoebe staunte.

»Im Herzen ist sie eben jung geblieben«, stand für Laurie fest.

»Wenn man nicht viel hat außer dem Fernseher, dann kennt man eben aktuelle Serien und Stars wie Will Smith«, sagte Susan. »Und ja, ich gebe mich geschlagen. Wenn sogar unsere gute alte Mrs. Witherspoon fand, dass Lance Will Smith ähnelt, sage ich kein Wort mehr.« Sie zwinkerte Orchid zu.

»Ich finde auch, sie hatte recht damit«, meinte Lance

stolz und schnappte sich eine von Rubys Gemüsefrikadellen.

»Hey!« Alle Hände klatschten gleichzeitig auf seine, um ihn davon abzuhalten, doch die Frikadelle war schon in seinem Mund.

»Hättet ihr das auch mit dem echten Will Smith gemacht?«, fragte Lance beleidigt.

»Nein, aber du bist nun mal nicht der echte, mein Schatz.« Phoebe gab ihm einen Kuss. »Und nun verschwinde aus der Küche.«

»Bin ja schon weg«, gab er sich geschlagen. »Morgen werde ich mich aber über eure Leckereien hermachen, darauf solltet ihr gefasst sein.«

»Morgen darfst du das ja auch. Dafür sind sie schließlich gedacht«, erwiderte Ruby.

»Sagt mal, wo ist eigentlich Tobin? Sonst ist der doch auch immer mit von der Partie. Wäre cool, wenn wenigstens ein Mann hier wäre, mit dem ich mich unterhalten könnte. Und ein Bier trinken.«

»Der konnte heute leider nicht«, sagte Phoebe und schielte dabei zu Orchid. Sie dachte wohl dasselbe wie Laurie: Die Waffeln waren genauso wie die Inventur nur eine Ausrede gewesen.

»Aaah, ich verstehe.« Schnell machte Lance sich aus dem Staub, weil er anscheinend wusste, dass er mit seiner Frage in ein Wespennest gestochen hatte und dass die Mädels nun sicher endlos über dieses Thema reden würden.

Genau das taten sie auch.

»Sagt mal, wieso genau hat Tobin für heute abgesagt? Die letzten Tage waren es die Inventur, Waffeln backen,

Müdigkeit und ein Notfall in der Familie.« Keira sah die anderen ratlos an.

»Er hat gesagt, dass er noch so viel vorzubereiten hat für die Feier morgen. Was die Blumen angeht«, erzählte Susan.

»Das könnte sogar mal stimmen«, meinte Laurie.

»Es ist aber schon schade, dass er bei all diesen wichtigen Dingen nicht dabei ist, oder?«, fragte Ruby. »Mrs. Witherspoon hat sich ja gewünscht, dass alle Ladeninhaber mitmachen, und da gehört er doch dazu.« Ein wenig vorwurfsvoll sah das stille Nesthäkchen zu Orchid.

Die hob entschuldigend die Schultern. »Ich hab's versucht. Ich war bei ihm und habe mit ihm geredet. Mehr kann ich nicht tun.«

»Du warst bei ihm?«, fragte Phoebe überrascht. »Davon hast du ja gar nichts erzählt. Wie ist es gelaufen?«

»Er ist nicht hier, das sagt wohl alles, oder?«, antwortete Orchid.

»Morgen wird er dabei sein, das hat er fest versprochen«, beschwichtigte Laurie die anderen. Sie konnte Tobin trotz allem gut verstehen. Die Liebe tat manchmal Dinge mit einem, die man nicht kontrollieren konnte.

»Genau. Und das ist die Hauptsache«, sagte Susan.

»Morgen wird sicher hart werden«, vermutete Keira. »Ich mag noch gar nicht daran denken.«

»Ich auch nicht«, stimmte Phoebe ihr zu.

»Aber auch das werden wir schaffen – gemeinsam«, wusste Laurie.

Alle Freundinnen nickten, und Laurie dachte an die eine von ihnen, die sich auf den Weg gemacht hatte, diese Welt zu verlassen. Es war einfach nicht dasselbe ohne sie.

Spontan war eine düstere Wolke über die lustige Runde gekommen. Es herrschte Stille. Ruby schüttete die Sellestücke in die Schüssel und Orchid die Kartoffelwürfel, Phoebe gab die Karotten dazu und öffnete nun eine Dose Mais. Susan sah nach ihren Blätterteigtaschen und holte sie aus dem Ofen. Laurie rührte die Zutaten für ihre Nudelsalatsauce zusammen, und Keira, die wegen ihrer Verletzung leicht gehandicapt war, reichte ihr Salz und Pfeffer. Niemand sagte ein Wort, bis eine von ihnen die traurige Stimmung beiseitezuschieben wusste.

»*Fairytales can come true …*«, begann Orchid plötzlich zu singen und zauberte den anderen ein Lächeln aufs Gesicht.

»*… it can happen to you …*«, fuhr Ruby fort.

Und alle stimmten ein: »*… if you're young at heart.*«

Und so stand Laurie mit ihren fünf Freundinnen in der Küche und sang gemeinsam mit ihnen Mrs. Witherspoons Lieblingslied. Das Lied, zu dem sie vor nur vier Jahren an der Seite von Humphrey den Altar entlanggeschritten war. Das Lied, bei dem er ihr zuvor den Antrag gemacht hatte. Das Lied, das sie alle auf ewig mit ihrer guten alten Freundin verbinden würden, da war Laurie sich sicher.

Morgen würden sie einen schweren Weg gehen müssen, Laurie mochte gar nicht daran denken. Doch heute Abend, in diesem Moment, waren sie fröhlich. Fröhlich für Mrs. Witherspoon, und fast hatte sie das Gefühl, als stünde sie bei ihnen und lächelte.

KAPITEL 25

Ruby stand zwischen Susan und Gary am Grab, sie trug ein schlichtes schwarzes Kleid und dazu schwarze Stiefel. Sie wusste, dass Mrs. Witherspoon sich hellblaue Kleidung gewünscht hatte, aber sie hatte es nicht über sich bringen können, auf dem Friedhof in solch einer fröhlichen Farbe zu erscheinen. Sie hatte etwas Hellblaues in der Tasche und würde sich noch vor der Feier in der Valerie Lane umziehen. Allerdings steckte schon jetzt ein hellblauer Schmetterling in ihrem Haar, der fast so aussah, als wollte er gleich davonfliegen. Sie tupfte sich die Tränen ab, putzte sich so geräuschlos wie möglich die Nase und versuchte, die Fassung zu bewahren und zu lächeln, so, wie Nat King Cole zu Beginn der Zeremonie gesungen hatte in seinem wundervollen Song *Smile*. Lächele, auch wenn du traurig bist. Ja, das wollte sie tun, für Mrs. Witherspoon, denn die liebe alte Dame hätte nicht gewollt, dass sie bittere Tränen vergoss. Und so lächelte sie durch ihre Tränen, während zuerst der Pastor und dann der gute Humphrey von ihr erzählten. Diesmal war Humphrey tapfer, und seine Stimme ließ ihn nicht im Stich wie beim Lesen des Briefes vor einer Woche. Natürlich hatte er sich noch längst nicht damit abgefunden, dass seine große Liebe von ihm gegangen war, das war Ruby klar, doch er hatte sich ihren Wunsch offensichtlich zu Herzen genommen und ging so fröhlich durch den Tag, wie es ihm möglich war. Jetzt ließ er sie alle an seinen Erinnerungen teilhaben und erzählte mit glänzendem Blick von seiner Liebsten, wobei Ruby sie ganz deutlich vor Augen hatte und einfach nur froh war, sie gekannt zu haben.

»Ich weiß nicht, wie mein Lebensabend ausgesehen hätte ohne diese wunderbare Frau, meinen Engel, der mich noch einmal zum Leben erweckt hat, der mir gezeigt hat, dass die Liebe kein Alter kennt. Esther, wo immer du jetzt bist, ich möchte dir Danke sagen. Danke für die schönsten Jahre meines Lebens. Danke dafür, dass du mich alten Kauz geliebt hast, mit all meinen Macken und Gebrechen. Danke für jede Tasse Kaffee am Morgen und jeden Gutenachtkuss am Abend. Danke für deine letzten Worte, die mir Trost schenken, bis wir uns wiedersehen«, schloss Humphrey seine Rede. Er sah zum Himmel auf und lächelte.

Nun war es doch um sie geschehen. Um sie alle. Es gab keinen, dem nicht die Tränen übers Gesicht liefen.

Humphrey kam zurück zu den anderen und stellte sich wie zuvor zwischen seine Tochter Monica und Laurie. Die tätschelte seine Hand und sagte: »Das war wunderschön.«

Susan hingegen griff nach Rubys Hand und fragte: »Schaffst du das jetzt wirklich?«

Ruby nickte, schnupfte sich noch einmal die Nase, steckte das Taschentuch weg und stellte sich neben den Sarg, der mit weißen, gelben und rosa Nelken geschmückt war.

»Ich würde gerne auch noch ein paar Worte sagen …«,

begann sie tapfer und versprach sich selbst, während der nächsten Minuten nicht zu weinen. »… im Namen von uns allen, den Ladeninhabern und Bewohnern der Valerie Lane.« Noch einmal atmete sie tief durch und sah dann auf einen Punkt in der Ferne, weil sie Angst hatte, ein Blick in die traurigen Gesichter ihrer Freunde könnte sie aus der Fassung bringen. »Ich kannte Esther Witherspoon mein ganzes Leben lang. Meine früheste Erinnerung mit ihr muss gut zwanzig Jahre zurückliegen. Ich spielte draußen in der Valerie Lane, während meine Mutter drinnen in ihrem Antiquitätenladen irgendetwas Altes abstaubte, restaurierte oder aufstellte. Ich lief einem Schmetterling hinterher, als ich stolperte und hinfiel. Da saß ich nun auf dem Boden, betrachtete mein aufgeschürftes Knie und weinte. Mrs. Witherspoon kam die Straße entlangspaziert und hockte sich neben mich, als sie mich entdeckte. Sie fragte, warum ich so weine, ob meine Verletzung sehr wehtue, ob sie meine Mutter holen solle. Doch ich antwortete ihr, dass ich gar nicht deswegen weinte, sondern weil mein Freund, der Schmetterling, fort sei. Sie lächelte ihr entzückendes Lächeln und sagte: ›Ach, süße Ruby, du wirst es eines Tages weit bringen.‹ Damals verstand ich es nicht und dachte, sie würde vielleicht meinen, dass ich eines Tages berühmt werden würde wie Judy Garland, die die Hauptrolle in meinem Lieblingsfilm *Der Zauberer von Oz* spielte. Ich sah Mrs. Witherspoon nach, die nun zu meiner Mutter in den Laden ging, und stellte mir vor, wie ich auch in einem Haus durch die Lüfte flog. Vielleicht würde ich unterwegs meinen Schmetterling wiederfinden.« Ruby machte eine Pause und lächelte süß. »Erst viel später verstand ich, was sie wirklich meinte. Und ja, sie hatte recht, ich habe es weit gebracht. Denn ich bin noch immer ein Teil der Valerie Lane. Ich könnte mir nichts Schöneres wünschen als meinen eigenen Laden, meine lieben Freunde und all die unvergesslichen Momente, die ich im Laufe der Jahre gesammelt habe. Viele davon beinhalten Mrs. Witherspoon. Ich weiß, dass es uns allen so geht.« Sie vollführte eine Geste, die Laurie, Barry, Orchid, Phoebe, Susan, Keira, Thomas, Tobin, Charlotte, Vanessa, Gary, Barbara und Mr. Spacey mit einschloss, und sie alle nickten und lächelten. »Wir sind so dankbar, diese wundervolle Frau gekannt zu haben. Immer, wenn wir von nun an alte Evergreens hören, Kamillentee trinken oder irgendwo eine Stargazy Pie sehen, werden wir an sie denken. Sie wird für immer in unseren Herzen sein.«

Ruby legte eine Hand auf den Sarg und ließ nun endlich zu, dass eine Träne aus ihrem Auge trat und über ihre Wange lief. Sie fiel hinab und landete auf dem hellen Holz, direkt neben einer von Mrs. Witherspoons Lieblingsblumen. Und als würde sie ihn direkt vom Himmel schicken, flog in diesem Moment ein gelber Schmetterling herbei und setzte sich auf ihre letzte Ruhestätte.

Sprachlos und ehrfürchtig starrte Ruby ihn an. Sie fragte sich, ob sie die Einzige war, die ihn sah, oder ob sie ihn sich nur einbildete. Doch als sie einen Blick zu den anderen warf, wusste sie, dass es keine Halluzination war. Es war ein Zeichen, das ihre liebe Freundin ihnen geschickt hatte. Zumindest wollte Ruby das glauben, oh, sie wollte es so sehr glauben.

Eine Stunde später hatte die Traurigkeit nachgelassen, und auch noch der Letzte von ihnen versuchte, Mrs. Witherspoons Herzenswunsch zu erfüllen und fröhlich zu sein an diesem Tag, der doch eigentlich gar kein fröhlicher war. Andererseits waren sie alle zusammen, sogar Orchid und Susan waren zurück, und das allein war doch schon ein Grund zur Freude. Außerdem war es ein Geschenk, Mrs. Witherspoon gekannt zu haben, und das durfte auf jeden Fall gefeiert werden.

Jeder, der an diesem Tag in die Valerie Lane kam, staunte erst einmal. Denn was Keira und die anderen sich ausgedacht hatten, übertraf alle Vorstellungen. Sie hatten nämlich hellblaue Luftballons aufgehängt, so viele, dass man denken konnte, die Valerie Lane fliege gleich davon. Dazu kamen die wunderschönen bunten Blumen, mit denen Tobin die gesamte Straße dekoriert hatte. Keira war sich sicher, dass dieser Anblick ihrer lieben alten Freundin gefallen hätte.

»Das Büfett ist eröffnet!«, rief Hannah dann und verteilte hellblaue Pappteller. Sie und Agnes hatten das Essen liebevoll aufgestellt und den Tisch mit hellblauen und weißen Deko-Sternen verziert.

»Ich weiß gar nicht, was ich sagen soll.« Humphrey kam auf Keira und Laurie zu und strahlte sie an. »Das habt ihr ganz fabelhaft hinbekommen. Ich danke euch vielmals.«

»Das haben wir gerne gemacht«, antwortete Laurie, und auch Keira nickte und lächelte ihn warm an.

»Sie waren sehr tapfer heute, und Ihre Rede war wirklich außergewöhnlich schön. Ich glaube, jede Frau auf der Welt wünscht sich, nur einmal im Leben so geliebt zu werden.«

Humphrey war sichtlich gerührt, ließ sich dann aber von Hannah einen Teller in die Hand drücken und machte sich auf, um sich die Lieblingsgerichte seiner Frau aufzufüllen.

André, der sich bereit erklärt hatte, Emily und Andy aus der Tagesbetreuung abzuholen, überreichte Keira ihren Sohn, den sie natürlich auch in Hellblau gekleidet hatte.

Sie nahm ihn auf den Arm und drückte ihn fest. »Na, mein Kleiner. Möchtest du auch etwas von Lauries leckerem Nudelsalat?«

»Nein!«, sagte er und zeigte mit dem Finger auf Orchids Cupcakes. Sie hatte sie noch spät am Abend gebacken, um auch etwas beizusteuern, hatte sie Keira erzählt.

»Später vielleicht. Erst mal Nudeln, ja?«

»Sei doch nicht so ein Spaßverderber«, sagte Orchid, die es mitbekommen hatte. »Mrs. Witherspoon war es schließlich auch nicht.«

Keira sah Orchid streng an, doch dann dachte sie an die alte Dame. Die hätte kein Drama um einen Cupcake gemacht, da hatte Orchid recht. Also nahm sie einen und gab ihn Andy, der sich begeistert darüber hermachte.

Sie sah zu Susan, die bei Ruby und Gary stand und gerade in den höchsten Tönen von seinem neuen Roman schwärmte, den sie letzte Nacht ausgelesen hatte, wie sie erzählte. Keira stellte sich mit Andy dazu.

»Ich glaube, ich habe noch nie so ein gutes Buch gelesen«, sagte sie ehrlich, was Gary sofort erröten ließ.

»Danke«, sagte er bescheiden, während Ruby ihm stolz einen Arm um die Hüfte legte und ihn an sich zog.

Keira lächelte. Ihr entging nicht, wie Mary-Lou die Valerie Lane auf und ab spazierte und dabei Fotos und Notizen machte, mit denen sie sicherlich wieder einen wundervollen Beitrag zaubern würde. Dann übergab sie Andy an Thomas und ging zurück zum Büfett, um sich auch einen Teller zu füllen. Marissa kam ebenfalls herbei, und Keira grüßte sie.

»Schön, dass du da bist«, hörte sie Hannah zu Marissa sagen. »Magst du etwas von dem Couscous-Salat? Den habe ich mitgebracht.«

»Gerne.« Marissa lächelte ihr zu, nahm den Teller entgegen, den sie ihr reichte, kam dann aber um den Tisch herum. »Wie war die Beerdigung? Haben die anderen was erzählt?«

»Sie war offenbar sehr schön. Es hat Mrs. Witherspoon gefallen«, sagte sie, als wüsste sie genau, dass die Gute anwesend gewesen war.

Marissa nickte ebenso selbstverständlich. »Sag mal, sind André und Kimberly ein Paar? Das wusste ich noch gar nicht.«

»Oh ja. Die beiden sind schwer verliebt.«

»So wie wir?«

Keira fühlte sich plötzlich fehl am Platz, so, als belauschte sie etwas viel zu Intimes. Gerade wollte sie schon mit ihrem halb vollen Teller weggehen, als sie aus den Augenwinkeln wahrnahm, wie Hannah und Marissa sich küssten.

Ah, dann durfte es wohl jetzt die ganze Welt erfahren. Warum denn auch nicht? Keira hielt gar nichts davon, Gefühle zu verstecken. Wenn man jemanden liebte, sollte man es doch auch zeigen dürfen.

»Oooh!«, kam es sogleich von Orchid, die weniger feinfühlig war. »Na, ihr seid aber heute besonders fröhlich.« Sie grinste frech.

Auch Laurie lächelte Hannah und Marissa an. »Ich hatte ja schon länger so einen Verdacht. Ich freue mich, dass er sich bestätigt, ich finde nämlich, ihr beide passt ganz super zusammen.«

Hannah und Marissa strahlten um die Wette, während Phoebe Barbara und Mrs. Kingston ihr Selleriesalat-Rezept verriet und Agnes ihr Kätzchen herumzeigte.

»Deine Cookie ist ja so süß«, sagte Sophie und streichelte das Tier sachte, als plötzlich Geschrei vom anderen Ende der Straße ertönte.

Alle sahen in Richtung Kirschbaum, wo sich ein paar der Männer aufgestellt hatten und irgendwem irgendwas zuriefen. Phoebe hielt inne, wandte sich von den beiden Tratschtanten ab und begann zu lachen. Auch Keira sah genauer hin. Nur um zu entdecken, dass Barry und Thomas eine Art Wettrennen veranstalteten – mit ihren Kindern!

»Laurie!«, rief sie ihrer Freundin zu, die keine zwei Meter von ihr entfernt stand und von Mary-Lou in Beschlag genommen wurde.

Laurie blickte fragend auf und sah dann in die Richtung, in die Keira deutete. Als auch sie realisierte, was dort vor sich ging, nahm sie Keiras Hand, und zusammen liefen sie zum Ort des Geschehens.

»Was zum Teufel macht ihr da?«, fragte Laurie Barry, der Maddie anfeuerte.

»Die Kleinen laufen um die Wette, siehst du doch. Los, Maddie! Komm zu Daddy, du schaffst das!«

Laurie sah ihren Mann ungläubig an, und Keira war ebenso baff. Sie konnte nur den Kopf schütteln.

»Los, Andy! Noch ein bisschen schneller!«, rief Thomas ihrem Sohn entgegen. »Du bekommst auch noch einen Cupcake!«

»Jetzt reicht's aber!«, sagte Keira empört, fast im selben Moment, in dem Lance, der gerade zu ihnen gestoßen war, begeistert rief: »Ich wette auf Andy! Zehn Mäuse auf den Jungen!«

»Ich setze zwanzig auf Maddie!«, rief Mr. Spacey.

»Ihr habt sie doch nicht mehr alle.« Jetzt war auch Phoebe zu ihnen getreten und lachte. »Sieh dir an, was die Männer hier veranstalten, Orchid. Ich hoffe, dein Patrick geht ein bisschen besser mit eurem Kind um.«

Orchid grinste. »Ich setze auf Maddie! Los, Kleine, Frauenpower!«

Maddie gewann haushoch, was daran liegen mochte, dass sie drei Monate älter als Andy und schon ein bisschen schneller war. Alle jubelten und klatschten, Geldscheine wechselten ihren Besitzer, und alle umarmten sich glücklich. Mary-Lou hielt natürlich alles mit ihrer Kamera fest. Barry küsste Laurie überschwänglich, und Thomas, der jetzt Andy auf dem Arm hielt, zog Keira an sich.

Susan, die zusammen mit Humphrey auf der Bank gesessen und ihm Gesellschaft geleistet hatte, lächelte traurig und beschloss, dass es Zeit war zu gehen.

So schön der Anblick all der zufriedenen Menschen auch war, spürte sie doch einen Schmerz in der Herzgegend, der ihr sagte, dass sie eine Weile allein sein musste. Und so nahm sie Terry an die Leine und ging mit ihm spazieren. Sie liefen ein bisschen durch die Straßen, Susan betrachtete die wohlbekannten Gebäude und atmete den typischen Duft ein, der sie schon ihr ganzes Leben begleitete. Oxford – ihre Stadt, ihr Zuhause. Sie hatte es so vermisst und war trotz allem Kummer froh, wieder hier zu sein.

Als sie sich wieder der Valerie Lane näherte, kamen Kimberly und André ihr entgegen. »Da sucht dich jemand«, sagte Kimberly augenzwinkernd.

Susan bedankte sich und musste schmunzeln. Das konnte doch nur Mrs. Kingston sein, die endlich das Rezept für ihre Blätterteigtaschen herausfinden wollte. Sie hatte diesmal die eine Hälfte mit Spinat und die andere mit Lachs gemacht. Welches Rezept die Gute wohl wollte? Wahrscheinlich beide, dachte Susan und betrat die Valerie Lane, ihre Lieblingsstraße auf der ganzen weiten Welt.

Sofort spürte sie, dass etwas anders war. Es war ganz still. Laurie nahm ihr Terrys Leine aus der Hand und schubste sie ein wenig voran. Alle blickten sie an. Das Blätterteigtaschen-Rezept konnte unmöglich solch eine Spannung hervorrufen, dachte sie noch, und dann erklang plötzlich eine Melodie.

Noch bevor sie ihn sah, schossen ihr Tränen in die

Augen. Sie ging durch die Menge, die ihr einen Weg öffnete. Da saß er, Stuart, auf einem Stuhl in der Mitte der Valerie Lane, auf dem Schoß seine Gitarre. Und er spielte ihren Song. Den Song, den er vor so langer Zeit nur für sie geschrieben hatte. Er spielte, und er sang, und er traf sie mitten ins Herz.

Sie wusste nicht, warum er hier war, was er ihr sagen wollte oder wie lange er bleiben würde. All das war auch gar nicht wichtig. Es zählte einzig und allein, dass er gekommen war. Für sie. An diesem schweren Tag. Er hatte sie nicht allein gelassen, er war da.

Als der Song vorbei war, klatschten alle und sahen erwartungsvoll von Stuart zu Susan und wieder zurück. Stuart tat etwas völlig Verrücktes, mit dem Susan niemals gerechnet hätte. Er legte nämlich seine Gitarre ab, stellte sich auf den Stuhl und blickte auf sie hinunter.

»Susan«, sagte er, und ihr Herz schlug im Zehntelsekundentakt.

»Du bist hier«, war alles, was sie sagen konnte.

»Ich bin hier«, bestätigte er. »Ich bin deinetwegen hier. Weil ich dir etwas sagen muss, und das kann ich nur persönlich tun.«

Inzwischen hatte sich wirklich jeder Anwesende um sie beide versammelt und schien gespannt, was kommen würde. Susan war es am allermeisten.

Stuart atmete tief durch. »Zuerst einmal möchte ich sagen, dass es mir schrecklich leidtut. Alles. Du weißt, wovon ich spreche. Leider brauchte es ein paar gute Freunde, um aufzuwachen und zu erkennen, was für ein Vollidiot ich doch war.« Er sah zu Barry, dann zu Laurie. Susan hatte keine Zeit, sich zu fragen, was die beiden wohl getan hatten, denn Stuart fuhr schon fort. »Das Schlimmste von allem ist, dass ich meine Versprechen gebrochen habe. Ich habe dir gesagt, dass ich mein Bestes geben würde, damit dein größter Traum doch noch wahr wird, und dann kamen so viele Dinge dazwischen, die all das ganz weit nach hinten gedrängt haben. Was niemals hätte passieren dürfen, denn du warst und bist mir doch am allerwichtigsten. Susan. Es tut mir leid. Ehrlich. Ich hoffe, du kannst mir verzeihen. Ich muss diese Tour noch zu Ende bringen, aber dann, und das verspreche ich dir hoch und heilig vor allen hier Anwesenden, werde ich ganz für dich da sein. Dann werde ich in Oxford bleiben, wo ich hingehöre.«

»Aber du liebst es, unterwegs zu sein. Die großen Bühnen, das Adrenalin …«, wandte sie ein.

»Dich liebe ich mehr.« Er sah ihr nun intensiv in die Augen. »Ich bin mir sicher, ich kann wieder lernen, auch kleine Bühnen zu schätzen. Ich möchte wirklich zu meinen Wurzeln zurückfinden und Musik aus den richtigen Gründen machen. Weil sie mir immer so viel mehr bedeutet hat … Weil *du* mir so viel mehr bedeutest. Ich werde mein Versprechen halten, Susan. Gemeinsam schaffen wir das, was wir uns vorgenommen haben. Gemeinsam sind wir stark. Wenn du das noch willst.« Er sprang vom Stuhl, ging auf sie zu und kniete vor ihr nieder. »Susan Carol Holmes, willst du mich heiraten?«

Susan starrte Stuart sprachlos an. Konnte das wirklich wahr sein, oder träumte sie nur? Als sie merkte, dass alle sie in gespannter Erwartung anblickten, besonders natürlich Stuart, nickte sie überschwänglich.

»Ja!«, rief sie. »Ja, ich will.«

Alle klatschten, diesmal noch viel lauter als bei Maddies Sieg. Es wurde gejubelt und gepfiffen, Terry kläffte aufgeregt, Mary-Lou fotografierte, alle freuten und umarmten sich. Susan und Stuart wurden beglückwünscht, und dann legte Kimberly ein paar Evergreens auf, die Mrs. Witherspoon gefallen hätten. Ja, der Tag war ganz nach ihrem Geschmack. Wenn dies keine fröhliche Feier war, was dann?

Es wurde noch lange gefeiert. Irgendwann warf Orchid einen Blick aufs Büfett und musste feststellen, dass kaum jemand von der Stargazy Pie gegessen hatte. Also fasste sie einen Entschluss. Sie trommelte ihre Freundinnen zusammen und verkündete: »Ich werde jetzt etwas von dieser ekligen Pie essen. Für Mrs. Witherspoon.« Sie schaufelte sich ein Stück auf einen Teller. »Wer ist dabei?« Sie sah in die Runde.

Als Erste meldete sich Ruby. »Ich mache mit.«

Auch Laurie sagte: »Ich habe das doch von Anfang an vorgeschlagen. Ich bin auf jeden Fall dabei.«

»Ich auch«, sagte Keira.

»Humphrey?« Orchid hielt ihm einen Teller hin.

»Aber gerne!«, sagte er lachend.

Und auch Charlotte, Tobin und Phoebe nahmen einen Teller entgegen.

»Auf Mrs. Witherspoon!«, sagte Orchid und hielt ihren Teller in die Höhe.

Die anderen taten es ihr gleich. »Auf Mrs. Witherspoon!«

Und so stießen sie statt mit Sekt mit einem Stück stinkender Stargazy Pie an. Sie verzogen zwar alle das Gesicht, doch sie zogen es durch – für Mrs. Witherspoon, die sicher vom Himmel auf sie hinabsah und sich ins Fäustchen lachte.

Als die Menge sich wieder verteilte, stellte sich Tobin zu Orchid.

»Danke, Orchid«, sagte er.

Sie blickte ihn nur kurz an und sah dann weiter Clara dabei zu, wie sie mit dem Kätzchen spielte. Sie wirkte fast ein wenig verlegen. »Wofür dankst du mir denn?«, erkundigte sie sich schließlich.

»Dafür, dass du mir deutlich gemacht hast, dass es sich eben ganz und gar nicht richtig anfühlt. Vielleicht brauchte ich genau das, um zu erkennen, was ich mit Charlotte habe.«

Jetzt wandte Orchid sich ihm zu und lächelte zufrieden. »Das freut mich für dich, Tobin. Für euch. Und nun lass sie nicht länger warten.«

Tobin nickte, umarmte Orchid leicht und ging dann zu Charlotte, die auf dem gelben Stuhl vor Susan's Wool Paradise saß.

»Hey«, sagte sie.

»Hey«, sagte auch er. »Willst du tanzen?«

Sie stand auf und nickte. »Okay.«

Sie begaben sich zu den anderen tanzenden Paaren und bewegten sich langsam zu *The Way You Look Tonight*. Charlotte schmiegte sich an ihn.

»Tobin, ich habe Angst um unsere Beziehung«, sagte sie auf einmal.

»Das musst du nicht«, versicherte er ihr.

»Und was ist mit Orchid?«

Er nahm ein paar Zentimeter Abstand und sah Charlotte tief in die Augen. »Ich liebe nur dich, Charlotte, das kannst du mir glauben.«

»Gut«, erwiderte sie erleichtert. »Das ist gut. Wir bekommen nämlich ein Baby.«

Tobin sah sie mit großen Augen an. »Du bist schwanger?«

»In der fünften Woche«, bestätigte sie. Noch bevor sie allerdings so etwas sagen konnte wie, dass sie es lieber für sich behalten sollten, rief Tobin schon in die Gegend: »Ich werde Vater! Hört, hört, ich werde Vater!« Er hob Charlotte hoch und drehte sich mit ihr im Kreis.

Charlotte lachte und sah sehr glücklich aus, das konnte Orchid sogar aus der Entfernung sehen. Sie setzte sich auf die Bank unter dem Kirschbaum, denn der Tag hatte sie ganz schön geschafft. Sie war froh, sich eine Weile einfach nur ausruhen und die anderen beobachten zu können. André stand bei Kimberly, die immer noch Musik auflegte und ihren Job wirklich gut machte. Hannah und Marissa tanzten miteinander und wirkten ganz selig. Maddie war auf Barrys Arm eingeschlafen und sah aus wie ein kleiner Engel. Keira stellte Sophie einige junge Single-Herren der Nachbarschaft vor. Mrs. Kingston tratschte so laut über dies und das, dass Orchid nur belustigt den Kopf schütteln konnte. Susan und Stuart saßen verliebt auf den Stufen des Wool Paradise und schienen in ihrer eigenen Welt zu sein. Und Humphrey hatte nicht weit von Orchid entfernt auf einem Stuhl Platz genommen und erzählte Clara von seiner Zeit als Pilot. Orchid sah, wie Laurie an ihn herantrat und ihm eine Hand auf die Schulter legte. Er tätschelte sie dankbar und erzählte immer weiter.

Ihr Baby klopfte sachte und machte sich bemerkbar. Wie es sie freute, dass Charlotte und Tobin nun auch eins bekamen. Sie musste lächeln. Ja, es war alles genau so, wie es sein sollte. Und falls ihres nun doch kein Mädchen werden würde, könnte vielleicht Charlotte ihr Baby Esther nennen.

Es wurde spät. Als Humphrey sich gegen halb elf verabschiedete, umarmte Laurie ihn sanft und fragte, ob sie ihn nach Hause bringen solle.

»Das ist nicht nötig. Ich mache gerne noch einen kleinen Spaziergang.« Das brauchte er nach diesem langen, schweren, aber dennoch schönen Tag.

»An der frischen Luft«, sagte Laurie und lächelte ihm zu.

Er lächelte zurück. »Genau. Danke für alles, Laurie. Und auch ihr anderen. Ich danke euch von Herzen, dass ihr diesen Tag so besonders gemacht habt.«

Auch Ruby, Keira, Orchid, Phoebe und Susan umarmten ihn nun zum Abschied und wünschten ihm alles Gute.

Er lächelte noch einmal, drehte sich um und ging davon. Er musste gestehen, dass es ihn traurig machte, die

Valerie Lane zu verlassen. Er wusste nicht, wann er das nächste Mal herkommen würde. Er wusste überhaupt nicht, wie die Zukunft für ihn aussehen sollte.

»Humphrey?«, hörte er jemanden rufen.

Er blieb stehen und blickte sich noch einmal um.

Es war Laurie. Erwartungsvoll sah sie ihn an. »Ich hoffe, wir sehen Sie am Mittwoch?«

Nun lächelte er breit und nickte. »Ich bringe die Kekse mit«, rief er zurück und ging dankbar davon. Für einen kurzen Moment hatte er geglaubt, er wäre ohne seine Esther nicht mehr willkommen in der Valerie Lane, doch Laurie hatte ihm seine Sorgen genommen. Esther hatte recht gehabt, diese Frauen waren etwas Besonderes, großherzig und gütig, für alle und jeden da. Heute waren sie für ihn da gewesen, auf eine Art, wie er sie niemals erwartet hatte. Er wusste, heute Nacht würde er endlich einmal wieder gut schlafen können. Er würde von seiner Liebsten träumen, und im Traum würde sie ihm zulächeln.

Und morgen und von da an jeden Tag würde er sich auf das nächste Mittwochstreffen in der Valerie Lane freuen. Wo er willkommen war, wo er geschätzt wurde. Und wo man sich von nun an vielleicht nicht nur Geschichten über die gute Valerie, sondern auch welche über seine Esther erzählen würde. Er war sich sicher, das würde ihr gefallen, ja, wahrscheinlich würde sie in die Hände klatschen vor Entzücken, so, wie sie es immer getan hatte, wenn sie etwas freute. Fast glaubte er, das Klatschen zu hören …

KAPITEL 26

Eine Woche später …

»Ihr müsst mich alle besuchen kommen, das müsst ihr mir versprechen«, sagte Orchid und sah ihre Freundinnen eine nach der anderen an.

»Das werden wir«, versicherte Keira ihr.

»Das habt ihr mir aber auch schon bei meinem letzten Besuch gesagt, und bis heute ist keine von euch bei mir in Kalifornien gewesen.«

Phoebe bekam schon wieder ein schlechtes Gewissen. Aber ihre Schwester und sie hatten abgemacht, dass sie beide von nun an jeden übrigen Penny beziehungsweise Cent beiseitelegen und Phoebe zusammen mit Lance und Emily gleich im neuen Jahr nach Venice kommen würde. Damit sie Orchid bei der Geburt beistehen konnte.

Sie standen am Flughafen, wo Orchid bereits ihren Koffer aufgegeben hatte. Ihr Flieger würde in einer knappen Stunde starten, und sie musste so langsam durch die Sicherheitskontrolle. Doch keiner mochte sich von ihr trennen.

»Kalifornien klingt eigentlich ziemlich gut als Ziel für eine Hochzeitsreise«, überlegte Susan.

»Das finde ich auch.« Orchid strahlte.

Phoebe dachte an Stuarts Auftritt in der Valerie Lane

zurück. Er war so romantisch gewesen. Bald würde Susan wirklich heiraten. Sobald die Tour vorbei war, wollten sie ein Datum aussuchen, hatte ihre Freundin ihr glücklich erzählt.

»Du und Stuart werdet aber nicht einfach heimlich durchbrennen und in Vegas heiraten, oder?«, fragte Phoebe. »Bei eurer Hochzeit möchte ich nämlich gerne dabei sein.«

»Das wirst du auf jeden Fall. Wir haben nämlich vor, in England zu heiraten. Und dann …« Susan sah plötzlich aus, als hätte sie etwas Wichtiges zu verkünden. »… dann wollen wir es endlich in Angriff nehmen und ein Kind adoptieren. Vielleicht werde ich auf diese Weise ja doch noch Mutter.«

Alle sahen sie an, verwirrt, fragend. Phoebe brauchte auch einen Moment, doch dann dämmerte es ihr.

»Oh, Susan. Das wussten wir nicht«, sagte Ruby und berührte liebevoll Susans Arm.

»Das konntet ihr nicht, ich habe in all den Jahren so gut wie niemandem davon erzählt. Jetzt möchte ich aber kein Geheimnis mehr daraus machen, dass ich keine Kinder kriegen kann. Jetzt möchte ich der Zukunft positiv entgegenblicken.«

»Das finde ich ganz toll, Susan«, sagte Phoebe und schenkte ihr einen warmen Blick. Sie war sich sicher, Susan würde eine fantastische Mutter werden, so liebevoll, wie sie allein schon mit Terry umging.

Orchid umarmte Susan besonders fest und wünschte ihr viel Glück. »Ich muss jetzt wirklich los. Danke noch mal für die Geschenke, ihr Lieben.«

Laurie, die sie mit Tee versorgt hatte, sagte noch einmal: »Und bitte informiere mich über die neuesten Tee-Trends da drüben im hippen Kalifornien.«

»Das werde ich machen. Vielleicht kann ich ja sogar selbst Tee anbieten in meinem eigenen Onlineshop, den ich vorhabe einzurichten. Hauptsächlich aber werde ich selbst gemachte Kerzen im Sortiment haben. Mir ist nämlich klar geworden, wie sehr ich es vermisse, welche herzustellen.«

»Du könntest auch Potpourri anbieten«, sagte Phoebe.

»Mal sehen. Auf jeden Fall freue ich mich auf alles, was kommt.« Orchid lächelte. »Ihr werdet mir so fehlen.« Sie umarmte jede von ihnen erneut, Phoebe, die zum Schluss kam, wollte sie überhaupt nicht loslassen. »Und dich sehe ich schon ganz bald, ja?«

Phoebe nickte. Sie konnte es kaum erwarten und hoffte, dass Orchid ihnen dann wenigstens noch eine private Sightseeingtour geben konnte, bevor das Baby kam.

»Pass auf dich auf, kleine Sis.«

»Das werde ich. Ich hab euch schrecklich lieb.«

»Wir dich auch«, sagten alle.

»Vergiss uns nicht«, fügte Laurie hinzu.

»Wie könnte ich? Ihr seid die besten Freundinnen, die man sich nur wünschen kann«, sagte Orchid, lächelte mit Tränen in den Augen und winkte noch einmal, bevor sie den Gang entlanglief. Sie alle winkten ihr nach und sahen ihr hinterher, bis sie um die Ecke bog.

Keira seufzte. »Na dann … Gehen wir nach Hause.«

»Nach Hause?«, fragte Susan. »Es ist erst Mittag, wir müssen doch noch arbeiten.«

Lächelnd nickte Keira. »Ganz genau.«

Sie hielt Susan und Laurie einen Arm hin, die sich bei ihr einhakten, während Phoebe und Ruby sich an Susan und Laurie hängten. Und zusammen machten sie sich auf in die Valerie Lane, die schönste Straße der Welt, ihr Zuhause.

MRS. WITHERSPOONS LEIBSPEISEN

LAURIES NUDELSALAT

Zutaten für 6 Personen

- 500 g Farfalle
- 10 Cornichons
- 50 g schwarze entsteinte Oliven
- ½ rote Paprika
- 100 g Maiskörner (Dose)
- 400 g Naturjoghurt
- 200 g Mayonnaise
- 3 EL Gurkenwasser
- ½ TL Salz
- Pfeffer und Paprikapulver zum Abschmecken
- Basilikumblätter

Die Farfalle in Salzwasser al dente kochen, abschrecken und abtropfen lassen und in eine große Schüssel geben. Die in Scheiben geschnittenen Cornichons und Oliven, die klein gewürfelte Paprika und die Maiskörner hinzufügen. Den Joghurt, die Mayonnaise sowie das Gurkenwasser aus dem Cornichons-Glas verrühren, die Gewürze nach Belieben hinzufügen und unter die Nudel-Gemüse-Mischung mengen. Mit Basilikumblättern dekorieren.

RUBYS GEMÜSEFRIKADELLEN

Zutaten für 12 Frikadellen

- 250 g Kartoffeln
- 2 mittelgroße Karotten
- 1 kleine Zucchini
- 1 rote Paprika
- 1 grüne Paprika
- 50 g Mais
- 2 EL Sonnenblumenkerne
- 50 g Mehl
- 3 Eigelb
- ½ TL Salz
- ¼ TL Paprikapulver (edelsüß)
- ¼ TL Currypulver
- 1 Prise Pfeffer
- Sonnenblumenöl

Die Kartoffeln und Karotten schälen und klein raspeln. Die Zucchini schälen, aushöhlen und ebenfalls raspeln. Die beiden Paprika in sehr kleine Würfel schneiden. Alles in eine Schüssel geben. Den Mais hinzufügen. Die Sonnenblumenkerne in einer beschichteten Pfanne ohne Zugabe von Öl rösten und untermischen. Mehl, Eigelb und Gewürze unterrühren. Das Sonnenblumenöl in eine Pfanne geben und heiß werden lassen. Die Masse zu 12 gleich großen Frikadellen formen und goldgelb braten.

SUSANS BLÄTTERTEIGTASCHEN

Zutaten für 12 Blätterteigtaschen

- 2 Rollen Blätterteig (ofenfertig)
- 200 g frischer Spinat
- 2 Schalotten
- Olivenöl
- 1 Knoblauchzehe
- Salz, Pfeffer, Muskat nach Belieben
- 50 g Frischkäse

Den Blätterteig aufrollen und in 12 gleich große Rechtecke schneiden. Die Spinatblätter etwa 5 Minuten in einem Topf mit heißem Wasser blanchieren, abgießen und abtropfen lassen. Die Schalotten fein würfeln und in Olivenöl leicht anbraten. Die Knoblauchzehe fein hacken und hinzugeben; anbraten, bis alles goldgelb ist. Den Spinat in die Pfanne geben und kurz mitschmoren. Mit den Gewürzen abschmecken. Die Pfanne vom Herd nehmen, den Spinat in eine Schüssel geben und abkühlen lassen. Den Frischkäse unterrühren. Die Masse löffelweise auf die Blätterteigstücke verteilen. Jeweils ein Ende zuklappen und die Seiten der Taschen mit einer Gabel zudrücken. Den Backofen vorheizen. Die 12 Blätterteigtaschen auf ein mit Backpapier belegtes Blech legen und bei 200 Grad Ober-/Unterhitze etwa 20 Minuten backen.

PHOEBES SELLERIESALAT

Zutaten für 6 Personen

- 1 Staude Sellerie
- 2 große Kartoffeln
- 1 kleine Karotte
- 5 Radieschen
- ½ Salatgurke
- 50 ml Olivenöl
- 4 EL weißer Balsamicoessig
- 50 ml Apfelsaft
- 1 EL Senf
- Salz, Pfeffer

Die Selleriestangen waschen und 3 Minuten in kochendem Wasser blanchieren. In Scheiben schneiden und in eine Schüssel geben. Die geschälten Kartoffeln 20 Minuten kochen, in kleine Würfel schneiden und hinzugeben. Die geschälte Karotte und die gewaschenen Radieschen raspeln, die Salatgurke schälen, aushöhlen und in kleine Würfel schneiden. Alles hinzugeben und vermengen. In einer Rührschüssel das Olivenöl, den Balsamicoessig, den Apfelsaft und den Senf verrühren, mit Salz und Pfeffer abschmecken. Das Dressing unter das Sellerie-Gemüse heben und alles mindestens 2 Stunden ziehen lassen.

KEIRAS SCHOKOLADENKEKSE

Zutaten für etwa 30 Stück

- 250 g Mehl
- 120 g Zucker
- 20 g Vanillezucker
- 1 Päckchen Backpulver
- 1 Prise Salz
- 5 EL Milch
- 150 g Butter oder Margarine
- 100 g Schokoladenplättchen

Mehl, Zucker, Vanillezucker, Backpulver, Salz und Milch in eine Schüssel geben. Die Butter in der Mikrowelle schmelzen und hinzugeben. Alles gut verrühren. Zum Schluss die Schokoplättchen unter die warme Masse rühren, bis sie ein wenig schmelzen und ein Marmormuster ergeben. Den Teig mit den Händen zu kirschgroßen Kugeln rollen, auf ein mit Backpapier ausgelegtes Blech legen und ein wenig plattdrücken. Bei 150 Grad (Ober-/Unterhitze) je nach gewünschter Knusprigkeit 15–20 Minuten backen.

Hinweis von Keira: Für eine vegane Variante Pflanzenmargarine und Mandel- oder Hafermilch verwenden. Die meisten Schokoladenplättchen zum Backen sind übrigens von Natur aus vegan.

DANKE

Dieses Buch möchte ich neben meinen wunderbaren Lesern vor allem meiner Agentin Anoukh Foerg widmen, ohne die es die Valerie-Lane-Reihe niemals gegeben hätte. Ich weiß noch genau, wie wir vor gar nicht allzu langer Zeit zusammensaßen und sie mich fragte, was ich davon halten würde, Geschichten von mehreren Frauen zu schreiben, von Freundinnen, die vielleicht sogar alle ihre Läden in einer hübschen kleinen Straße haben könnten … Was wäre geworden, wenn mir die Idee nicht gefallen, wenn ich lieber etwas anderes geschrieben hätte? Hätte dann eine andere Autorin die Valerie Lane erfunden, oder hätten wir die romantischste Straße der Welt, wie der Verlag sie so gerne nennt, nie kennengelernt? Ich weiß es natürlich nicht und bin einfach nur unendlich froh, dass ich mich gleich für diese wundervolle Idee begeistern konnte und seitdem ganze sechs Mal in die Valerie Lane abtauchen durfte, Jahre meines Lebens in ihr verweilen, wundersame Geschichten in ihr spielen lassen und ihr immer wieder neue Ladeninhaber, Anwohner und Kunden hinzudichten durfte. Die Menschen in der Valerie Lane sind mir so ans Herz gewachsen, dass es schwer sein wird, sie loszulassen, und ich weiß, es geht ganz vielen da draußen auch so. Jeder Abschied ist schwer, aber das

Gute an Büchern ist ja, dass man sie wieder und wieder lesen kann. In dem Sinne wünsche ich mir einfach, dass die Valerie Lane nicht in Vergessenheit gerät und dass meine lieben Leser mich zukünftig auch an andere Orte begleiten werden, die ihnen hoffentlich genauso sehr ans Herz wachsen werden wie die kopfsteingepflasterte, blumengesäumte, Romantik versprühende kleine Straße in Oxford, in der jeder willkommen ist und in der wir alle inzwischen ein bisschen zu Hause sind.

Natürlich möchte ich auch allen anderen Menschen danken, die an der Entstehung der Valerie Lane beteiligt waren: meinen Lektorinnen Eléonore Delair, Julia Fronhöfer und Johanna Bedenk ebenso wie meinen Redakteurinnen Margit von Cossart und besonders Angela Kuepper. Dem gesamten Team bei Blanvalet, dem fabelhaften Coverdesigner Johannes Wiebel, den lieben Agenturmitarbeiterinnen Andrea Schneider und Maria Dürig, den wunderbaren Buchbloggern, meinen Autorenkolleginnen, die mir mit Rat und Tat zur Seite standen, und natürlich meiner Familie, die einiges aushalten musste, wenn ich mal wieder mehr in der Valerie Lane als in meinen eigenen vier Wänden war.

Danke an alle für diese wundervolle Reise, ich habe sie wirklich gern unternommen. ♥

Leseprobe

Manuela Inusa

Wintervanille

Süßer Vanilleduft, klopfende Herzen und eine zauberhafte Winterlandschaft – der erste Teil der romantischen neuen Reihe von Manuela Inusa!

Mit viel Liebe führt Cecilia ihre Vanillefarm im kalifornischen Napa Valley. Sie handelt aber nicht nur mit dem Gewürz, sondern stellt auch leidenschaftlich gern köstliche Produkte damit her. Leider lässt ihre Passion Cecilia kaum Zeit für ihre beste Freundin Julia, geschweige denn für ein Liebesleben. Ein TV-Bericht über Cecilias Plantage und ihre besonderen Vanillekreationen weckt das Interesse von Richard Banks, dem Inhaber eines luxuriösen Hotels, der sie prompt einlädt, dort an einem Gewürzseminar teilzunehmen und selbst Vorträge zu halten. Cecilia ist begeistert, denn das Resort liegt am verschneiten Lake Tahoe – die perfekte Gelegenheit, echte Winterstimmung zu erleben! Sie ahnt nicht, dass Richard nicht nur ihre Vanillekekse zuckersüß findet …

PROLOG

»Siehst du, meine Kleine, das ist Vanille«, sagte ihr Daddy, und die fünfjährige Cecilia betrachtete den festen grünen Strang, den er in der Hand hielt. Einer der Onkel hatte ihn kurz zuvor von der langen Liane abgeschnitten, die den hohen Kakaobaum hinaufgeklettert war. Den Onkel kannte Cecilia nicht, genauso wenig wie die alte Frau, von der ihr Daddy ihr gesagt hatte, sie sei ihre Grandma Guadalupe. Auch war die Gegend ihr fremd, die ihr Vater Mexiko nannte. Sie wusste, dass ihre *mamá* aus Mexiko gekommen war, deshalb dachte sie, die Geschichte, dass diese Menschen ihre Familie seien, könnte vielleicht wahr sein. Leider verstand sie all die spanischen Wörter nicht, und deshalb konnte sie auch keine der vielen Fragen stellen, die ihr auf der Zunge lagen. Nun, im Moment hatte sie nur eine Frage, denn etwas verwirrte sie sehr.

»Das ist Vanille?« Stirnrunzelnd sah sie ihren Vater an. Bisher hatte sie angenommen, Vanille sei gelb, so wie das Eis, das ihre *mamá* so gern gegessen hatte, bevor sie sie für immer verlassen hatte und in den Himmel hinaufgestiegen war.

Ihr Vater nickte und lächelte. »Ja, genau. Und zwar ist

es eine ganz besondere Vanille. Nur deshalb haben wir uns auf den weiten Weg hierher nach El Corazón gemacht.«

Jetzt war Cecilia noch verwirrter, denn bis vor wenigen Sekunden noch hatte sie geglaubt, sie wären wegen der neuen Grandma Guadalupe und den Onkeln und Tanten und den vielen Cousins und Cousinen hier, die sie alle nicht kannte. Und nun erfuhr sie, dass sie die lange Reise nur gemacht hatten, damit ihr Vater diese grüne Vanille essen konnte, die gar nicht wie Vanille aussah.

Fragend sah sie zu ihrem Daddy hoch, der der größte Mann war, den sie kannte. Sein Lächeln aber wurde nur noch breiter. Er ging in die Hocke, sodass sie auf Augenhöhe waren.

»CeCe«, sagte er, weil er sie immer so nannte, »du weißt, dass deine *mamá* Vanille geliebt hat, oder?«

Sie nickte und wartete gespannt darauf, was ihr Vater ihr noch sagen würde.

»Sie war ganz verrückt nach Vanille. Und deshalb werden wir uns ihr zu Ehren einer ganz besonderen Aufgabe annehmen. Wir werden diese Vanillestränge nach Hause bringen und einpflanzen, und dann werden wir uns eine Vanilleplantage aufbauen.«

»Damit?«, fragte sie ungläubig und deutete auf das grüne Ding mit den Blättern daran in den Händen ihres Vaters. Sie wusste nicht genau, was eine Vanilleplantage war, aber es hörte sich wirklich groß an, und sie bezweifelte, dass so etwas Großes möglich war mit solch einem kleinen Stück Pflanze.

Doch ihr Vater nickte erneut und lachte. »Oh ja. Und

es wird das Beste sein, was wir beide je gemacht haben. Es wird unsere Lebensaufgabe sein … Wir werden deine *mamá* stolz machen.«

Jetzt musste auch Cecilia lächeln, denn es freute sie, dass sie vorhatten, ihre Mutter stolz zu machen. Dann würde sie vom Himmel aus auf sie heruntersehen und der Vanille beim Wachsen zugucken. Und sie würde glücklich sein, weil Vanille sie immer glücklich gemacht hatte.

»Das ist eine gute Idee«, befand sie und umarmte ihren Daddy.

»Ja, das finde ich auch.« Er drückte sie ganz fest und sagte: »Ich hab dich so lieb, kleine CeCe. Du bist alles, was ich noch habe.«

Die heiße mexikanische Sonne schien auf sie herab und machte, dass Cecilia die Augen zusammenkneifen musste, weil sie so blendete. Als sie sie wieder öffnete, sah sie weit hinten auf dem Feld einen Esel, der einfach nur dastand und sie anblickte. Sie winkte ihm zu und löste sich dann von ihrem Vater, dem Tränen aus den Augen liefen.

»Warum weinst du denn?«, fragte sie ihn.

»Weil ich deine *mamá* so vermisse«, antwortete er.

»Das musst du nicht, Daddy. Sie ist doch immer bei uns.« Sie tätschelte seine nasse Wange.

Er lächelte traurig. »Ja, das ist sie, da hast du vollkommen recht.«

Ihr Vater erhob sich, hielt ihr seine freie Hand hin, die sie ergriff. Und zusammen gingen sie der Sonne entgegen, mit der Vanille, die ihr Leben von Grund auf verändern sollte.

KAPITEL 1

»Und, wie schmeckt dein Kaffee?«, fragte CeCe Julia, ihre beste Freundin seit Jugendtagen. Sie standen zusammen am Pier 39, lehnten sich auf das hölzerne Geländer und sahen den Hunderten von Seelöwen dabei zu, wie sie sich auf den Stegen in der Sonne aalten, die an diesem Dezembertag wunderbar warm schien. Wäre nicht der ganze Pier weihnachtlich geschmückt, käme man überhaupt nicht darauf, dass die Feiertage vor der Tür standen, dachte CeCe. Es hätte genauso gut September sein können. Doch die vielen Touristen, die auch an diesem Nachmittag mit ihren Weihnachtsmützen, ihren rentierbestickten Pullovern und den Tüten voller Geschenke umherliefen, verhießen etwas anderes: Das Fest der Liebe war nah, hier in San Francisco und überall auf der Welt.

»Zimtig«, antwortete Julia. »Lecker. Und deiner?«

»Seeehr süß. Und ich erkenne sofort, dass sie keine echte Vanille verwendet haben.« Mit Vanille kannte CeCe sich aus, da konnte ihr niemand etwas vormachen.

»War doch klar. Denkst du, die können sich echte Vanille leisten bei einem Vier-Dollar-Kaffee?«

CeCe zuckte die Schultern. Als sie an dem Coffeeshop vorbeigekommen waren, hatte sie unbedingt die neue

Weihnachtssorte mit Vanille und Kardamom probieren wollen. Ein Fehler. Laien schmeckte das Getränk wahrscheinlich gar nicht mal schlecht, aber jetzt, da sie wusste, dass da nur ein Ersatz ihres Lieblingsgewürzes drin war, mochte sie nicht mehr weitertrinken. Sie stellte den Becher an den Fuß des Geländers und beobachtete einen besonders kecken Seelöwen, der immer wieder den Hals langstreckte und laute heulende Geräusche von sich gab.

Der Pier 39 war neben der Golden Gate Bridge wahrscheinlich San Franciscos meistbesuchte Attraktion. Die Seelöwen waren 1990 nach einem Erdbeben hergekommen und hatten sich hier angesiedelt, jegliche Boote verdrängt und die Stege für sich eingenommen. Sie lockten jedes Jahr Millionen von Leuten an, die schon von dem Phänomen gehört hatten und es mit eigenen Augen sehen wollten. CeCe war als Kind manchmal mit ihrem Vater hier gewesen, dann, wenn er sich mal für einen Tag von seiner geliebten Vanillefarm hatte trennen können, was nicht allzu häufig vorgekommen war.

Sie war im Napa Valley aufgewachsen, einem Gebiet, in dem sonst nur Wein angebaut wurde. Auch die Vanilleplantage war einmal ein kleines Weingut gewesen, das ihr Vater von seinem Großvater geerbt hatte. Jedoch hatte er selbst jahrelang nichts angebaut und dort lediglich ab und zu ein Wochenende verbracht, um aus der hektischen Stadt rauszukommen und ein wenig durchzuatmen. Joseph Jones war Staubsaugervertreter gewesen, war von Haus zu Haus gefahren und hatte versucht, den Leuten ein viel zu teures Gerät aufzuschwatzen. Bis er eines Tages an der

Haustür einer jungen Frau klingelte, in die er sich auf den ersten Blick verliebte … CeCe hatte zu Hause ein Foto ihrer Eltern, auf dem sie zusammen hier am Pier standen und glücklich in die Kamera lächelten. An diesem Ort fühlte sie sich den beiden immer ganz nah.

»Hast du Louis mal wiedergesehen?«, hörte sie ihre Freundin fragen und riss sich aus den Gedanken an ihre Eltern.

»Können wir bitte nicht über Louis sprechen?«, bat sie. Sie wollte gerade wirklich nicht an diese enttäuschende Episode ihres Lebens denken, sondern viel lieber den schönen Nachmittag mit Julia genießen. Ihren gemeinsamen Freitag. Seit sie nach der Highschool getrennte Wege gegangen waren, war der Freitag der Tag, an dem sie sich immer sahen, komme, was wolle.

»Okay, okay. Worüber willst du denn dann sprechen?«

CeCe überlegte. Dann fiel ihr etwas ein, über das zu sprechen sich lohnte, und sie musste lachen.

»Was ist so lustig?«

»Benedict.«

»Benedict ist lustig? Was hat er denn gemacht?«

Seit einiger Zeit war CeCe mit dem Sohn eines Winzers befreundet, der ein paar Jahre jünger war als sie. Sie hatten sich in dem Forum der Farmers of California im Internet kennengelernt. Benedict war auf einem Weingut in der Nähe von Sonoma aufgewachsen und half seit seiner Kindheit bei der Ernte und bei der Weinverkostung, die das Familienunternehmen Touristen anbot. Er hatte selbst eine besondere Vorliebe für Weine entwickelt und mutete sich dann und wann ein wenig zu viel davon zu. Doch mit Benedict wurde es wenigstens nie langweilig.

»Er hat einen Job als Santa Claus im Kaufhaus angenommen«, informierte CeCe ihre Freundin, die Benedict durch einige gemeinsame Treffen ebenfalls kannte. »Vor über zwei Wochen schon, aber erst jetzt hat er sich getraut, mir davon zu erzählen.«

Jetzt musste auch Julia lachen. »Nicht dein Ernst! Benedict? Der elegante, immer schick und teuer gekleidete Benedict, der es darauf abgesehen hat, jede Frau unter dreißig zu beeindrucken? Die Vorstellung von ihm im Santa-Claus-Kostüm ist absurd!«

»Allerdings! Und vor allem – kannst du ihn dir mit kleinen Kindern auf dem Schoß vorstellen, die ihn damit vollquatschen, was sie sich zu Weihnachten wünschen?«

»Nein. Und ganz ehrlich: Das will ich sehen! In welchem Kaufhaus ist er? Nicht etwa bei Macy's?«

»Bei Rawley's. Wollen wir gleich hin?«

»Was ist denn das für eine Frage? Natürlich! Nehmen wir die Cable Car?«

Da war CeCe sofort mit dabei, denn die uralten Waggons, die noch immer auf drei Linien die Hügel von San Francisco rauf und runter fuhren, waren zur Weihnachtszeit ein ganz besonderes Erlebnis. Sie waren nämlich mit allerlei Girlanden, Tannenzweigen, Christbaumkugeln und sogar Mistelzweigen geschmückt. CeCe warf den Becher Fake-Vanille-Weihnachtskaffeedingsbums in den nächsten Mülleimer und hakte sich bei Julia ein. Fröhlich machten sie sich zu Fuß auf zur Ecke Hyde und Beach Street, wo die Cable Car abfuhr.

Als sie an den vielen Ständen in Fisherman's Wharf vorbeikamen, an denen fangfrische Meeresspezialitäten angeboten wurden, blieb Julia abrupt stehen. »Hast du auch so Lust auf ein Fischbrötchen wie ich?«

Da musste CeCe nicht lange überlegen. »Hört sich toll an!« Schnurstracks marschierte sie auf einen der Stände zu und betrachtete die Auslage. »Was hältst du von diesen Sauerteigbrötchen mit fangfrischen Flusskrebsschwänzen?«

Ihre Freundin grinste. »Die mit dem Kilo Mayonnaise und mindestens fünftausend Kalorien?«

»Genau die.«

»Die sehen köstlich aus. Wir hätten gerne zwei davon!«, sagte Julia zu dem Mann mit der weißen Schürze und dem schwarzen Schnurrbart, der sie anlächelte.

»Eine gute Wahl«, erwiderte er, nahm nacheinander zwei vollgepackte Brötchen heraus, wickelte sie in Servietten und legte sie auf die Theke.

Bevor Julia ihr Portemonnaie aus der Handtasche holen konnte, sagte CeCe: »Das übernehme ich. Du hast schon den Kaffee ausgegeben.« So machten sie das immer, sich abwechseln. Sie hatten seit jeher eine Freundschaft, die in jeder Hinsicht ausgeglichen war.

Julia nickte und bedankte sich. Der Fischhändler wünschte ihnen noch einen schönen Tag, und sie gingen weiter.

»Oh Gott, ist das lecker«, sagte CeCe, nachdem sie in ihr Fischbrötchen hineingebissen hatte.

»Total! Du hast da übrigens Mayonnaise im Gesicht.« Julia lachte und deutete auf ihren Mund.

»Wo denn?«

»Überall.«

CeCe musste ebenfalls lachen. »Vielleicht sollten wir uns irgendwo hinsetzen und in Ruhe aufessen«, schlug sie vor und wischte sich mit der Serviette den Mund ab.

»Auf die Treppen dort?«

CeCe war einverstanden, und sie nahmen Platz und beobachteten das Treiben. Scharen von Touristen strömten in die berühmte Boudin Bakery, wo es deren allseits beliebte Sauerteigbrote in jeder nur erdenklichen Form gab. So konnte man für schlappe zwanzig Dollar eine Schildkröte aus Sauerteig oder – typisch San Francisco – sogar einen Cable-Car-Waggon bekommen. Außerdem war der Bäckerei ein Restaurant angeschlossen, wo Julia und sie schon an manchen Freitagen gewesen waren. Dort hielt man sich selbstverständlich auch an Sauerteig. Die Sauerteig-Pizza hatte es CeCe angetan, während Julia sich jedes Mal über die leckeren Sandwiches hermachte. Ihre beste Freundin hegte nämlich seit jeher eine Vorliebe für Sandwiches und hatte vor knapp zwei Jahren sogar ihren eigenen Laden, Julia's Sandwich Heaven, aufgemacht.

»Wie läuft das Geschäft?«, erkundigte CeCe sich nun und klemmte sich eine dunkle Haarsträhne hinters Ohr, damit sie nicht in der Mayonnaise landete.

»Oh, das läuft super, danke. Ich meine, all die Studenten haben Hunger, und meine Preise sind wirklich angemessen, wie ich finde.« Julia's Sandwich Heaven befand sich im Universitätsstädtchen Berkeley, nicht weit von San Francisco entfernt. Dort hatte sie studiert, und es hatte ihr so gut gefallen, dass sie einfach dageblieben war.

»Das freut mich für dich.« CeCe lächelte Julia an und blickte in die Ferne. Die Sonne stand bereits ganz niedrig über dem Meer und hüllte alles in ein wunderschönes Orange.

»Ja, ich freue mich auch. Wer hätte gedacht, dass das so gut funktionieren würde? Es ist ja nicht so, dass es in Berkeley noch keine Sandwichläden gegeben hätte.«

»Deine Sandwiches sind aber die besten. Und die Leute wissen halt, was gut ist.«

Julia strahlte. »Das ist lieb, dass du das sagst. Ich habe übrigens gerade beschlossen, dass ich ein Sandwich mit Flusskrebsschwänzen ins Sortiment aufnehmen werde. Diese kleinen Dinger sind wirklich superlecker.« Sie steckte sich den Rest ihres Brötchens in den Mund.

»Das solltest du unbedingt tun. Die Leute werden dir die Türen einrennen.« CeCe leckte sich die Finger ab.

Ihre Freundin nickte zufrieden und fragte sie dann: »Und, wie läuft es bei dir? Viel zu tun jetzt zur Weihnachtszeit?«

»Und ob! Vor allem die Vanilleplätzchen gehen weg wie nichts. Ich glaube, ich muss heute Abend noch mal neue backen, spätestens aber morgen früh. Ich hab schon wieder echt viele Bestellungen reinbekommen.«

»Du wolltest ja unbedingt deinen eigenen Online-Shop. Als ob du mit den Auslieferungen in der Gegend nicht schon genug zu tun gehabt hättest«, sagte Julia mit einem leicht vorwurfsvollen Unterton. CeCe wusste, woher der rührte: Seit sie ihre Ware auch online anbot, hatte sie kaum noch Zeit für irgendetwas anderes. Sie war seit Ewigkeiten zu keinem von Julias Auftritten gekommen, und dabei liebte sie es, ihrer Freundin und dem Gospelchor, dem sie mit sechzehn Jahren beigetreten war, zuzuhören. Doch die Freitagnachmittage waren ihr heilig, und sie nahm sie sich trotz der vielen Arbeit frei, um Julia wenigstens einmal die Woche zu sehen.

»Ich weiß, ich weiß. Es war eine dumme Idee. Oder auch die beste meines Lebens. Die Vanille boomt. Wusstest du, dass der Kilopreis gerade auf siebenhundert Dollar gestiegen ist?«

»Ja, ich hab neulich was davon im Radio gehört und musste gleich an dich denken. Vanille ist teurer als Silber! Du wirst noch zur Millionärin.« Sie zwinkerte ihr zu.

CeCe lachte. »Na, so weit wird es wohl nicht kommen. Ich freue mich aber, dass die Vanille endlich gewürdigt wird.« Dass die Preise nur so gestiegen waren wegen der schlechten Ernte auf Madagaskar, dem Hauptanbaugebiet des Gewürzes, und einigen anderen nicht so schönen Faktoren, blendete sie lieber aus. Sie wollte sich den Tag nicht verderben lassen, er war nämlich nahezu perfekt. Sie war hier mit ihrer besten Freundin im vorweihnachtlichen San Francisco und konnte endlich mal ein bisschen entspannen.

Und da für sie zum Entspannen auch Schokolade dazugehörte, bat sie Julia, noch einen Abstecher zu Ghirardelli's zu machen. Die willigte ein, sie versorgten sich mit der lebensnotwendigen Süßigkeit und waren beide ganz erstaunt, dass es schon dämmerte, als sie den Laden verließen. Sie betrachteten den hübschen Weihnachtsbaum auf dem Ghirardelli Square, während sie sich die kleinen Schokoladentäfelchen, die ihnen beim Betreten des Ladens in die Hand gedrückt worden waren, auf der Zunge zergehen ließen. Dann hakte CeCe sich bei Julia unter, und sie marschierten schnurstracks zur Cable-Car-Endhaltestelle, wo der Waggon gerade auf der runden Plattform von zwei starken Männern um hundertachtzig Grad gedreht wurde, um seine Fahrt in die Richtung, aus der er gekommen war, fortzusetzen. Sie kauften sich Tickets für sieben Dollar pro Person und stellten sich in die lange Warteschlange.

Die Leute vor ihnen stiegen ein. Eine Großfamilie mit sechs Kindern besetzte die eine Hälfte des Waggons, und eine Gruppe Japaner nahm wild fotografierend auf der anderen Seite Platz. Im Nu war die Cable Car voll, und CeCe und Julia waren kaum ein paar Meter vorangekommen. Es war klar gewesen, dass sie an einem Freitagnachmittag nicht gleich mit dem ersten Wagen mitfahren konnten, also warteten sie geduldig weiter, aßen Schokolade und erzählten sich dabei, was ihnen seit letztem Freitag alles passiert war.

»Du wirst nicht glauben, womit Kenneth uns überrascht hat«, sagte Julia plötzlich ganz aufgeregt. Kenneth war der Chorleiter, der beinahe wie ein Vater für ihre Freundin war. »Nächste Woche Sonntag geben wir ein Konzert in der Grace Cathedral!«

CeCe staunte. »Ehrlich? Hier in San Francisco?« Die Grace Cathedral war eine große, gut besuchte Kirche, dort aufzutreten war etwas ganz Besonderes.

»Ja. Ich würde mich freuen, wenn du auch kämst.«

»Das werde ich auf jeden Fall, dafür nehme ich mir die Zeit«, sagte sie. »Tut mir leid, dass ich so lange bei keinem deiner Auftritte war.«

»Alles gut. So spielt das Leben manchmal. Wir beide haben doch viel um die Ohren.«

»Ich komme, versprochen.«

Julia lächelte zufrieden, und CeCe freute sich für ihre Freundin. Welch eine großartige Gelegenheit. Vielleicht wollte Benedict auch mitkommen, sie würde ihn auf alle Fälle fragen.

Sie fröstelte ein wenig und knöpfte sich die Jacke zu. Und nun bemerkte sie auch, dass es richtig dunkel geworden war. Die Sonne war komplett verschwunden, und die Stadt wurde von Abermillionen Lichtern erhellt. Wenn sie sich nach rechts hinten drehte, konnte sie die Golden Gate Bridge in ihrem erleuchteten Glanz sehen. Es war bereits halb sechs, als sie endlich an der Reihe waren, und die Lichterkette an der Cable Car funkelte ebenfalls. Als sie jetzt einstiegen, fanden sie natürlich wieder mal keinen Platz. Doch das machte nichts, denn war es nicht das Aufregende am Cable-Car-Fahren, dass man sich einfach auf die äußeren Stufen stellen und sich den Fahrtwind ins Gesicht wehen lassen konnte?

CeCe und Julia standen nebeneinander und umfassten die eiserne Stange, um nicht vom Waggon zu fallen. Das war CeCe als kleines Mädchen einmal passiert, oder besser gesagt, es wäre beinahe passiert, wenn ihr Vater sie nicht im letzten Moment an ihrer Jacke festgehalten und zurückgezogen hätte. Der Schreck saß tief, und lange Zeit hatte sie sich gar nicht mehr in eine Cable Car getraut. Aber der Spaß überwog dann doch, und sie überwand ihre Furcht – so wie sie es in allen Bereichen ihres Lebens tat. Hätte sie sich von der Angst überwältigen lassen, hätte sie die Herausforderung bestimmt nicht angenommen, nach dem Tod ihres Vaters vor neun Jahren die Vanillefarm zu übernehmen. Sich ihr mit jeder Faser ihres Körpers zu widmen. Die Plantage war ihr Herz und ihre Seele, nichts war ihr wichtiger, mal abgesehen von ihren Freunden, ihrer Grandma Angela und natürlich ihren Erinnerungen an ihre Eltern. Doch sie würde alles tun, um die Farm, das Lebenswerk ihres Dads, aufrechtzuerhalten – was es auch kostete.

Sie fuhren die Hyde Street entlang, an der Lombard Street, der angeblich kurvenreichsten Straße der Welt, vorbei, die sich einen kleinen Hügel hinabschlängelte. Während CeCe das Haar ins Gesicht wehte und ihre Hand an der eisernen Stange immer kälter wurde, passierten sie viktorianische Gebäude, Einkaufsstraßen mit wunderschön dekorierten Schaufenstern und zuletzt den Union Square, der mit seinen mit Lichterketten geschmückten Palmen und dem großen beleuchteten Weihnachtsbaum mit den roten und goldenen Kugeln und dem roten Stern an der Spitze eine abstrakte Mischung aus Exotik und Idylle versprach. Eine Eislaufbahn war aufgebaut, und das

Kaufhaus Macy's hatte wieder mal in jedem seiner Fenster einen großen Kranz hängen, während über der Eingangstür ein Schild mit der Aufschrift »Believe« hing.

Sie lächelte. Ja, zu dieser Zeit des Jahres konnte man wirklich an alles glauben, sogar an Unmögliches. Unvorstellbare Dinge konnten wahr werden, wie zum Beispiel, dass Benedict sich als Santa Claus verkleidete oder dass Wunder geschahen. Dass sie selbst langsam wieder an die Liebe glaubte, zumindest wenn sie all die glücklichen Menschen um sich herum sah, die Familien und die Paare, die vor den vielen schönen Motiven für Fotos posierten. Jeder schien an diesem Tag zufrieden zu sein, und sie war es auch. Ja, sie war verletzt worden, und das nicht zu knapp, aber sie war bereit, diese Episode ihres Lebens hinter sich zu lassen und sich wieder zu öffnen. Für die Liebe, für jemanden, der ihr Herz erobern wollte … Nur war das leider gar nicht so leicht, wenn man seine Tage zwischen Vanillepflanzen verbrachte und nur einmal die Woche in die Stadt kam. CeCe glaubte andererseits aber auch fest daran, dass Amor sie schon finden würde, wenn der Zeitpunkt gekommen war. Das Schicksal würde sie führen, so, wie es ihren Vater und ihre Mutter zusammengeführt hatte.

Sie erreichten das Ende der Strecke in der Powell Street, sprangen ab und begaben sich in die Market Street. Dort im Westfield Shoppingcenter befand sich Rowley's, wo CeCe hoffte, Benedict anzutreffen.

»Bist du sicher, dass er heute arbeitet?«, fragte Julia.

»Er hat mir erzählt, dass er fast jeden Tag arbeiten muss, ich denke also schon.«

»Wieso hat er den Job überhaupt angenommen? Ich dachte nicht, dass es ihm an Geld mangelt. Das Weingut seiner Eltern wirft doch ziemlich viel ab, oder?«

»Schon, ja. Aber Benedicts Vater hat ihm wohl den Geldhahn zugedreht, weil er so viel für schicke Designerklamotten ausgegeben und sich einen Mercedes geleast hat. Sein Dad ist der Meinung, dass all diese Dinge nicht nötig sind.«

»Sind sie ja auch nicht«, sagte Julia und stellte sich auf die Seite von Benedicts Vater.

»Na ja, Benedict sieht das ein wenig anders, wie du weißt. Er hat mal wieder irgendeine Frau kennengelernt, die er beeindrucken und fein ausführen will. Der er etwas Schönes zu Weihnachten schenken will. Da ihm das aber zurzeit nicht möglich ist, hat er den Job als Santa angenommen. Er verdient wohl ziemlich gut dabei. Fünfzehn Dollar die Stunde, hat er mir verraten. Wenn er das fünf Wochen lang durchzieht, springt dabei ein hübsches Geschenk für Candy raus.«

»Candy? Das wird ja immer schlimmer.« Julia zog eine Grimasse.

CeCe musste schmunzeln. »Rate, was sie beruflich macht.«

»Nageldesign?«, riet Julia, weil es wahrscheinlich das Erste war, was ihr einfiel. Benedicts Freundinnen hatten stets falsche lange Nägel.

»Knapp daneben. Sie ist Hundefriseurin.«

»Haha. Wo ist das denn bitte knapp daneben?«

»Na, beide hübschen … Lebewesen auf, oder?«

Sie kicherten noch ein bisschen vor sich hin und hatten bald darauf das Kaufhaus erreicht. Benedict fanden sie auch auf Anhieb, er war gar nicht zu übersehen auf seinem riesigen goldenen Stuhl, ein kleines Mädchen auf dem Schoß, das weinte. Obwohl er toll aussah in seinem roten Anzug, mit dem langen weißen Bart, den klobigen schwarzen Stiefeln und der Weihnachtsmannmütze auf dem Kopf, wirkte er ein wenig unbeholfen, fand CeCe und beobachtete ihn gespannt. Dann jedoch holte er ein Taschentuch heraus, reichte es der Kleinen und tröstete sie. Sogleich strahlte sie auch schon wieder und erzählte ihm langatmig, was sie am Weihnachtsmorgen gerne unter dem Baum liegen haben würde. Das glaubte CeCe zumindest, hören konnte sie Santa und das Mädchen nicht, dafür waren sie zu weit weg von dem abgesperrten Bereich, den sie lieber nicht betreten wollte. Benedict würde sie umbringen, erstens dafür, dass sie Julia von seinem Nebenjob erzählt hatte, und zweitens, weil sie sich extra aufgemacht hatten, um ihm auch noch dabei zuzusehen.

»Wir sollten uns anstellen und uns auch auf seinen Schoß setzen«, schlug Julia belustigt vor.

»Witzige Idee. Dann dreht er mir aber den Hals um, und ich bin im Frühjahr nicht mehr da, um meine Vanille zu ernten. Und wer kümmert sich dann um meine Farm?«

Julia schüttelte den Kopf. »Das ist wieder mal typisch für dich. Wenn du es schon in Vanillisch sagen willst: Viel schlimmer wäre, wenn die vielen Leute, die bei dir Weihnachtsplätzchen bestellt haben, keine bekommen sollten. Ich wünsch mir übrigens auch eine große Tüte.«

»Was ist denn Vanillisch?«, lachte CeCe.

»Na, die Sprache, die du seit Jahren sprichst. Eigentlich, seit ich dich kenne. Nur wird es mit jedem Jahr schlimmer.«

»So ein Unsinn.«

»Siehst du, du hörst es nicht einmal mehr.«

»Dann könnte ich genauso gut sagen, du sprichst Sandwichisch.«

»Wann habe ich denn heute bitte Sandwiches erwähnt?«

»Als du von deiner neuen Honigsauce erzählt hast, als du laut über ein neues Weihnachtssandwich mit Truthahnbrust und Preiselbeeren nachgedacht hast … Als du in Fisherman's Wharf gesagt hast, du willst Flusskrebsschwänze ins Sortiment aufnehmen …«

»Jaja, okay, du hast recht. Wir sind wohl zwei hoffnungslose Fälle.«

»Ach, wieso denn? Ich finde es schön, dass wir so leidenschaftlich bei der Sache sind.«

»Das stimmt auch wieder. Sag das aber mal der männlichen Spezies. Die sieht unsere Leidenschaft nämlich anscheinend nicht.«

»Die Männer wollen ja auch Leidenschaft für etwas ganz anderes.« CeCe stupste Julia leicht mit der Schulter an.

»Für Weihnachten?« Ihre Freundin deutete grinsend auf Benedict, und sie folgte ihrem Blick. Der Gute hatte gerade einen Jungen auf dem Schoß sitzen, der augenscheinlich zwar höchstens zehn Jahre alt war, jedoch mindestens genauso schwer wie Benedict selbst. Der war nämlich eher zierlich und schien von der unerwarteten Last ganz schön erdrückt zu werden.

CeCe legte sich eine Hand vor den Mund, um nicht laut loszuprusten. Als Julia aber zu gackern anfing, konnte sie sich ebenfalls nicht mehr zurückhalten. Und in diesem Moment entdeckte Benedict sie. Mit großen Augen und purem Entsetzen blickte er sie an. Sie winkten ihm zu und liefen so schnell wie möglich davon.

»Julia, ich glaube, das war's mit deinen Weihnachtsplätzchen«, japste CeCe. »Wenn er uns einholt, bin ich tot.«

»Dann musst du mir aber vorher noch schnell das Rezept verraten.«

»Keine Chance. Das nehme ich mit ins Grab«, schwor CeCe wie so oft.

Sie standen wieder auf der Straße und rangen nach Luft.

»Meine Bahn kommt gleich. Ich denke, ich muss los, heute Abend habe ich noch Probe«, sagte Julia.

»Oh, das hattest du gar nicht erwähnt. Ich dachte, wir gehen vielleicht noch ins Kino oder so.«

»Ein anderes Mal, ja? Wir müssen doch für unseren großen Auftritt üben.«

»Alles klar, das verstehe ich natürlich. Ich wünsche euch gutes Gelingen.«

»Danke, meine Liebe.« Julia lächelte zufrieden, umarmte sie und stieg die Treppen zur BART hinunter, die sie direkt nach Berkeley bringen würde.

CeCe hatte ihren Wagen ein paar Seitenstraßen weiter geparkt, und als sie sich nun auf den Weg dorthin machte, dachte sie darüber nach, wie tapfer Julia war, trotz allem weiterhin beim Chor mitzumachen. Denn sie wusste, dass ihre Freundin bei jeder Probe, bei jedem Meeting und bei jedem Auftritt einer bestimmten Person begegnete, die sie am liebsten nie wiedergesehen hätte.

Sie stieg in ihren Pick-up und fuhr aus San Francisco hinaus, in Richtung Norden. Wie immer nahm sie die Route, die sie über die Golden Gate Bridge und entlang der Küste führte. Sie hätte ihrer Grandma, die in Sausalito wohnte, einen Besuch abgestattet, wusste aber, dass diese heute Abend ein Date hatte. Also beschloss sie, da sie nun früher als erwartet zu Hause sein würde, auf jeden Fall noch zu backen.

Als sie die Lichter der Großstadt hinter sich gelassen hatte, öffnete sie ihr Fenster und atmete die frische Luft ein. Im Sommer duftete es nach unendlich vielen Blumen und Früchten, im Herbst nach reifem Wein, und jetzt im Dezember wehte ihr eine Brise aus kühler Seeluft und weihnachtlichen Gewürzen entgegen, deren Duft CeCe sich vielleicht nur einbildete, der aber auch aus den Fenstern der vielen kleinen Häuser entlang der Strecke kommen konnte, in denen man sich auf den Winter einstimmte.

Sie fuhr durchs Sonoma Valley, entlang an Weingütern, die zu dieser Zeit des Jahres mit ihren kahlen Weinreben ein wenig trostlos wirkten. In der Dunkelheit sah sie einen Koyoten die Straße entlanghuschen.

Als sie sich nach gut einer Stunde dem Napa Valley näherte, fühlte sie sich gleich wieder in ihrem Element. Fühlte sie sich zu Hause. So gern sie einen kleinen Ausflug nach San Francisco, zu Julia nach Berkeley oder zu ihrer Grandma nach Sausalito unternahm, war sie doch jedes Mal froh, wieder auf ihrer Farm anzukommen. Nur hier fühlte sie etwas, das sie mit dem Begriff Heimat verband. Der süße Duft der Vanille war allgegenwärtig, und ihre Eltern waren es auch. Wie so oft hatte sie nun, als sie aus ihrem Wagen stieg, das Gefühl, sie wären anwesend, gäben auf sie Acht. Passten auf, dass sie alles richtig machte, dass der Farmbetrieb lief. In jedem Frühsommer, wenn die Vanillepflanzen aufs Neue ihre gelben Blüten hervorbrachten, sprach sie ein Gebet und dankte nicht nur dem lieben Gott, sondern auch ihren Eltern für die bevorstehende gute Ernte, und bisher war sie nicht enttäuscht worden.

Jetzt ging CeCe auf das von ihrem Vater selbst gebaute Lagerhäuschen zu, das beheizt und mit einer Alarmanlage gesichert war. Dabei warf sie einen Blick auf den kleinen Hügel, der im Dunkeln vor ihr aufragte. Die Blockhütte darauf war erleuchtet, sie vermutete, dass Louis wie so oft am Abend mit einem Buch in seinem Lieblingssessel saß und las, ein gutes Glas Rotwein auf dem Tischlein neben sich. Sie schüttelte den Kopf, warf die Gedanken an ihn ab. Heute Abend wollte sie nicht an ihn denken, dieser Abend gehörte allein der Vanille.

Sie schaltete das Licht ein und betrachtete das Ergebnis der vorigen Ernte: Tausende von schwarzbraunen Vanilleschoten, als Bündel zusammengehalten mit Bastbändern, oder einzeln verpackt in dünnen Glasröhrchen. Im Dezember war nicht viel zu tun, was das Pflanzen oder das Ernten anging. Erst ab März würden die ersten Schoten reif sein, und sie könnte sie von den Lianen pflücken, um sie aufwendig zu blanchieren und zu trocknen. Die Blüten würde sie nicht vor Ende Mai per Hand bestäuben müssen. Alles, was sie zu dieser Zeit des Jahres tun musste, war, darauf zu achten, dass die Pflanzen es warm und trocken hatten und dass sie genügend gegossen wurden. Ja, sie konnte sich ganz darauf konzentrieren, den Weihnachtsversand anzugehen und die vielen Plätzchen zu backen, die verlangt wurden. Neben denen bot sie auf der Website noch selbst gemachte Marmeladensorten, Vanillehonig, Vanilleöl, Vanillezucker, verschiedene Tees und andere Dinge an, deren Bestand sie morgen prüfen wollte, damit auch alles reichte. Ansonsten würde sie Neues herstellen müssen. Aber das kam morgen. Den heutigen Abend wollte sie allein zum Backen nutzen, und deshalb nahm sie sich einen kleinen geflochtenen Bastkorb, legte zwei Hand voll Vanilleschoten hinein, die abgebrochen oder nicht so schön schwarzbraun geworden waren – denn sie verkaufte nur Eins-a-Ware –, und nahm sie mit ins Haus. Bevor sie jedoch die Tür zum Lager zuzog, atmete sie noch einmal den einzigartigen Duft ein, der bei ihr so viel mehr bewirkte, und schloss die Augen. Vanille. Ihr Leben. Sie konnte sich kein anderes vorstellen.

Sie knipste das Licht aus, verriegelte die hölzerne Tür, tippte den Code für die Alarmanlage ein, ging ins Haus und holte alle Backzutaten hervor. Dann legte sie eine Weihnachts-CD mit einem Mix der letzten zwei Jahrzehnte ein, goss sich einen Tee auf und zündete eine Duftkerze mit Vanillearoma an. Jetzt war sie bereit für einen Plätzchen-Backabend, und es gab nichts, was sie in diesem Moment lieber getan hätte.

Wenn Sie wissen möchten,
wie es weitergeht, lesen Sie

Manuela Inusa
Wintervanille
978-3-7341-0788-7
978-3-641-24380-7 (E-Book)
Blanvalet Verlag